新时代山乡巨变
壮丽燕赵创作计划

王秀云 著

请沿当前道路行走

天津出版传媒集团

百花文艺出版社

图书在版编目（CIP）数据

请沿当前道路行走 / 王秀云著. -- 天津：百花文
艺出版社, 2025. 1. -- ISBN 978-7-5306-8946-2

Ⅰ. I247.5

中国国家版本馆 CIP 数据核字第 2024GF4446 号

请沿当前道路行走
QING YAN DANGQIAN DAOLU XINGZOU

王秀云 著

出 版 人：薛印胜　　　　选题策划：徐福伟

责任编辑：邱钦雨　　　　美术编辑：任　彦

出版发行：百花文艺出版社

地址：天津市和平区西康路 35 号　　邮编：300051

电话传真：+86-22-23332651（发行部）

　　　　　+86-22-23332656（总编室）

　　　　　+86-22-23332478（邮购部）

网址：http://www.baihuawenyi.com

印刷：山东临沂新华印刷物流集团有限责任公司

开本：900 毫米×1300 毫米　　1/32

字数：220 千字

印张：9.5

版次：2025 年 1 月第 1 版

印次：2025 年 1 月第 1 次印刷

定价：58.00元

如有印装质量问题，请与山东临沂新华印刷物流集团有限责任
公司联系调换

地址：山东省临沂市高新技术产业开发区新华路 1 号

电话：(0539)2925886　　邮编：276017

小说的理由

这篇小说在我心中占据很重要的位置。

作为六〇后,我一直想写这样一篇小说,为自己,为自己所生逢的时代。我深知这样剖白会被一些人屏蔽,但天命之年后,我知道我为什么会成为我。《金刚经》中有语:"所谓佛法,既非佛法,是名佛法",其实于个人而言也是如此,我是王秀云,但又不是,所以我是。

六〇后最小的都已经五十五岁了,在中国大部分地区的企事业单位都普遍退休或者退居二线,我也一样,即将退出我一直想有所作为却一直没能如愿的职业生涯。几十年风风火火,起起落落,时光转瞬即逝,我似乎一直做着我想做的事,又似乎一事无成,虚耗了半生光阴。

可以说,像我这样的六〇后是被完整塑造的一个群体。一直到二十岁才读到课本之外的书,祖祖辈辈躬耕陇亩的家人给予我的三观就是守本分、爱国家,加上十几年的学校教育,家国思想几乎深入骨髓。惜我志大谋小，注定像背负超重的鸟，飞不到我想要的高度，然而，这就是我的人生。

像我这样的六〇后不是少数，命运和时代强力把信仰种植在我们精神营养尚不均衡的内心，我们的青春都给予了让种子发芽、成长的理想，却又在之后的现实中承受步履维艰的人生攀缘。时至今日，大时代潮流涌动，而我们即将退居边缘，瞭望和回眸都如此苍凉。

好吧，那就拿起笔，为即将在职业舞台谢幕的六〇后做一个标记。

该如何架构这篇小说，曾让我踌躇很久，一直到我第一次自己驾车从北京回老家，一路导航，精准的导航用语像是为这部小说量身定做一样，引领我走进那些人物和故事。

一九九九年我还在河北省沧州市委政策研究室工作，因为长江特大洪水，很多人都感叹人生无常，一度沉寂的诺查丹玛斯的预言又被提起，大家人心惶惶，我也偶尔考虑零存整取攒下的六千二百块钱是痛痛快快花掉好，还是继续省吃俭用。如果真到世界末日了，我觉得自己挺亏的。我是农民的后代，三十年人生似乎什么都没开始，又似乎都是为别人活，我还没买过超过一百块钱的衣服，没有过在二十年后被称为"诗与远方"的旅行。领导们好像根本不在乎末日传说，民营经济要发展，教育问题不容忽视，招商引资、优化发展环境……我几乎天天加班写材料，男同事们自称"喝白水，尿黄尿，省老婆，费灯泡"。女干部个中滋味也是一言难尽。就是在那段时间，报纸上一连很多天都在刊登方云普下乡扶贫的消息。用现在的话说，方云普上了热搜。

我跟方云普也算熟悉，他是电视台记者，号称"无冕之王"，开

2

会时经常看见他器宇轩昂地扛着摄像机，不用介绍，那摄像头对着哪位的时间长，哪位就是会场上的主要领导。后来偶然见到他，我其实只是客气地说"想学习一下你的扶贫日记。"他竟然当真了，说回去看看有没有隐私。我以为这是推辞，也没往心里去。我对扶贫工作多少有些了解，这些年扶贫的典型经验就是修路、打井、种植蔬菜，或者开办农家乐，听说有的也就是走个过场。作为从农村考出来的所谓"小公务员"，总觉得仅有这些不足以让我放下手头工作为此著书立说，所以有一天方云普打电话让我去拿日记，我有些尴尬，但还是约好地方把日记取回来翻了翻。那时候是真忙，顾不上细看，顺手放到了办公室的书橱中。自此我好像欠了一笔账一样，经常会想起这件事。我后来工作单位几经调整，笔记本找不到了。一直到二〇二〇年，我整理自己工作日志时，方云普的日记赫然出现，我就知道，关于方云普的小说到该写的时候了。我与方云普日记的重逢，是宿命，更是责任。需要特别提到的是，日记果然撕掉了几页，说明方云普果然也是有隐私的。

我很想写出他撕掉的那一部分。

当然，为了写这个题材，我除了阅读方云普日记外，还做了大量功课，采访了郭洪亮、田雪峰、张巍婷、潘小白等多位扶贫干部，并阅读了几位扶贫干部的工作日志。类似主题的小说、报告文学和影视剧我也看了很多。套用一句俗语——幸福的村庄是一样的，不幸的村庄各有各的不幸。这些作品大部分人物各异，地域各异，但创作思路基本是一样的：乡村贫困，扶贫干部不被理解，扶贫政策难以顺利落实，大家克服各种困难带领群众挖掘当地资源，最终村庄走上发家致富道路，这也是脱贫攻坚的成功之路。我问自己：我还需要再写一部这样的作品吗？

需要，但我应该再写一部别的。这是这部小说的由来。

需要强调的是，我所写的这部小说所有故事和人物都来自生活，但又像鲁迅在谈创作经验时指出的：人物模特没有专门用过一个人，往往嘴在浙江，脸在北京，衣服在山西。所以这部小说是写实，更是虚构。

对我要写的村子我也是熟悉的，因为我从小就是在这样的一个地方长大。但我又是陌生的，因为这是我虚构的一个村子，我需要把这部小说需要的很多元素放到这里，这些元素像漫天播下的种子，会长成什么样，我并不知道。

目 录

您好,已为您规划去十里村的路线

　　故事发生在河北省瀛洲市东光县十里村,村不大,地图导航提示,从北京到十里村的最优行车路线是往南走京沪高速公路,全长两百六十四公里,需要三个小时二十五分钟。

　　出东光高速口,还要跑二十公里省道和三公里乡道。路况和我年轻时比已是天壤之别,当年牛车、马车、小推车都步履维艰,如今各种小型车和货车畅通无阻,只可惜原来土路两边高大茂密的洋槐树和白杨不得不砍掉,新栽的树还没长起来,那些曾经遮天蔽日的树木就算为新时期乡村公路建设不得不做出的牺牲吧。再说还有隔离带的冬青和时隐时现的秫秸花,有初夏金黄的麦子、秋天斑斓的棉花和冬天白雪之上飘飘忽忽的白云。农用机器已经解放了这里曾经躬耕陇亩的人。牛还在,偶尔参与春耕秋收,和玉米大豆一起构成大平原田园诗般的画面。

　　最有视觉冲击力的该是两百六十四公里路两边的楼群,或已有人入住，或在拔起，或在进行外装修，一直绵延到十里村。如果不注意分辨，你甚至会错愕原本天差地别的城乡之间却在住宅楼建设方面率先同步，一样的造型和外墙色彩，一样的居室设计，在几乎同步涤净雾霾的晴空下，呈现着看起来并无分别的、史无前例的中国现代住宅文明。

的确，在那些高楼背后，还有一些人，或因为患病，或因为性情，或因为历史积习，没能跟上已经享受美好生活的人群。乡村振兴，就是以举国之力，拉他们一把，让他们跟上来，一起走。

沿着该走的路驱车前行，能看到路北侧庄稼地里有一座寺院，号称盘古庙，庙很小，看起来撑不起开天辟地这么宏大的理由。本地人却不这么看，过去村里人不怎么出门，见识少，不知道世界上有大几十亿人，即使知道，也不知道几十亿是一个大到什么程度的数字，他们认定世界上所有的人就是从这里走出去的。

过盘古庙三公里，沿一条北方常见的乡间路一直西行，路两边都是梧桐树，春天梧桐花纷纷扬扬。麦地平展展铺向天边，田间偶然兀立的树和白墙红瓦的民房沉淀出波澜不惊的平原气质，十里村就在这条路的北侧。

进村最先看到的是蒋二龙家的两层小楼，高大的朱红大门和移栽过来的柿子树传递着农民脱贫致富不久后常见的张扬，其他人家的房子虽然没有蒋二龙家的有排场，但也都青砖到顶，高大气派。

再往里走，就是蒋福锁家年久失修的红砖房，砖缝都没勾，墙基已经起碱了，墙面上斑驳着一片片白花花的图案，用手一碰，唰唰掉碱粉。这里成了村子的分水岭，再往前像被新生活遗弃，四处是日渐萧条的颓墙、衰草和坑坑洼洼的村路，路尽头就是周边尽人皆知的小四被杀现场——一座突兀的青砖包角房。前几年，农村日子稍微好一些之后,有相当多一批农民急于翻盖低矮粗陋的土坯房,又没有足够的经济能力卧砖到顶,一度兴起了这种砖包皮的竖砖房。几年过去,房子老旧又粗糙,房顶上长满了杂草,一看就知道长期被冷待。

故事就从小四之死说起吧。

请系好安全带

　　小四不愿意去看房,他故意磨蹭到最后一个放下饭碗,吃完饭又蹲在院里逗了一会儿大公鸡,一直到娘再次催促他,他才到水缸舀了一瓢水,他平时喝水都是咕咚咕咚地,这次一小口一小口喝下去,在嘴里咕噜一会儿才咽下。娘知道他不愿意去,就说:"今天该轮到你了,你磨蹭也没用。"小四有大名,但是因为排行老四,大家习惯叫他"小四"。小四抬头看看屋顶,说:"燕子今天怎么还没回来?"也是,每天这个时候屋顶上燕子叽叽喳喳的,今天格外安静,娘这才注意到。她并没往心里去,一家老小的衣食住行已经把她的心思全挤满了,再也腾不出半分精力思考燕子为什么没回窝这样的事情。她一边洗刷着一大摞粗瓷碗一边气喘吁吁地说:"你别磨蹭了,快去看新房。"

　　小四说:"新房有什么好看的,又没东西。"

　　娘说:"那砖那房梁那门框不是东西啊?"

4

小四说:"那怎么偷啊,都在墙里。"

"怎么偷? 穷急眼了就是埋地底下都能偷。"娘说这话已经有些不耐烦,就再次催促,说了一句这一辈子想起来就号啕大哭的话:"再不去就把你埋了。"

小四知道,新房是为大哥盖的,要给大哥娶媳妇。他们一家人为了盖这个房子吃了一年粗粮。房子春天盖起来,想等到今年秋天棉花收下来卖了钱安窗户和门。大哥、二哥、三哥和他四个人轮流看房,就一张破门板当炕,铺了些麦秸。娘给了他一根蜡烛,还一再嘱咐让他早点睡觉,省着用。

从老房到新房,要穿过黝黑的过道,再沿着蒋家湾走半里地。小四牵着自家的狗,抬头看看天,很希望能有一轮月亮。满天大大小小的星星,一闪一闪的,看起来很亮,却照不清他脚下的路,他被砖头绊了一下,小羊羔一样跳起来,又担心接下来路更难走,特别是路上的鸡屎狗屎,最让他难受,生怕踩到,他乖乖放慢脚步,紧盯着路面,看到稍微黑一点的东西就想法躲开。他白天用不了多久就能跑到,这次却走了很长时间才看到自家那栋白天很气派、此刻却黑山一样的新房。

屋子真黑,黑得像是把人整个吞进了没点火前的灶膛。小四懒得点蜡烛,躺在床板上想了很多事,他心里明白,等他到大哥的年龄就该轮到他了,可他只想娶丫丫。

丫丫是他们班上最漂亮的女生,丫丫学习好,他明天要早点到学校,让丫丫帮他补数学,他现在和丫丫同桌,不能像过去那样当差等生了,他要学出个样子给丫丫看。想到丫丫,他浑身开始燥热,这让他有些害臊,也有些害怕。

他想喝点凉水,想起这屋子没有水缸,只好把被子踢到小腿以下,给身子降温。据说村里又要演京戏,他要提前去,给丫丫占个好地方,他幻想自己是杨子荣,还大喊了一声"天冷涂的蜡",喊完之后他重新把被子拉到脖子以下,渐渐有些昏昏欲睡。他隐约听到屋外有些动静,并没有往心里去,以为不过是老鼠、黄鼬之类,他心里想着"我是男生,才不怕呢",实际上害怕得不敢睁眼。他突然觉得头脸一凉,没安门窗,不知是从门还是窗里扑进了冷风,他屏住呼吸,悄悄睁开眼睛,发现身边有一个高大的黑影,他吓得大叫一声,一个重物砸在他头上,他想喊"救命",还没来得及发出声音,头上又挨了重重一击,他不甘心,还想叫,嘴瞬间被捂住,头又被砸了一下,他想抓开捂着他嘴的手,可对方很轻易就把他的身子翻过去,用膝盖压住了。小四觉得自己像在磨盘底下一样,再也喊不出声。他不甘心,还想挣扎,可身体已经动弹不得,很快他的意识开始涣散,他觉得像是掉进了井里,井口又窄又硬,他一直坠落,停不下来,四周越来越冷,越来越黑,然后像淤泥一样,再也没有了声息。

准备出发

钟有鸣是在小四死后到十里村工作的。他以为自己又在经历人生的至暗时刻，不过后来他经历了更多事情，才知道一个出身农民又想有所作为的人，把不得已下乡扶贫当成至暗时刻还是浅薄了些。他和赵三奔说起扶贫的理由，赵三奔嘿嘿一笑，结巴着说："你……这扶贫，是因……因……因为爱情。"

说因为爱情，不是没有一点道理。这些年，上司宁小微一直在找钟有鸣的毛病，所以他时刻提醒自己诸事小心。以防万一，他那天上班出门比原来提前了十分钟，把路上遇到熟人聊天这类突发情况已经预算在内。他喜欢看沿路景致，法国梧桐硕大的叶子、沿街充满设计感的门店、右侧超车的小轿车，甚至路上新画的停车标志，他都觉得有意思。骑到新华路路口，红灯亮起，离单位也就五分钟的路程了，他慢慢刹车，看见有位美女，戴着一顶白色贝雷帽，细腰，白色长靴，人行道立刻有了舞台趣味。他期待美女能够回头，突然咣一下，一辆电动三轮车撞上一辆奥迪 A6,汽车轮胎碾压路面的紧急刹车声震碎了晨光中的所有美感。人群一阵惊呼,电动三轮车急速旋转着翻到路边,电动三轮车车主飞了出去,重重摔在马路上,血从他的裤腿里渗出来,他想站起来,尝试了几下就放弃了。奥迪车主下来气愤地喊:"你没长眼啊,没看见红灯啊。"

钟有鸣被那伤者的血刺痛了,下车喊:"先救人!"

奥迪车车主看了钟有鸣一眼:"我这还要去开会,这都要迟到了,真他妈的……"奥迪车主掏出手机,钟有鸣以为他要拨打 120,没想到他拨通之后说:"你马上到新华路路口,我的车出了事故,你来处理一下。"说完拦了一辆出租车要走。

钟有鸣一把截住他说:"你不能走,伤者怎么办?"

奥迪车主喊:"你打 120 啊。"

钟有鸣抢过车主的电话,拨通了 120,这时候交警已经过来,查看电动三轮车车主的伤势和事故现场。钟有鸣听见交警问:"老乡,能说话吗?"

电动三轮车车主哼哼了一声。

交警说:"别害怕,医生马上就到了。你叫什么名字?哪里人?"

钟有鸣隐约听见"十里"两个字,他知道那地方,离瀛洲市五十多公里,是抗日战争时期华北地区最惨烈的战场之一。这里离医院不远,医生很快赶到,开始救治。钟有鸣问:"人怎么样?"

医生大概以为他是家属,说:"摔得不轻,但没有生命危险。"

钟有鸣听了,刚要跨上自行车走,发现奥迪车车主不知什么时候已经没影了,只剩一个年轻小伙子跑前跑后。他很生气,跟在场交警说:"开奥迪那小子不是东西。"

"事故责任方是电动三轮车,电动三轮车车主闯红灯。"交警说,"人没事就是万幸。"

钟有鸣农民出身,在城市生活这么多年,最看不得人被轻贱。听说电动三轮车车主没有生命危险,钟有鸣赶紧蹬车,到单位刷脸机前一站——迟到三十八秒。

钟有鸣按下十二楼的摁键,出电梯就接到宁小微的电话,对方说:"到我办公室来一下。"钟有鸣想了一遍自己最近几天的言行,自认没什么好担心的,大大咧咧敲开门。"有事?"他斜着头问。

"你迟到了。"宁小微头也不抬地说。她像往常一样围着一条丝巾,今天颜色变了一下,是克莱因蓝。

"三十八秒也叫迟到?"钟有鸣轻描淡写地说。

"完成工作的方法是珍惜每一分钟。"宁小微说。

"有点耳熟,谁说的?培根?"钟有鸣戏谑道。

"达尔文。"宁小微瞪了他一眼,面无表情。

宁小微刚被提拔,在此之前和钟有鸣一样,是新闻科副科长。宁小微和一位市政府办公室的科级干部有过短暂婚史,不知道什么原因离婚了。钟有鸣对她的私事没兴趣,和对她这个人一样。工作上从普通同事成了上下级,钟有鸣的心理转换其实还是有难度的。他感觉宁小微成为科长之后,他们之间的关系更复杂了。宁小微显然想让钟有鸣按照她的意志工作,可钟有鸣并不买账,这倒和性别没关系,是钟有鸣在多年的新闻工作中,形成了自己的一套方法,截至目前他觉得自己的方法可行。而宁小微那一套,怎么说呢,他认为宁小微更应该到机关工作。

"新闻科是机关中的机关。"宁小微对他的看法如此回应。

钟有鸣没法反驳,他和宁小微的很多争执都没法反驳,这是最让钟有鸣愤怒的。宁小微的本事是能把任何事都上纲上线,一直上升到只要反驳她就是反党反社会反人类的高度。钟有鸣只能回避,尽量不和她碰面。有的时候避无可避,因为他知道,宁小微反其道而行之，一直在努力接近他。

说来也巧，在宁小微离婚的同时，钟有鸣的女友李梅考上了复旦大学中文系，火车站送别的那一刻，钟有鸣看着李梅转身离去，挥挥手，竟然有了"舟船明日是长安"之感。一年前李梅下决心要考研，他作为男朋友知道这事挡不得，这一年悄悄把自己恋人的角色往好友、哥们之类的关系转换，其间不动声色地把李梅的东西陆陆续续清理送还。男人嘛，担得起爱，也担得起不爱，男欢女爱过，扶上马，送一程，一路走好，新闻稿照样写，日子照样过，太阳每天照常升起。

他不知道宁小微从哪里得知了他和李梅分手的消息，特意请他到西餐厅吃牛排。当看见包间只有他们二人时，钟有鸣就猜到了宁小微的心思，当然对策也立刻想好了——他有了新女友。宁小微这样的女人真不是他的菜。

宁小微的优越感是刻在骨子里的。河北大学新闻专业硕士的高学历，一米六五的身高，父母都是市直部门的处级干部，她写过多篇优秀新闻稿件。外貌、出身、才华，让她有一种先天的自信。那天宁小微一改平日一身小西装的职业着装习惯，穿了一套低领紫色长裙，眼影、口红一应俱全，果然添了几分妩媚。钟有鸣懂，她这就算向他低头示爱了，宁小微能做出这姿态不容易。可是钟有鸣对她没感觉。钟有鸣觉得她太优秀了，是为大社会量身定做的，不属于他钟有鸣这种安于饮食男女低级趣味的小民，一句话就是："不敢当。"

钟有鸣和宁小微之间的明争暗斗从此开始了。在提拔科室科长的时候，钟有鸣也在被考察之列。在钟有鸣看来，自己更有可能，毕竟比宁小微多两年资历，又是年富力强的男同志，科室考评也占优势，比宁小微多出两票——一共十几个人，多这两票就不容易。但结果是宁小微横空出世，理由是她"写过在省内外有影响的作品"。这标准没法量化，属于强词夺理式提拔。所幸钟有鸣对这些事并不执着,让干就好好干,不让干也落得清静,并没有像其他科室一样闹出什么动静。

钟有鸣这么做,也有理由,他和宁小微同龄,虽然不能同房,但以后继续当同事是大概率事件,是他辜负了她的心意,他让一步也理所当然。钟有鸣觉得他一个男人,女人对他有意思,就是恩义,他不但不能闹,工作上还得支持。谁知宁小微非但不领情,还明里暗里给他找别扭,只要是他签发的新闻稿,她就翻来覆去挑毛病,不到最后一刻不让他过关。钟有鸣跟社领导提出换科室,领导跟宁小微谈,被宁小微当场拒绝——新闻科不能没有钟有鸣。

钟有鸣知道,宁小微这是在报复自己。他能拍案而起吗?对方要是男人,他能。遇到宁小微,他不能。他能做的,就是能躲就躲;不能躲,能拖就拖;不能拖,能磨就磨。因为这点事,钟有鸣觉得上班没有之前那么舒坦,总觉得背后有双眼睛在找自己毛病,自己本来就有毛病,做文字工作的,迟到早退是难免的,偶尔跟采访对象找个清静地方喝点小酒、唱个歌,之前大家都心照不宣。现在宁小微闻到酒味就让他做检讨。第一次钟有鸣没说什么,第二次钟有鸣忍了,到第三次他就急眼了,直接拒绝,他问宁小微:"你到底想干什么?"

宁小微也不着急,看了他一眼,说:"我们是新闻科,我是科长,你是副科长,大家都看着我们,如果我们在这些事上不能严格要求自己,怎么要求其他同志?你不要以为一个新闻工作者只是用文字传达上级路线方针政策,我们个人的言行也代表了……"

钟有鸣急忙打断她说:"行了,宁科长,你这一套跟别人讲吧,你就说吧,咱俩有完没完?"

宁小微一拍桌子:"你这是什么意思?只要你违反组织纪律,这事就没完。"

钟有鸣那句"你这是逼婚不成就成仇啊"在喉咙里滚来滚去,还

11

是生生咽下去，一摔门就走了。

他又找了总编和社长，希望能离开新闻科。宁小微知道后马上召集科室全体人员开会说："有的同志工作挑三拣四，不服从组织安排，这是一个合格的新闻工作者该有的工作态度吗？"

从此钟有鸣就不再专盯市委、市政府主要领导关注的要点新闻，而是盯那些本该由刚入职的小记者才写的零散新闻稿件，比如偏远艰苦地区一只走失的小羊被邻居送回之类的社会新闻。

"你把这叫迟到不觉得刻薄吗？"钟有鸣问。

"迟到三十八秒就是迟到，今天你迟到了三十八秒不处分，我们今后就没资格处分迟到三个小时的人。制度面前人人平等。"宁小微平静地说。

"对了，有件事我跟你说，我想给你介绍一哥们，比我强多了……"钟有鸣嬉皮笑脸地说。

"出去。"宁小微低声喝道。钟有鸣一笑，正要走，宁小微又叫住了他。"你不是一直要远离我吗？机会来了。市直各部门都有精准扶贫任务，新闻科就你去吧。"宁小微说。

"下乡？"钟有鸣问。

"你以为呢？这是扶贫，难道是去深圳吗？"宁小微说。

"多长时间？"钟有鸣问。

"三年，"宁小微抬起头，眯起眼睛，微笑着，"离开新闻科三年，你觉得这时间够吗？"

钟有鸣没接她话茬，问："去哪里？"

"市里统一安排，"宁小微冷笑着说，"你要是着急可以到办公室详细问问。"

"你够狠。"钟有鸣说完摔门而去。

请进入右转车道

钟有鸣回到自己的办公桌前，如鲠在喉。宁小微心里爱而不得的那点气，让她撒撒他能忍，钟有鸣一直以为她闹几年就平复了，可她没完没了，这下倒好，直接给他发配了。他一个耍笔杆子的，到贫困村能干什么？写稿？况且他离开农村这么多年了，基本没有农村工作经验，能分清"三提五统"还是到新闻科之后的事。去了百无一用，丢人现眼，还误事，钟有鸣是要脸要面的人，宁小微这么干，等于往死里整他。

他能拍案而起吗？说宁小微公报私仇？可是男女之间那点事，说不清道不明，再说他无凭无据，宁小微那张嘴，能把他拒绝下乡扶贫上升到他与人民为敌的高度。这高度就有危险了，钟有鸣天不怕地不怕，怕高。

事已至此，不如他主动出击，挑个村。钟有鸣印象中全瀛洲市有四十三个贫困村，也可能是四十五个，他上网查了一下，四十三个。

他去找办公室刘主任。刘主任看见他进来，表情复杂地说："正想找你呢。咱们报社有扶贫任务，没想到宁科长说你主动请战，说想去。"

钟有鸣愣了一下，立刻说："在宁科长的领导下，我这境界提升速度还可以吧？"

刘主任挤眉弄眼一笑说："嗯，网络时代的觉悟。"

"去哪个村啊？是上级定啊，还是咱们选？"钟有鸣问。

"你以为这是谈恋爱啊，还自己选。十里村。知道这村吗？离瀛洲市挺远的。你那觉悟可以大有作为。"刘主任笑眯眯地说。

"真够巧的。"钟有鸣想起早晨那起车祸。现在想来，那哪是车祸啊，分明是迎接他去扶贫的，不过仪式也太惨烈了点。

请调头

二○○九年八月十四日,钟有鸣收到上级下发的下乡通知。前不久他刚答应给潘临做个采访,下乡之前得完成,他一早来到运河区公安局。潘临比他大几岁,刚立了大功,脸上汗毛都放光,钟有鸣看出来了,潘临这是要借势宣传。

"有想法?"钟有鸣半开玩笑地问。

潘临也不隐瞒,说:"不年轻了,还想多干点事。钟大记者还得多支持。"

从潘临处回来,钟有鸣去买了老丈人爱喝的二十年十里香和丈母娘爱吃的烧鸡。他到乡下,家里不能有麻烦。

丈母娘是市妇联主席退休,自诩境界高,只要一谈起国家大事仍然慷慨激昂。"有鸣,你要多宣传正面形象。"这是丈母娘经常嘱咐钟有鸣的一句话。

老丈人退休前是分管农业的副市长,沉默寡言,对家里日常琐事不闻不问,就一个爱好,喝点白酒,稍微有个理由就喝几杯。丈母娘看钟有鸣提着东西进门,埋怨他又花钱,随后进厨房多炒了一道葱烧海参。老丈人看看钟有鸣提着的烧鸡和酒,没说话,自己到酒柜拿了两个酒杯,早早坐在餐桌前。平时老丈人都倒半杯,这次倒了满满一杯,先抿了一口,咂吧咂吧嘴,没动筷子。钟有鸣把烧鸡切好,拿了鸡腿给老丈人,老丈人仍然不说话。钟有鸣又拿起另外一个鸡腿给丈母娘,丈母娘接过去,嘴上说:"你吃吧,干吗给我?"钟有鸣自己取了鸡翅,啃了几口,举起杯子跟老丈人碰了一下。

"怎么打算的?"老丈人慢慢悠悠地问。

"想到乡下扶贫。"钟有鸣看着老丈人的脸色说。

丈母娘一下停住啃鸡腿的动作,问:"组织上让你去?"

"我自己想去。"钟有鸣犹豫了一下说。

老丈人呷了一口酒,没说话。

"按说咱这家庭,你要去乡下我不该拦着,都是党员,只要国家需要,组织让去哪里就得服从。可是你自己主动要去乡下,有必要吗?"丈母娘边措辞边说。

"你们是参公事业单位,你可以评职称,待遇不比行政职务低。"老丈人说着看了钟有鸣一眼,那眼神是男人之间心领神会的默契。钟有鸣脸腾一下红了。那点心思被看穿,这让钟有鸣有些尴尬。他在参加扶贫动员会上也是说了"报效党和国家,更好为人民服务"这样高大上的话,也是真心实意,可是,在冠冕堂皇的心意背后,隐约有着自己的私心和无奈。他不能跟老丈人说,他遭到了算计,那显得自己太无能。宁小微对他的刁难,他从来没跟李梅和家里人说过,尽管李梅凭着女性的敏感多次询问,他都以"纯正的无产阶级革命同志关系"搪塞过去。钟有鸣心里其实对李梅也有埋怨,在他看来,要不是她哭着喊着要读什么研究生,让宁小微误以为有了机会,哪至于

16

弄到现在这地步。

李梅当时去复旦上学应该也是动过私心的,明明看出钟有鸣在做分手的准备却始终一声不吭。上了两年学后突然回来要跟他结婚,已经被宁小微弄得狼狈不堪的钟有鸣毫无招架之力,连婚房都没有准备就仓促办了手续。宁小微和大家一起随了两百块钱,钟有鸣以为这代表她认清了现实,没想到她会变本加厉,各种刁难。一个男人长期陷在这种状态里,让他也生出逃离之心。钟有鸣和老丈人碰了一下酒杯,说:"换换环境吧,一辈子干记者,也想多些经历。"他不好直说,他实在不想把生命耗费在无聊的儿女情长中,他想做点实实在在的事,再说在报社这些年,他总觉得自己想做的事情不仅仅是写新闻报道。

丈母娘听出了话外音,插话说:"我差点忘了,你姑父孩子结婚,让你去录像,你正好可以跟他说说你的想法。"此时钟有鸣只是随口答应,并不知道久经沙场的丈母娘帮他预设了一步好棋。

李梅回家后脸色很难看,钟有鸣明白,一定是丈母娘告诉她自己要下乡的事情了。他先说单位工作需要,李梅不吭声。他又说自己想换换环境,李梅还是不吭声。实在没办法了,他就说报社新分来几个业务能力很强的大学生,妻子还是没有参透他的无奈,说了他一句:"闲得难受。"钟有鸣忽然觉得孤独,人心底最深的话是没法说给任何人听的,连最亲近的人都不能沟通。但李梅显然也接受了他的选择,突然站起来找出了许久未用的拉杆箱,一边继续嘟囔"没事找事",一边在为他的远行做准备。他心里一暖,想抱一下李梅,李梅一转身躲开了。结婚这么多年,他们还是第一次分开。

"老夫老妻了,三年很快就过去了。"他对李梅说。

市委组织部很快下文,他被任命为十里村党支部副书记,一过十月一,市委组织部副部长、报社副总编一行就轰轰烈烈把他送到了村里。村党支部书记叫蒋福道，四十来岁，听起来发言机会不少，因为一开口都是《瀛洲日报》头条的腔调："我谨代表十里村全体村民，感谢市委、市政府的关怀，感谢报社领导的支持。请组织放心，我们一定和钟书记一起，尽最大努力让十里村尽快脱贫。"钟有鸣反应了好一阵，才意识到"钟书记"是指自己。

最近两年对领导干部要求严，上级来人一般不在基层吃饭了，蒋福道还是客气了一下："领导们难得来一回，尝尝农家饭。"

领导说："谢谢，还有事，以后有机会。"来的人和送的人都知道这很可能是唯一一次见面，这些人都很难再来这种小地方。

钟有鸣晃悠到蒋福道身边，对领导们说："路上小心。"

报社副总编一听，吃惊地问："你不走？"

钟有鸣说："我行李都在车上了，我了解一下情况再回去。"

大家一阵唏嘘，连蒋福道都很意外，因为他根本没做好正式迎接扶贫干部的准备。

蒋福道早就接到通知，说要来一位驻村干部，据说还是报社记者，耍笔杆子的。村里之前来过几拨文化人，说是扶贫，开始大家都很兴奋，一月来个一两次，拍点照片，送点书报刊，好一点的送点树苗之类的，都是来去匆匆，没有真留下的，大家已经习惯了。听钟有鸣说不走了，蒋福道有些措手不及，所幸他反应很快，急忙说："钟书记咱们先坐一会儿，我让他们安排饭。"

钟有鸣看看手机，才十点一刻，离吃午饭时间还远着呢，就说："不着急，我先了解一下村里情况。"

蒋福道趁机出来，跟村民委员会主任商量钟有鸣的吃住问题。最后定下第一顿饭先到蒋福道家吃，趁这个工夫让几个人把村委会会议室里面那间屋子收拾出来。那屋子常年没人住，夜里还是有些阴冷。蒋福道不得已把电暖气搬过来，开窗透气。几位妇女赶过来擦玻璃、铺床铺，一阵忙活。蒋福道心里不耐烦，还不如跟别人一样，做做样子就走人，这倒好，假模假式住下来了，这吃住问题就成了事，都是形式主义，装得太像都麻烦。何必呢，现在村里也不缺吃不缺喝，几个五保户都有贴补，扶什么贫啊。再说一个文人，肩不能扛手不能提，又没职没权，能扶什么贫？蒋福道心里埋怨，嘴里还是挺周到："没想到钟书记这么实在。"

钟有鸣平淡地说："来到了十里村就是十里村人。"

这话让蒋福道心里一动，来了这么多扶贫干部，还真没人这么说过，难道这个钟书记是真想扶贫的人？虽然看着不像，但这念头在蒋福道心里绕了一圈，让他竟然有了一些期待，就说："咱十里村这几年条件好了，但是再好也没法和瀛洲比，缺什么就说。"

"要是跟瀛洲一样还让我来扶贫啊？"钟有鸣说，"放心，我有心理准备。"说着打开箱子，里面锅碗瓢盆、米面油盐一应俱全，甚至还有羽毛球拍。

蒋福道忍不住说："你这不是扶贫，是准备来安家了。"一屋子人都笑起来。

一个高个子黑脸的人喊了一嗓子："钟书记，你是来真的吗？现在咱村里啥都不缺，就缺大姑娘。"人群一阵哄笑。

"滚一边去！"蒋福道冲那人喊。

钟有鸣四下看了一眼，没有看到之前出车祸的人，猜想他伤得不轻，估计这时候正住院治疗呢。就是没住院，估计也在瀛洲打工，这个时候怎么会在家？钟有鸣说想在村里看看，蒋福道说："行，我陪你转转。"

"辛苦你了。"钟有鸣说。

"应该的，咱们边走边说吧。我给你当一次导游。京杭大运河穿过我们十里村，我们这里也算风景区呢。风景优美、人杰地灵之类的词放我们这里也是没问题的。"

几个人都笑起来。蒋福道说得没错，十里村因为正好坐落在运河拐弯处，水面看起来浩大深邃，大概因为交通不便，少有人打扰，树木都长得格外高大茂密，倒映在水中，有点大森林的感觉，颇有中世纪欧洲风景油画的味道。钟有鸣竟然在一棵老槐树下看见有栋房子，就问："那房子还有人住？"

蒋福道说："有，住了一位老人，县委、镇上都来做过工作，怎么劝也不搬。"

"为什么？这地方又潮又不方便，怎么非得住这里？"钟有鸣好奇地问。

"何止是不方便啊，村党支部专门有人三天两头来看，生怕出什么事，一到夏天，轮流来值班，怕房子塌了。"蒋福道无奈地说。

"儿女呢？不管？"

蒋福道说："说来话长了，你要是作家，可以写个长篇。"

限速每小时六十公里

钟有鸣没想到他到村里要做的第一件事竟是破案。

小四死亡时间大约在子夜一点,庄户人累,睡觉死,这个点睡得正香,小动静听不见。作案工具很简单,是用盖房剩下的砖,砖已经不见了,脚印到运河边就没有了,肯定是下河游走了,沿河双向找了几十里再没找到脚印。小四几乎没有挣扎迹象,怕是年纪小,身子弱,禁不起砸吧。

钟有鸣给潘临打电话,让潘临"马上现在必须"以最快速度来十里村。潘临刚升成局长,问:"你这刚去没几天就让公安局局长去,怎么了?挨揍了?"

钟有鸣说:"村里那个十几岁孩子被杀的事你知道吗?"

"十一周岁,虚岁十二,"潘临说,"局里派了刑警。"

钟有鸣说:"你得亲自出马,受害人还是孩子,简直是畜生。"潘临没想到钟有鸣为一个没见过的孩子这么上心。

21

潘临下午就到了。钟有鸣想不明白,一个孩子能得罪什么人?虽然来的时间短,但是村里情况他多少也了解一些,家家穷屋子穷炕,全村没看见一件值得杀人的物件。十一岁的孩子还没进入青春期,情杀更无可能。潘临说:"力道还不小,不像同龄孩子作案,不像女人作案,老人的可能性也不大,那就只剩下年富力强的男人。""一个年富力强的男人为什么会杀一个十一岁的孩子?"钟有鸣问潘临。潘临说:"肯定有理由,再说,不像不等于没可能。"

潘临拉着钟有鸣把村里十一岁以上的男孩和全村的男人排查了一遍,对村里和小四有接触的女性也多次进行调查。虽然潘临没跟钟有鸣说,但钟有鸣能看出,潘临还是圈定了几个人,特别是蒋二龙和蒋力叔侄俩——潘临这些天一直在通过各种渠道调查他们的情况。这让钟有鸣对这叔侄俩也格外警惕,时刻关注着他们的动向。这天,钟有鸣接到潘临消息,让他回话。他拨通电话,潘临说蒋二龙从县城回去了,让钟有鸣去接触一下。钟有鸣不太高兴地说:"同志,我是来扶贫的,不是来破案的。"潘临冷笑了一声,冷冷地说:"钟书记,当初可是你让我亲自办案的。哦,我需要提醒扶贫领导一下,贫穷是犯罪极为重要的预测变量。通俗地说,绝大部分犯罪都和贫穷有关。"

钟有鸣周末回到瀛洲,见到赵三奔,悲愤地跟赵三奔说起这起案件。赵三奔三句话不离下三路:"还是要……要……要从男女关系入手。"

前方请直行

真算起来,钟有鸣在农村也就生活了不足二十年,考上大学就算离开了农村。他在瀛洲这个三线城市已经工作生活了二十多年,从时间的维度和户籍管理的角度看,他是一个城市人。然而他总觉得有一种强大的力量,让他觉得自己从来没有走出过农村。年轻时他把这当作优点,觉得自己是孝子,听从了父亲的教诲,没忘本。这些年他觉得自己错了,如果要守着那一切,他当初为什么要出来?如果大家真认为那些是对的,为什么家家户户盼着子孙后代逃离?

这些年来他生活在城市,不再是农业户口,吃的是商品粮,当然,现在是社会主义市场经济,没有商品粮这个概念了,他的意思是说,自己精神上始终还是个农民。这么多年,他没进过咖啡厅、夜店,不懂什么品牌,不会打领带,一直到现在还是更爱喝红薯粥,直到下乡扶贫才意识到,现代生活中,男女共处一个竞争体系,他自认为的对宁小微的忍让和他对城市时尚的拒绝一样,其实也是自命清高掩饰下的农民意识。

也许人生真有定数吧？一个人要怎么度过一生,也许在他出生的那一刻就已经被设定了方向,后面所有的偶然其实只是对先天必然的矫正,一个饱读唯物论的人有时也会这么想。不说远的事情,就说最近,他不能解释为什么那么巧,偏偏那天就遇到了一个被撞的十里村人,偏偏他下乡扶贫就被安排到十里村,偏偏那几天小四就被杀了,偏偏潘临刚提了公安局局长……那些看起来毫无关联的人和事,也许都是这个定数的组成部分,那辆被撞的电动三轮车、那个路口亮起的红灯、宁小微那被情欲和权力装饰的脸……无论他愿意与否,都成了他命运的一部分。十里村是他命运的一部分,赵三奔和潘临是他命运的一部分,还有李梅。钟有鸣觉得后面这一切都源于当年李梅执意要去读研究生,毫无疑问,李梅这行径也是他命运的一部分。马克思说世界是普遍联系的,钟有鸣还看不清,这张普遍联系的网会推演出一个什么样的定数,但他隐隐感觉,他到十里村扶贫,会成为他生命中一段不可忽视的经历。

和周围其他孩子不同,钟有鸣十四岁就确立了人生方向。他老家是在华北平原上的一个普通村子,叫灯明寺。对,就是电影《三打灯明寺》的发生地。

当然,灯明寺名字的由来肯定是因为确实有一座古寺,据说寺院里有过飞刀,村里人要经常用鸡血祭奠,否则会出来伤人。寺院在二十世纪六十年代已被夷为平地,飞刀也不知去向。钟有鸣也并不清楚自己是不是因为灯明寺这个名字有"灯"字,他的确常常觉得头顶不可知的地方有一盏灯,在他孤独迷茫的时候,那微弱的光给他冲出黑暗的力量。

在灯明寺的十几年,他和大家吃一样粗糙的食物,穿一样破烂的衣服，走在一样坑洼不平的乡路上，一样没书读，和大家一起每天早晨听着村里的喇叭放《东方红》，最浪漫的事就是跟着电影放映队走村串巷，一遍又一遍追着看《红灯记》《平原游击队》《林海雪原》，就这几部电影，这个村演完下一个村接着。后来终于演了一部《追鱼》，他因此成了越剧迷。他十二岁之前最豪华的旅行是在灯明寺集上从南走到北，逛完菜市逛服装区，与女孩子相比，他还有逛骡马市的特权，看着大人们在袖口里敲定牛马驴子的价格，然后是一批小马驹依依不舍被牵到不可知的远方。他和大家一样就在这个不足五平方公里的地方长大。这是他全部的世界，他原本没有可能知道灯明寺之外还有广阔的世界与生活，他原本该和大家一样，安于贫苦，不做他想，每亩地里能多收几十斤麦子就心满意足，然而他做不到，他心里有一种蓬勃的力量，像春苗一样在地层深处寻找向上的生机。

在钟有鸣十三岁那年，过年的时候父亲突然让他陪着喝了一杯酒。那酒真辣，从嗓子眼一直辣到脚后跟，父亲看着他龇牙咧嘴的样子一声不吭。他从父亲的表情看出自己作为孩子的时光进入了倒计时。

钟有鸣十四岁那年秋天，父亲说"你大了，该干爷们的活了"。父亲说这话的时候表情带了些戏谑和不容置疑，钟有鸣觉得有种莫名的力量，从头顶直接灌进心里，全身瞬间滋滋冒出看不见的火苗。那天中午，他有了属于自己的一把斫镐。在这之前他有过红缨枪、弹弓，父亲亲手给他做的木头手枪一直在书包里，他为此有很长一段时间是半大小子们心中的阔佬。

当父亲把一把崭新的斫镐交到钟有鸣手里，他知道自己从此要和父亲一样承担体力劳动了。钟有鸣掂掂那把斫镐，很重，不到两尺的镐把已经磨得光滑，刀口银亮，发着尚未被磨砺的青光。母亲嘱咐他不要刨到自己的脚。父亲却一声不吭,看了他一眼,转身进入茂密的庄稼地里。干燥的秋风吹来,枯黄的玉米叶子在钟有鸣耳边飒飒作响,他觉得自己从此被父亲放逐,像集市上被牵走的小骡马,死活全靠自己了。

那一天,钟有鸣在密密麻麻的玉米秸中间看见了除不尽的马鞭草和父母举起镐锛又不停落下的身影。不就是刨棒子吗?爷们也行。他挥舞着还不粗壮的胳膊刨了一阵,交叉在一起的玉米叶子和枯槁的玉米秸,交织成密不通风的网,让他望不到头。

这是钟有鸣第一次刨棒子,他显然低估了刨棒子的难度,几次都险些刨到腿上,汗水从他头顶流经眼角和脖颈,他擦一把汗水,又一层汗水冒出来,沿着原来的路线再次流入他早已湿透的衣服。他心里的那盏灯忽明忽暗,让他尚未开发的斗志滋滋生长。

他后来明白,这个秋天的中午不同于以往所有的中午,这比他十一岁梦遗的夜晚和升级考试考取全班第一的早晨要重要得多。他在这个中午觉醒,在父母和他自己触目惊心的汗水中第一次思考人生,尽管他记忆中这一天的天空是暗淡的,风是沉重的,连脚下的土地都被汗水打湿一样,但因为他确立了人生方向而让这一天有了高速公路指示牌一样明艳的色彩。

那天中午,天的确燥热,他们从凌晨天还没亮就来地里刨棒子,父亲力气大,刨得快,一直在前面;母亲起初能跟上父亲,太阳升起来就被落在了后面。钟有鸣早晨特意吃两个棒子面饼子,觉得从此就是男子汉了,没想到举起镐锛的时候依然十分吃力,尽管母亲总是帮他,他还是被远远落在后面。他的胳膊又痛又酸,腰疼得直不起来,他很想坐下歇会儿,可父亲和母亲一直在刨。起初他觉得大人真好,大人干活不累。父亲刨到地头又折回来,帮他刨,帮他刨一段就又回到地头重新开始。父亲弓着腰对他说："累了就歇会儿。"

父亲弓腰的姿势让钟有鸣知道大人也是累的。父亲显然想直起腰，却和钟有鸣一样做不到，必须弓一阵，缓解一下疼痛才能像平时一样直腰。父亲说完话转身迅速隐没在棒子地深处，汗水把父亲的上衣和裤子都打湿了。母亲更狼狈，头发凌乱，胳膊和脸上被玉米叶子划出一道道血印子。

钟有鸣很失望，劳动并没有书上所说的美感，劳动只有疲惫、酸软，甚至痛苦。不，这不是他要的生活，他站起来，望着望不到头的远方，他在那一刻下定决心，他要干爷们该干的活，但他不能像父母一样，一辈子耗在这样的日子里。

太阳升起来时，八十岁的奶奶和八岁的弟弟连抱带扛送来了烙饼、咸鸭蛋和一罐绿豆汤。他们坐在地头吃饭，钟有鸣望着黄叶遍地的原野和白云飘荡的天空，看着累得说不出话的父母，非常沮丧，"理想"这个在他心中一再闪现的词语，像只漂亮的蝴蝶一样飞来，却因为没有合适的栖息地又翩翩飞走。这一刻钟有鸣意识到，这样的生活不需要理想，刨棒子要什么理想？刨到地头再回来，今年刨了明年接着刨，这样的生活只需要力气。他一直引以为傲的文化和理想面对粗粝的农活毫无意义。

"不，我不能这样活一辈子。"他心里说，噌一下站起来，把斫镐扔出去，喊："我不干了！"

父亲听见了，从棒子秸中探出头，喘着粗气说："好啊，想不干就好好上学，考出去，考得远远的。"

"考得远远的。"这话让钟有鸣心气平和了些。考得远远的就不用再这么累，他不明所以却因信生志，悄悄捡起斫镐，回到自己的地垄里。一阵轻风吹过汗湿的脊背，轻风像渺茫的希望一样，了无痕迹。

"爸就这点本事，想要过好日子只能靠你自己。农村孩子，出路只有一条。"父亲又探出身子说。说完这句话父亲看了一眼远处，尽管视线被棒子秸挡住了，但是他们都知道，远处是跟他们一样浑身汗湿干活的农民。父亲说完迅速隐入庄稼地，不想让大家看到他脸上的悲怆和挫败。

钟有鸣明白，父亲为自己让老婆孩子干这么累的活有些自责，也可能为一辈子耗在庄稼地里而遗憾。他不怪父亲，一个农民，除了土地再无其他。再大的愿望也是长在盐碱地的种子，不结果，就算结果也是干瘪的果子。

他不想成为父亲这样的人，不想让自己健壮的身体和旺盛的精力耗费在一亩一年只能产出百八十块钱的土地上，不想一辈子背负如此沉重依然不能让家人活得安逸一点。他要冲出去，要让家人过上好日子，让灯明寺人为他骄傲，要让世界因为有他的奋斗变得美好。这愿望不可能在这漫无边际的田野实现，十四岁的他看透了，靠一把铁锨或斫镐就是累吐血也改变不了什么。

"考得远远的。"考，这是走出灯明寺的唯一出路。好，只要有路就行，有路他就有希望，尽管灯明寺通过考学走出去的人寥寥无几，他还是信心满满地为拥有这种可能而暗暗庆幸。

太阳升到天空正中，他和自己的影子重叠在一起，他的肚子咕咕叫起来，早晨的力气已经耗尽，他想躺地上休息一下，可是父亲和母亲还在干活，他为自己有这种想法感到羞耻。奶奶和弟弟已经回去准备午饭了，再坚持一下就能吃到白面饼和炒鸡蛋。平时白面都是给奶奶吃，中午贴玉米饼子的时候，母亲给奶奶做一个白面饼，奶奶会说自己爱吃玉米饼子，省出一点给他和弟弟解馋。他大了，知道奶奶在说假话，每次都拒绝奶奶的白面饼。一年到头除了过节，只有割麦子和刨棒子的时候白面饼是可以敞开吃的，一想到松软的白面饼和香喷喷的鸡蛋，他忍不住咽了几下口水。他的手上磨出了好几个血泡。母亲早有准备,拿出针,点燃火柴消毒,把血泡一一挑破,挤出脓水,烧了一点柴灰撒在伤口处。母亲让他歇会儿,不要再刨了。他没说话,拿起矽镐钻进棒子地里。他不想停,这是他在没有实现理想之前的生活,他必须面对现实,分担父亲、母亲和奶奶的苦难,像所有为理想而奋斗的英雄豪杰一样,吃苦耐劳,忍辱负重,承受该承受的一切。

"妈妈——哥——"钟有鸣听到了弟弟的呼喊。这呼唤带着白面饼的香味呼啸而来,让他迫不及待甩掉矽镐,摇摇晃晃往地头走。的确,他因为明确了人生目标而有些兴奋,可这兴奋只是他心底的力量,根本不能化成刨棒子所需的力气,也不能变成美食充饥,他又累又饿,几乎瘫倒,连手都顾不上擦一下,抓起白面饼大口吃起来。

吃饱喝足,那种理想的力量慢慢回到了身体中,作为一个树立了远大理想、要为很多人谋幸福的人,他要做好身体上和精神上的双重准备。他想起那段他悄悄背了很久的话:"天将降大任于是人也,必先苦其心志,劳其筋骨,饿其体肤……曾益其所不能。"汗水、血泡和他面对无边的庄稼所生出的恐惧和厌恶,所有这一切都是理想对他的考验,他还处在为理想做准备的阶段,决不能让艰苦的现实淹没自己的意志。

棒子秸终于被刨完了,在他们体力几乎被耗尽的时候,全家终于可以坐下来,开始剥棒子。这活和刨棒子比轻松许多,撕开棒子皮,摘除玉米须,把棒子掰下来,堆到一起。这活看起来简单,其实更挑战他的意志力。他的手几乎不听使唤,不时出现的虫子让人厌恶,坐在棒子秸上时间久了,屁股磕得生疼,他真希望自己是科学家,能研究出一个设备,轻轻松松收获这遍地的庄稼,让在这片苍茫大地上的农民都能轻轻松松种地。

父亲把棒子秸捆好,扛到一起,堆成一个个棒子秸垛。天快黑时,他们把棒子装进麻袋,父亲架着牛车,往家拉棒子。弟弟趴到车上,父亲也让钟有鸣上去,他拒绝了,他更愿意和父亲一起,跟在牲口旁边,让村里人看到一个懂事、勤恳、爱惜牲口的男子汉形象。

钟有鸣看到了小玲,他们一个班,没说过话,她是女生中学习最好的。小玲也看见了他,显然想掩饰自己汗湿脏污的形象,躲到了远处。钟有鸣还是想在小玲面前表现勤恳能干的一面,从父亲手里接过鞭子,模仿父亲吆喝牲口:"哦——哦——"牛并不怎么听他的话,看他举起鞭子就躲着他,牛蹄子踩到泥坑里,车身震了一下,满车玉米秸发出唰啦唰啦的声音。他举起鞭子抽打牲口,被父亲喝止,父亲要回鞭子,随着牛的性子不紧不慢地走着。

从地里回家的路只有一条,这条路从南到北,一直通到县城,应该还能通向更远的地方,但他连县城都没去过,更不用说其他大城市。他在这条路上走了十四年,他已经熟悉路上的每一处坑洼,那些被车辙轧出的沟壑夏天灌满泥水,陷进去就很难出来。村里年年修,修好之后很快又轧出新的坑洼。天已经暗下来,那些坑洼处比其他地方明显暗淡,他尽力躲着那些坑,却还是踩了一脚泥。如果路好走一些,他们早就到家了,早就吃上白面饼,躺在床上美美睡一觉。他在历史课本上学到过"路路通百业兴",然而,今天他才体会到路太重要了。

灯明寺只有一条路,他的人生也只有一条路。"自古华山一条路。"他忽然想起这句话。这么大的灯明寺只有一条路,太寒碜了,为什么不能有两条、三条?为什么不能修宽一点平一点?他看着黑暗中卑微的线绳一样弯曲的小路,暗暗下决心:将来他要回来修路,修了南北路,再修东西路,让灯明寺成为一个四通八达的地方,村里人想去哪儿就去哪儿。这想法让他浑身的疲惫和疼痛都变得深沉又豪迈,像路边新栽的白杨一样,有一种说不清的力量。

那天晚上，一家人吃完简单的晚饭，父亲搬出大簸箩，先倒入一麻袋棒子，金黄的棒子粒紧密排列，用手根本搓不动。奶奶先用剪子或者棒杵子搓开一溜棒子粒，成排的棒子粒一下松垮下来，像被分裂的士兵，队形立刻就有些歪斜，这时候大拇指稍微用力，棒子粒就稀里哗啦落到簸箩里。记忆里他的手很快就搓疼了，母亲和奶奶像没有痛感一样，依然不紧不慢搓着，父亲准备明天干活的家什，弟弟早就睡着了，发出让钟有鸣羡慕的鼾声。

那天晚上钟有鸣中途醒了，一缕月光从豁开的窗纸里透进来。他爬起来出屋撒尿，看到天上一轮满月，那么圆，那么亮，地上铺满白银一样。好奇心给了他勇气，他想看看夜晚的小河，他轻轻拉开门闩，河水在夜晚墨一般黑，月亮在水中的倒影像母亲那面小镜子，他想往河边走走，对门的狗忽然吵叫，他只好退回来。月亮这么圆满，他觉得这是好兆头，预示着他的理想能够实现。他回到屋里，忽然想写诗，轻悄悄点了煤油灯，找出已经用过的作业本，在反面写下了他人生第一首诗《夜雨中的小白杨》：

> 你来了，从我不知道的迷蒙的远处
>
> 流着汗水来到我身边
>
> 来到稚嫩的小白杨身边
>
> 小白杨，在暮色中隐逝童颜的小白杨
>
> 在频频颔首后拥抱了你
>
> 拥抱了一颗湿漉漉的晶莹的心
>
> 幽远的夜色的苍冥
>
> 在吻别了夕阳的最后一缕微笑后
>
> 含着依依惜别的泪水
>
> 悄悄来到小白杨身边

小白杨以他深情的礼貌
接受了这天国圣洁的露水
也接受了天香透明的抚慰
夜雨，来到了失去绿叶的小白杨身边
小白杨在夜雨姗姗远去的余音里
昂起了头

前方四百米进入便道

　　蒋小贞听说小四被杀的消息,哭得饭都吃不下。小四和小贞的女儿丫丫同岁,俩孩子要好,又是同桌,丫丫在家常把小四挂在嘴上。小贞从小四身上隐约看到了当年的蒋福锁,小四像蒋福锁当年帮小贞一样,总是明里暗里帮衬着丫丫,有点好吃的就省给丫丫。十一岁的孩子,谁能下得去手啊?小贞丈夫瘸着一条腿,特意做了小贞爱吃的鸡蛋面,可她吃了一口就抽噎起来,她真是太心疼孩子了。

　　晚上,劳累了一天的丈夫已经睡去,月亮慢慢升到窗幔上,小贞似梦似醒一样回到了过去。那一年,娘得了病,小贞并不知道是什么病,她只知道娘总是喘不上气,动不动就咳嗽,也买过药,后来就一直扛着。小贞的爹蒋炳章偶尔会弄一个梨,让娘"压一压",娘多数只是咬一口,就给了小贞。小贞知道家里没钱给娘治病,这个梨是减缓娘病痛的,她就跑出去,找点活干。小贞什么都会,纺线、挖野菜、喂鸡、剪鞋样,她还跟邻居福锁的娘学会了绣花,没有白布,小贞只能在一块手绢上绣了一对鸳鸯。

"真是心灵手巧的闺女,嫁人的时候大娘送你一对鸳鸯枕头。"

这是小贞第一次听到别人说嫁人的话,她脸红了。

大娘笑起来:"这么点小人就知道害羞了?"

小贞已经知道嫁人是什么意思。听娘说,娘十几岁嫁给爹,这么说,再有几年自己也该嫁人了,意识到这个问题时小贞有些伤感,因为她还什么都没有准备,家里这么穷,肯定没有嫁妆,即使爹娘给她也不能要——两个哥哥蒋大龙和蒋二龙结婚得用钱,她得让给他们。她得自己攒嫁妆。

从那天以后,小贞会偷偷照镜子,尽管镜子已经斑驳不堪,那朵硕大的牡丹花上甚至有了一条裂缝。洗脸的时候小贞也不再潦草地只洗鼻翼两边的面颊,而是仔细把耳根后和脖子也清洗干净。她也开始关注男孩子,希望引起他们的注意。她用心学习纺线、织布、做针线活,她看过村里人的婚礼,特别愿意看女人结婚的时候娘家陪送的铺盖,日子好的陪送八铺八盖,一般也得四铺四盖。

和平时不同,结婚时绿被子是新娘子盖,红被子是新郎盖,小贞每次都特别留心那两床红红绿绿的被子,留心被面上的花朵和鸳鸯,每次看心里都长出一股暖融融的感情。她知道自己家里日子不好,她不可能有那么多洋布被面,娘最多能给她织出四铺四盖,如果日子好点,会给上面织点条纹或方格。小贞知道,娘会尽力多续点棉花,可小贞想有一床洋布绿底红花被面。小贞想了很多天,决定自己偷偷买一块,这想法让她脸上火烧一样滚烫。

在有了自己买一床洋布被面的想法后,小贞比之前更勤快了,村里收芦草,一斤二分钱,她每天有空就去割,最多一次卖了八分钱,四斤草,满满一筐,她给娘六分,自己留了二分。她的心怦怦直跳,好像那二分钱硬币从口袋里跳进了她的心脏。

等到小贞十三岁，她手里已经有了四块六毛钱。腊月二十七是最后一个年集了，爹娘都在置办年货，她偷偷跑到供销社，买下了那块她早就看中的绿地红花被面，她把被面放在棉袄里，一路小跑着回家，藏在自己的枕头里。等娘从集上回来的时候，发现小贞满头大汗，还以为她生病了。小贞谎称赶集被挤得，娘半信半疑，但小贞此前从不说谎，幸亏娘还着急去买盐和过年吃的豆腐，匆匆忙忙就出门了。

小贞没能像娘一样在十几岁时就出嫁，因为时代变了，女孩们结婚都晚了。小贞每天忙着干活，累得沾枕头就睡，顾不上想太多，只是偶尔下雨天不能起早下地的时候，才偷偷拿出被面，闻一闻，摸一摸，幻想躺在这床被面里的幸福时光。娘的病越来越厉害，竟然没撑到他们兄妹仨结婚就走了，小贞哭得死去活来，然而日子还得过，爹一下子老了，两个哥哥也更加沉默寡言。小贞不得不承担起娘活着时的活计，早早起来给一家人做饭，给一家人洗衣服，缝缝补补，按时喂鸡喂猪，她希望自己能让这个家看起来不要因为娘的去世显得太凄荒。

小贞知道邻居家的福锁对她有意，起初她是不愿意的，觉得福锁不够勤快，也有点馋，她经常看见他爹娘干活，他在旁边吃着烤玉米或者啃一块红薯，这样的事小贞和二哥就从来没做过。他们只在该休息的时候才会停下来，而且吃完饭之后，他们也不会吃零嘴，那太不会过日子了。可是娘去世后小贞的心思有点变了，福锁比以前对她更用心了。他们在生产队干活，福锁总是想方设法排在她身边，帮着她干。她挑水的时候，他就帮着打水，没人的时候还帮着挑一阵。如果她跟福锁能成，离家近，还能照顾爹和哥哥。

奇怪的是，自从小贞意识到自己有可能嫁给福锁，她觉得那床被面没有当初漂亮了，再拿出来看时，和拿着其他粗布一样，没了异样的感觉。小贞抚摸着那些花瓣,像它们过早凋谢了,竟然伤心地流下泪来。那床被面后来被小贞送给了刚嫁进门的嫂子。

小贞早就知道自己的命运不是自己能说了算的,她只能把命定的生活尽量过得好一点。她几乎没有想过往事,在婆家的日子比在娘家时好一点,可都是在土里刨食,也不算多富裕,丈夫身体不好,孩子又小,一天天没有闲下来的时候。周围人都这么过,因为小贞丈夫会修理收音机,他们家比周围人还活泛些,小贞也因此对换亲的事慢慢释怀。

如今,小四的死像一个摁钉,一下把小贞的心思定住了,让她从一场梦中疼醒了。说到底,她也好,小四也好,他们都是苦命人啊。苦命人为什么要难为苦命人呢?再说一个孩子,谁下得了手。

女儿丫丫一直跟小四关系好,丫丫一定很难过。小贞一大早就摘了南瓜,割了韭菜,拿出三十个鸡蛋,想了想,又到街上买了两包点心,回来熬了玉米粥,烙了两张白面饼,咸菜切丝,放了点香油,一样样放饭桌上。丈夫看了一眼柜上的东西,没说什么话,两人安静地吃完饭,丈夫去换了一件干净上衣对小贞说:"我送你。"

"不用,我自己就行。你忙你的。"小贞边说话边洗刷碗筷。

丈夫没再多说,到院子里给自行车打好气,仔仔细细擦干净,进屋说:"我送你到村口。"

小贞不再坚持,给丈夫找出一双新鞋,说:"咱去看看我爹和丫丫,没事咱后晌就回来。"

"我就不去了,我在村口等你。"丈夫说。

"那咱不去了。"小贞赌气说。

丈夫看了一眼小贞,确认小贞是真心想让他去,脸色立刻活泛了,换上新鞋,把点心和南瓜挂在自行车把上。小贞提着鸡蛋,丈夫锁了门,一步跨上自行车,尽量骑得慢而稳当。小贞紧走几步,一颠身子坐上去，自行车摇晃了几下就平稳了。丈夫摁了几下铃铛，丁零丁零的声音在平原的坊间街巷分外脆响。

小贞瞬间忘了此行的目的，心情也轻松起来，一路上他们评论着沿途各家各户的玉米、红薯和花生，从庄稼的长势判断每个人家过日子的心气。路过自己家的棒子地，粗壮的棒子秆、硕大的棒子一个个摇头晃脑，像是为他们蒸蒸日上的小日子在做广告。

"再有半个月，棒子就熟了，去年小四跟丫丫还来掰棒子呢。"小贞叹了口气说。

想起曾经活蹦乱跳的小四，小贞丈夫心情也沉重了。一直好好的，没听说谁跟蒋福锁有仇，怎么就杀了他的孩子？也许这就是命。

"小四可能是童子命，要是提前知道，找块石头认个干娘也许就好了。"小贞丈夫说。

"你又说这没咸没淡的话。"小贞不愿意丈夫说这话，神神道道的，听了让人笑话。

"你还别不信。我四岁的时候就有一个算命先生对我娘说：'你这孩子七岁有灾，弄不好就要了命。'我爹不信，把人家骂了出去。我娘追出去给人家一块钱。那算命先生说：'幸亏你追来了，要不你这孩子留不住。明年你孩子生日那天，找块石头认个干娘，能留住命，不过可能会留下残疾。'"小贞丈夫说，"果然，七岁那年我就生了天花，怎么也好不了，后来医院一个老大夫给我开了药，打了针，命是保住了，可是……"

"保住命比什么都强，"小贞急忙打断他，不让他说出自己残疾之类的话，"你看小四，多可惜。福锁嫂子还不得跟半条命去。"

他们都没再说话，顺风，路面麦收前刚修过，平平坦坦，有的地方坑洼了一下，小贞丈夫能绕就绕，不能绕就趁机冲过去，显示出不输常人的力量和技术。小贞被颠得抱住他的腰，他觉得一股股热气从小贞的手指一点点往身体内部伸张，他那条健康的腿更加有力，残疾的腿也不那么疲软了，他心里喜欢这样的时刻，又担心把小贞颠痛，就把握着节奏，在平路上骑一阵，找个坑颠一下，小贞就轻轻捶他后背，笑着说："你这是故意的。"他不说话，心里已经漾满了笑意，可他们这是因为小四的死去老丈人家看女儿丫丫，他又觉得不可表现得过于轻佻。他不由想人啊，一尺是一尺，一寸是一寸，小四不是自家孩子，他们心疼归心疼，但不影响他们生活，可估计蒋福锁一家天都塌了，便觉得人情寒凉，骑得稳当了些。小贞感觉出了丈夫的心事，也觉得这样的路程两人打情骂俏不合时宜，也就沉默下来。幸亏路边景色实在好看，野花一簇一簇地，浅紫深紫，在路边兀自开着，根本不在意人世谁来谁往。小贞爱吃腌姜不辣，看那一蓬蓬黄灿灿的花就格外喜欢，丈夫看见一片水面，就招呼小贞看，说这样的地方才有鱼。他会钓鱼，不忙的时候就钓几条鲫鱼，煎了，放几块萝卜，倒两碗水，小火慢炖，汤慢慢就白得像奶汁一样，加一点海盐，放一撮香菜末，那汤鲜美得小贞能喝两碗。

"你要早点说，我就给老丈人钓几条鱼了。"丈夫说着，一不留神真冲进了坑洼里，小贞被颠得哎呀一声。丈夫急忙扶正了车把，歉意地问："没事吧？"

"鸡蛋别颠破了。"小贞看看鸡蛋，还好，一个都没破，就说："老实骑车，别三心二意的。"丈夫"嗯"了一声，车明显稳了许多。太阳已经升起来了，阳光照在庄稼和树上，地里好像有了一层透明的雾气，空气中有刚刚割过的青草味道，小贞忍不住深吸了一口说："真好闻啊。"丈夫受小贞的感染，也使劲吸了吸鼻子，好像他熟悉的土地真有了异香。两人说着话，时间好像也听走神了，很快就看见了十里村，两人又沉重起来，车速又慢下来。

"蒋力也不知道干什么呢？"小贞丈夫忽然说。

前方经过村庄,请慢行

蒋力退学快一年了。那天听到老师让他再留一级时,蒋力终于确认自己就是人们口中的傻子。他已经在四年级上了两年,如果再上就三年了。他低下头,再也不敢抬起来。他觉得也没必要抬起来了。一个傻子,还有什么可说的? 他一直抱着幻想,以为自己会是家里的例外。即使同龄的伙伴们突然扒掉他的裤子,即使他们举着柳条追打他,即使村里从来没有一个孩子肯跟他玩,他也没认为自己傻。春暖冬寒,鸟飞鱼跃,有好吃的让着老人,见到老人搀扶一把,这些他都知道啊。他怎么就是傻子呢?

可是他又得留级了,说明还是倒数第一。那些比他小的孩子都比他考得好。他也努力了,拿着课本偷偷背,考试时他还偷看了小四一道题,可他还是倒数第一。不傻能一直倒数第一吗?

原来他真是傻子,确认这件事情让蒋力一阵哽咽。老师还以为他不愿意留级,过来安慰他说,五年级功课太难,怕他跟不上,在四年级多上一年，基础扎实些。蒋力已经泣不成声了。如果能证明他不是傻子，他一辈子留在四年级都行啊。可他是傻子啊，他就是升了五年级也是傻子。他不是因为留级哭泣，而是因为自己是傻子啊。

下课了，那些平时总逗弄他的孩子们也没出去玩，都围在他身边。他们在和他即将告别的时候意识到自己一直嬉笑他有些过分，有一些愧疚和不舍纠结在一起的情绪。小四说："别哭了，到时候来五年级玩。"蒋力听见了，知道这只是安慰。小四比蒋力小三岁，在四年级不跟他玩，到五年级更不会跟他玩，因为他和他们不一样，他们不傻，他傻。

一想到"傻"字，蒋力的哭声更大了，像是从地底下直接钻进他心里，又从嘴、鼻子和眼睛里窜出来。他任由那哭声钻天入地，从教室直接冲过操场，在整个校园游荡，然后在坎坷的十里大街上撒泼打滚，最后旋风般变成滚滚烟尘，腾空而去。

十里村的天空忽然暗淡了。正是初夏，麦子黄梢，地头上的人们看见蒋力一路号哭着飞奔在路上。人们扔下铁锨和刚拔下的麦蒿，紧跟着追过去。他们被那哭声吓到了，怕那哭声掉进井里，撞到车上，或者发生其他什么意外。那孩子傻，傻也是十里村的孩子啊。十里村的人自己可以逗，可以嘲笑，甚至可以打，但是别人不行。谁把十里村的孩子逗哭了，打哭了，那是要付出代价的。

紧接着他们看到了老师，老师后面一群孩子，大呼小叫地追着蒋力。人们停下了脚步，知道不是外人欺负他，那就没事。自己村里的人，打打闹闹是常态，再说有老师呢。这些人最相信知识分子，他们相信老师有办法，老师怎么管孩子都对，老师就是打孩子，他们也认为天经地义。

蒋炳章早就听到了孙子的哭声，他的内心翻江倒海，他本来也想过去，可他也看见了老师。他蹲在地头抽烟，一锅接一锅，身子始终一动不动,好像没听见一样。等到人们怀着歉意复归原位,他才叹口气说:"要是实傻瓜就好了,什么也不知道,就这半精不傻的最难受了。说不知道吧,又知道点;说知道吧,又跟不上趟。难受啊。"

人们听了都苦笑一下,各自都继续各自的活计上,叹息声此起彼伏。

您已偏离方向

外孙女丫丫来了之后,蒋炳章提出让儿子蒋大龙和孙子蒋力单独过。蒋炳章觉得自己已经对不起女儿小贞一次,不能再对不住她,让小贞的女儿在娘家门上受委屈。

孙子蒋力已经是一个半大小子,看丫丫时眼神直勾勾的。蒋炳章几次看见蒋力跟踪丫丫,这要是正常孩子他不怕,这半精不傻真怕出什么事。蒋炳章没有急着赶大儿子和孙子走,而是先教给他们做饭,这爷俩都没傻到什么也不懂的程度,听懂了蒋炳章的话,也没做什么挣扎。倒是蒋二龙有些不忍心,担心村里人说三道四。蒋炳章叹了口气说:"这也是没办法啊,别等真出了事,后悔可就晚了。"说着冲丫丫住的房间看了一眼。蒋二龙一看,蒋力正踮着脚从窗缝往里偷窥,心里咯噔一下,也顾不上外人的评价,同意了父亲的意见。正好家附近有邻居的两间砖包角房子,房主人在别处盖了新房,蒋二龙当晚就找了房主,房主一听要给傻子住,说什么也不同意。蒋二龙把房租抬到每月五块钱才谈下来。蒋二龙置办了锅碗瓢盆，拉了一车柴火，本想让大哥他们过了年再搬过去，可他那天看见小四叫着丫丫上学的时候，蒋力通红着脸在后面跟踪，他也怕出事，匆忙让大哥他们搬过去了。

蒋力知道自己和爸爸被嫌弃了，因为傻。他被学校放弃了，被丫丫放弃了。就连爷爷和叔叔，也都放弃了他和爸爸。他从此要跟丫丫活在不一样的世界了。刚留级时他悲伤，丫丫跟小四同桌时他悲伤，但现在他不悲伤了，悲伤没有用。他搬过去之前还帮家里干活，因为担心丫丫说他懒，搬过去之后他见不到丫丫，就什么也不干了，一天天等着爷爷和叔叔来送饭，饿了就吃，渴了就喝，爷爷来喊他，他就跟着下地，不来喊他，他就睡觉。他终于彻底把自己当了傻子。

蒋力其实叫蒋力儿，生下来特别壮实，产婆把这个孙子抱给蒋炳章的时候，他竟然把包被蹬开了。蒋炳章看着那两条结实的小腿还是很高兴的，就顺嘴说了一句："倒是有把子力气，庄户人，有力气就饿不死。"人们就叫他"小力儿"了，开始加儿化音算是爱称，时间长了，发现这孩子随了他爸，少一窍，见人不说话，怎么逗他也不笑。蒋力儿五官其实挺周正，大眼睛，高鼻梁，就是木头人一样，没表情，眼神总是怯怯的，好像见什么都害怕。这时候人们再叫蒋力儿就有些戏谑的意思了。

人们几乎忘记了蒋力父亲的名字，都已经习惯叫他傻子。开始人们碍于蒋炳章的面子都是背后叫，慢慢就放肆起来。蒋炳章开始装听不见，后来听习惯了，面无表情，好像不计较的样子。倒是蒋二龙，只要谁当他面叫他哥傻子，都会挨他一顿臭骂。蒋二龙疼他哥，他哥也疼他。小时候蒋二龙尿床了，他哥把干净褥子换给他，自己躺在蒋二龙的尿渍里，早晨起来差不多就干了。但娘还是能看出来，娘以为是大龙尿的，就会连骂带打，把大龙揍一顿。那时候还没人敢叫大龙傻子。

蒋大龙十来岁前还是懂人事的,大人做饭他会拉风箱,还上过学,会认不少字。可是那年冬天放学后说什么也找不到他,找了整整两天,最后在盘古庙里发现了他,人已经昏迷不醒,谁也不知发生了什么,再醒来,人已经傻了。

那时候蒋炳章媳妇还活着,想起来就哭了一通,蒋炳章也难受。幸亏还有老二蒋二龙,机灵孝顺,把两口子哄得开心,后来又有了女儿小贞,日子照样过得风生水起。蒋炳章本想再要一个,媳妇却得了肺痨。医生说了这病的厉害,让家里人注意,可媳妇得照顾一大家子人,没把这病当回事,很快病得越来越重。蒋炳章卖了房子和几亩地,媳妇的病时好时坏,折腾了一冬天,开春了,以为病能好,没承想反而更重了,没几天就死了。家败了,连门口的香椿树也老于世故地枯萎了,这个红红火火的家因为肺痨说败就败了。那一年,蒋大龙十九岁,蒋二龙十六岁,小贞刚刚十四岁。

蒋炳章自己带着三个孩子,那日子是真苦啊,蒋炳章白天在地里干活,晚上回来给孩子们缝缝补补,邻居们也帮衬着,早早教会了小贞烧火做饭、做针线活,就是纳鞋底子纳不上劲,都是婶子大娘们帮着,爷几个倒也风平浪静地把日子熬过来了。到了大龙该娶媳妇的年纪,蒋炳章愁得唉声叹气,最终掏了高额的彩礼钱,给大龙娶了个外地媳妇。蒋炳章也很疼惜儿媳妇,说到底都是穷人家的孩子,不然谁舍得把好手好脚的闺女嫁到这么远。

等儿媳妇嫁进来,重活不用她干,好吃的先记着她,可即使这样也没能留下她。儿媳妇开始对日子还是满足的,虽然听不懂他们的方言,但她能明白这里有吃有穿,一天三顿饭,比在娘家的日子好,可她很快意识到自己其实嫁给了一个傻子,她也哭过,但还是认命的,干农活,做饭,收拾场院,即使怀孕了也没歇过一天,一直到生下蒋力,她也是满脸放光的,直到她发现蒋力和大龙一样,也是脑子有问题的人,她眼里的光一下就暗淡了。她先是睡懒觉,早晨说什么也不起,二龙和小贞也闹过,没用。蒋炳章心里不舒服,可也不好说什么,好赖下地回来能有口热饭吃。

夏天很快过去,秋天就来了,庄稼被依次收到囤里,蒋力也已经能在地上爬很远了,大龙媳妇虽然没有了起先过日子的心气,还是管孩子做饭,有个当娘的样子。

后来,村里来了个说书的,说的是《七侠五义》,连说了七天,说书的人走了,大龙媳妇也不见了。蒋炳章望着哭得死去活来的蒋力,觉得日子就像进了黑洞,永生永世也走不出去了。有人提议把蒋力送人,小贞说什么也不同意,再说,都知道蒋力的实情,想送也没人要。小贞每天早晚熬了红薯面糊,一口口喂蒋力。大龙也知道媳妇走了,对蒋力竟然也上心了,经常抱在怀里,生怕被谁抢走一样。

日子像门前的河水一样流淌,蒋力竟然也渐渐长成一个有骨头有肉的小子,个头比其他孩子还高一些,饭量也大,力气大得惊人,和小四摔跤从来没输过。蒋炳章知道蒋力不会挨欺负,心里舒心了不少。到了蒋力该上学的年纪,小贞给他做了书包,蒋炳章送他到学校门口,看着蒋力一颤一颤地进了教室,蒋炳章心里忽忽悠悠,好像人间地狱都走过一样。

重新为您规划路线

钟有鸣在蒋炳章家里听说了大龙媳妇的事，一个年轻的姑娘，被娘家嫁这么远，现在也不知所终，想起来就让人难过。

和这个姑娘比，钟有鸣显然是幸运的。他在十四岁时拥有了一把属于自己的斫镐，他后来对母亲说："其实那年咱们家还发生了一件大事。"

母亲想了想，说："没什么大事，都是鸡零狗碎的事，你上初中算大事？"

钟有鸣摇摇头说："那一年咱家买了一台收音机。"

母亲扑哧笑出来说："还以为是什么天大的事呢。"

对于十四岁的钟有鸣来说，那就是天大的事。

那年他们种的玉米丰收了。他们扫干净院子，把搓下来的玉米铺展开晾晒，这是他们几个人一年的口粮，打多少吃多少，稍有剩余便卖掉，换点钱买一家人的油盐酱醋和他跟弟弟上学的开销。那一年粮食丰收，日子好一点，奶奶让母亲做身新衣服，母亲没说话。母亲给他们每人做了一件新的确良褂子，自己则把几年前的旧棉衣拆洗干净，用省下来的钱买了那台棕色收音机。

这个一尺左右大的匣子让钟有鸣的世界轰然洞开。他盯着那些细小的灰色网格和网格后的圆形喇叭，难以想象在玉米、弹弓和麻雀窝之外，还有一个辽阔的世界，那个世界有汽车、飞机和精忠报国的岳飞，科学家能预知四万亿年以后太阳会爆炸……

生活的半径扩大了，钟有鸣从一个本能不安于现状的孩子成了一个关心国家大事的人，他比周围的人沉默了。听完《岳飞传》后，他希望自己精忠报国；听完《第二次握手》后，他渴望自己成为对国家和社会有用的人，他也希望自己有爱情，当然对象最好是小玲……他终于不再满足课本知识，开始想方设法找书看，然而方圆几里，他能看到的书也就是《雷锋的故事》。后来语文老师借给他一本书，没有封皮，钟有鸣一夜没睡，看完之后还不过瘾，又背诵了其中的序诗，一直到很多年之后他才知道，那是王蒙的《青春万岁》。

这段经历还是让钟有鸣变得和周围人更加不同了。他立志要成为书本上一直号召的那种有理想的人。这种理想从朦胧到清晰，一点点呈现在他的精神世界里，为实现这个伟大的理想做着他能做的一切准备。他寻找一切机会做好事，可是小小的乡村里能做的好事也就是帮村里的老人挑水、打场，路上遇到负重的人帮着背一下。从小学、中学到高中，钟有鸣成绩一直很好，他希望考上大学，能有更多的机会和更大的能力投身解放全人类的伟大事业。他如愿以偿考上大学，看起来离实现理想越来越近了。他的诗歌在刊物上发表得了十六元稿费，收到这笔稿费后他每天只吃两顿饭，省下一顿饭票钱，凑够了钱定了一份《参考消息》。他为自己能关心世界的大事而自命非凡，他那时候并不知道，他这种心性被绝大部分人定义为好高骛远。

他是家里的长子,大学毕业以后分到了报社,这是年轻的理想主义者认为最理想的工作,可以以笔为剑,挥斥方遒。他以为从此就算踏上了理想之路,没想到第一个月的工资就需要交给父亲还盖房欠下的债务,连自己已经在书店看过几次的《红楼梦》都舍不得买。弟弟不好好上学,成绩一直在中下游,差七分没考上高中,父母还想让弟弟跟他一样有个"铁饭碗"。他只好找到高中班主任,请他给弟弟一个插班的机会,机会给了,但是需要两千五百块的费用。父亲卖了猪和三口袋玉米还是凑不够。钟有鸣咬着牙跟同学借钱,同学都是农村的,跟他情况基本都差不多,都是一个人考出来,拖着全家的指望,东拼西凑了一顿,还差两百八十块钱,说什么也找不到能借钱的地方。下班了,钟有鸣没食欲,对着办公室的窗户发呆,好像那扇窗户能吐出钱来一样。

潘临那时候从部队转业分到运河区公安局三年了,刚破获了一起盗窃案,到电视台接受采访,没经验,几次拍摄都不成功,不是眼睛看了不该看的方向,就是说台词的时候结巴,折腾到六点钟。他想请几个记者吃饭,大家都说没时间,得抓紧把片子剪辑出来。潘临只好道谢告别。

潘临那时候也是年轻气盛,先回局里看看,确定没事才下班。也是被采访有些兴奋,他想找人聊天,特别希望跟媒体记者搞好关系,希望自己多上报纸,多上电视,多露脸。想了一圈认识的记者,他跟钟有鸣虽然认识时间不长,感觉还能聊到一起,再说钟有鸣刚入职,资历浅,还不至于摆谱,就给钟有鸣打电话,问他干吗呢。钟有鸣正窝在椅子上为钱发愁,就说在单位。潘临问:"怎么还不走?这么积极?"钟有鸣知道潘临是破案青年标兵,前几天《瀛洲日报》还采访过,也有些仰慕,但钟有鸣和很多刚入职的大学生一样,局促和傲慢集于一身,心里又有事,被潘临一问,有些措手不及,吞吞吐吐地说:"哪有闲心积极啊。"

潘临一听就知道遇他到了难处,男人的自尊和自卑像眼镜片一样,一边一个,外人看不出差别。潘临想,年轻人的苦恼无非是缺爱和缺钱两件事。缺爱他有经验,可以帮着参谋一下。缺钱嘛,只要不是大数目,也不是多大的事,他就说:"是失恋啊还是缺钱啊?"

钟有鸣本来挺自卑的,被潘临这么直截了当地一问,心气立刻像扎破了的气球一样,满腹满心的郁闷一下就释然了,也不矫情了,直接说:"缺钱,两百八,哥们支援一下。"

潘临说:"多大的事呢,哥去找你,请你吃刀削面,吃完给你钱。"

报社出门左拐,第一个店铺是蓝天打印社,依次是李家刀削面、清润回家羊杂汤、张记焖饼。两人进了面馆,要了鱼香肉丝、烧茄子,两瓶二两装的御河春老酒,一人一瓶。钟有鸣没什么酒量,几口酒下去就脸红脖子粗。潘临敲打说:"看来记者不行啊,得练啊,吃口菜。对了,前几天在报纸上看到了你的诗,不错啊。没看出来,你还写诗。写诗的人都能喝酒,李白斗酒诗百篇,来,干一杯。"

钟有鸣端了杯子抿了一口。潘临不干了,逼着钟有鸣把酒喝干了,钟有鸣被辣得龇牙咧嘴,潘临看了特别开心,说:"今晚能写几首吧?"

钟有鸣吃了一筷子肉丝,说:"好久没写诗了,写不出来。"

"是没灵感啊还是没悲愤啊,不是说悲愤出诗人吗?"潘临半是调侃半是认真地说。

钟有鸣又喝了一口酒,被辣得挤挤眼,说:"面对沉重的现实,诗歌还是太轻佻了。"

潘临听见这话,想笑,心里说,这年头要是跟别人说这话,会被当成另类。

"哥,有本书你看了吗?《平凡的世界》,现在都在看。"钟有鸣接着说。

潘临有些尴尬地说:"听说过,没看。"

"哥你必须看,不看这本书你就不能理解中国农民,不理解中国农民就不了解中国,不了解中国你就不了解我。"钟有鸣喝了一口酒,接着问:"哥,你的理想是什么?"

他要谈理想,这小子是真年轻啊,大家都在谈去哪里跑钢材、找谁要石油、跟哪位主管领导要项目,谈理想显得书生气了。可潘临就喜欢钟有鸣身上这股书生气,不俗,或者说,还没变俗。潘临饶有兴趣地说:"有你说的这么好?我找来看看。"

"我明天就给你送去。这本书我读了三遍。你可能看不进去。"钟有鸣说。

"为什么?我文化程度低?"潘临问。

"不,你不是农民,你不知道农民经历了什么,承受了什么。"钟有鸣说。

"我去过农村,我爸就是下乡知青。"潘临不服气地说。

"那不一样。"钟有鸣说。

"我爸跟农民一样种地,什么活都会干。"潘临强调说。

钟有鸣看着刚进来的几位民工,沉默了一下,小声说:"一个是从外面进了一个黑屋子,待一段时间就出去了,一个是世世代代待在黑屋子里,从来不知道外面的世界。你觉得能一样吗?"

潘临真没想过这个问题,尽管他的确到过农村,但真没意识到,那片广阔的原野在钟有鸣心里竟然是一个黑屋子。他若有所悟,又不明所以,追问:"你是说城乡二元结构阻碍了农村发展?"

"不止,"钟有鸣说,"农民的黑屋子已经存在了几千年,不打破这个黑屋子,农民就没有出路。农民的出路就是中国的出路。"

这就有些高谈阔论了,要放在前两年,潘临想跟钟有鸣好好聊聊中国的出路问题,聊聊法治化,聊聊制度建设,但他已经过了热衷这种话题的年龄,目前对如何破案、怎样实现升职更有兴趣,他已经深切体会到,改变现状最有效的出路是把这些具体可感的工作做好,而这些是没办法和钟有鸣这个毛头小子说的。但潘临还是喜欢这个小伙子,像几年前的他一样,身上有一股劲,眼下有些血脉偾张,一旦成熟就是一个干将。潘临接触过很多记者,钟有鸣有这个时代的年轻人该有的思想、气势。钟有鸣跟大部分年轻人不同,他天生有主角意识,时刻都想走到前台、走到舞台中央,把心里的想法付诸实现。潘临欣赏他这种咄咄逼人的气势。

潘临也是想走到舞台中央的人,所幸他们不在一个领域,不然,钟有鸣就会是他最强劲的对手。

想到这里,再看钟有鸣,潘临的眼神就有了冷冽之气,他忽然说:"我在你这个年纪的时候,也想做英雄。"

钟有鸣一笑:"大几岁啊就倚老卖老,有点过分啊。"

潘临一笑,干了杯中酒说:"走,取钱去,别耽误正事。"

钟有鸣本来是悲怆的,他一入社会就被现实打了一个跟头,没想到潘临手指头拨拉一下,他来一个后空翻,毫发无伤。

第二天,钟有鸣就揣着凑够的钱把弟弟送进了高中,千嘱咐万叮咛,让弟弟一定好好学习,自己急匆匆到运河区公安局,想跟潘临汇报一下情况。

潘临正准备出去,对着眉目深沉的钟有鸣挥挥手说:"办完了?挺好。"压根没给钟有鸣表达感谢的机会。

您已偏航

　　蒋二龙家离大队部不远，只隔着两条胡同。蒋二龙家在胡同第二家，和小四家是前后邻居。隔着两户就是蒋力的住处。潘临怀疑蒋二龙，是因为村民们都反映，蒋二龙和小四父亲蒋福锁有过纠纷。几年前蒋福锁盖房的时候想往后延伸一下，让院子宽敞些。蒋二龙寸土不让，扛着铁锨站在蒋福锁宅基地前大喊："你不是有四个儿子吗？挪一寸拿一个儿子的命来换。"

　　蒋福锁果然死了一个儿子，蒋二龙成了村民们第一个怀疑对象。蒋二龙自己也知道这一点，他对来询问的潘临说："不做亏心事，不怕鬼敲门。"

　　潘临对这种表白毫无反应。他看了蒋二龙一眼，说："说说吧，为什么鬼会敲门？"

　　这些年，蒋二龙和蒋福锁确实经常闹矛盾，最近的一次是因为浇地。春天来了，院子里的老槐树开满槐花，每年冬天过去，蒋二龙就等着满院槐花香的春天,墙根下会抢先长出几棵青草,穷的时候,苦菜、荠菜就能接济青黄不接的日子,如今他成了村里最有钱的人,可他还是年年尝尝这些野菜,好像唯有吃过春天的野菜和槐花饼子,这一年的心愿和日子才能像树苗一样开始生长。那天,蒋二龙知道该他浇地了,所以一大早就爬到树上撸槐花。媳妇做了槐花糊饼,熬了玉米粥,他吃完了饭还不到七点,到田间一看,发现蒋福锁已经把水管挪到他家地里,蒋二龙一看气不打一处来,围着麦子地转了一圈,问蒋福锁:"今儿该谁浇地?"

"你不忙着找傻子吗?"蒋福锁说。前几天蒋大龙又走丢了,找了两天才在盘古庙找到。

蒋二龙正色说:"我问你,今儿该谁浇地?再说了,傻子是你能叫的吗?"

蒋福锁说:"谁来谁先浇,又不是谁有钱谁先浇。"

蒋二龙说:"我有钱也没挣你的钱,你眼红也没用。今儿你把管子挪过来咱啥话也别说,不然,我让你浇不成。"说完他大步走向机器,想拔掉电源。

有邻居出来拦在蒋二龙面前,说:"你还在乎这点地吗?不就晚一天吗?"

蒋二龙并不想和蒋福锁闹,但是蒋福锁一而再再而三地跟他对着干,他如果一再忍让,会让村里人觉得他好欺负,这是他绝不允许的。他对蒋福锁说:"早一天晚一天不要紧,可浇地有浇地的规矩,你对我有意见,可以,但你不能坏了规矩。"

蒋福锁就看不得蒋二龙煞有介事的样子,一脸轻蔑地说:"在十里村还轮不到你说规矩,自己姓啥都不知道,还讲什么规矩。别以为有几个臭钱就可以吃三喝四,搁前些年哪有你说话的份?"

蒋二龙对蒋福锁的轻蔑并不在意,他犯不着跟一个被自己远远抛在身后的人一较输赢,再说老邻旧居,他真不想把事情弄得没法收场,可蒋福锁太不知进退,说话不留后路,不给他点颜色看看必然会得寸进尺,他冷着脸说:"你还别不服,老子就是三十年河东三十年河西,今儿正大光明挣了钱,老子扬眉吐气了,任何人想骑到老子头上拉屎都不行了。"

蒋福锁不依不饶地说:"三十年?一百年也是少三点。"

这话明显就是拱火。"真混账啊,"蒋二龙痛心疾首地想:"说这么难听的话,这是逼着我出手吗?"这些年,他对蒋福锁的感情是复杂的,他知道蒋福锁恨他,他也恨自己,可一个农村穷小子,没有任何能力化解这种恨。蒋二龙曾经希望蒋福锁能找个没人的地方揍他一顿,如果蒋福锁这样处理他们之间的矛盾,他心里会痛快得多,他会视他为兄弟,跟他敞开心胸,现在他有钱了,会买些好酒好菜,哥俩一醉方休。可是蒋福锁偏偏用这种方式折腾他,他不还手显得不爷们,真还手他又下不去手,他正纠结怎么处理,听到一位围观的年轻人问旁边的老人什么是少三点。老人用胳膊肘捅了一下年轻人说:"姓江改成了姓蒋不就没了三点嘛。"

蒋福锁哼了一声说:"仗着少三点沾光呢,要不,单门独户哪敢这么硬气。"

蒋二龙真郁闷,过去他穷,村里人看不起他,现在他富了,这些人嫉妒他,他厌恶这些人,可他哥走失的时候,也是这些人跑前跑后跟着他找人,他跟这些人没脾气。按说他不是从前了,几亩麦子的收成好坏已经不影响他的日子,要不是爹和媳妇坚持,他压根不想种地了,可既然种他就想种好。如果蒋福锁好好说,晚浇一天早浇一天他可以不在乎,可蒋福锁一步步逼他,他迫不得已大喝一声:"蒋福锁,你今天必须把水管子挪过来!"

围观的人越来越多,蒋福锁的情绪更加高涨,他太想在大庭广众之下压下蒋二龙了,他就不信他们蒋家会容忍一个混进来的外姓人飞扬跋扈,他也大声说:"我今天就不挪!"

蒋二龙很希望人群中能有个人出来阻止一下,可看看这些面孔,都是看热闹不嫌事大的人,他只好死扛,说:"你不拔我就把你机器给砸了!"

蒋福锁从鼻子里哼了一声说:"我还真不信拿妹子换媳妇的男人能有这胆!"

这是蒋二龙的软肋,他觉得脸上火辣辣滚过一阵火焰,抄起铁锨就冲过去。小建成拽了父亲一把,没拦住,几个看热闹的村民也看出蒋二龙真急眼了,他们想看打架,但不想真出大事,再说打人不打脸,说话不揭短,蒋福锁不该提这些陈年旧账,就拥上来拉架,有劝蒋二龙的,也有敲打蒋福锁的。

这时候蒋福锁媳妇也赶来了,径直跑到蒋二龙面前,一边手抚着蒋二龙胸口一边说:"二龙哥,别跟他一般见识,福锁说你忙,顾不过来,别让机器空着,就先浇上了,管子挪来挪去也忒麻烦,我家浇完就你浇。"

蒋二龙把那只细瘦又粗糙的手拨拉开,那只手执拗地又回到蒋二龙胸口,一边抚一边说:"哥啊,你的地我帮你浇。"

村里有讲究,弟媳和大伯哥不犯话,男人见到弟媳都躲着走。蒋福锁媳妇一口一个二龙哥,蒋二龙有些无奈,他不能和一个女人较劲,就气哼哼地说:"拿妹子换媳妇是我蒋二龙走背字,是我脸上一辈子的疤。咱今天把话撂这里,我蒋二龙要把妹子换回来。"

蒋福锁不依不饶地说:"你能把妹子换回来,你能把你祖宗那三点添上吗?"

蒋福锁媳妇转身就给了蒋福锁一巴掌说:"你除了会说这种浑话还会干什么?"

旁边村民也看不下去了，拉着蒋福锁说："过分了啊，对门识户的，总提这些陈芝麻烂谷子，还像老爷们吗？这地就该二龙浇，你这没理搅翻场，人家不跟你一般见识，你这还没完了。"

蒋福锁媳妇紧跟着说："二龙哥，福锁一脑子糨糊，别跟他一般见识。"

蒋建成忽然从大人们的腿缝中挤出来，大声说："爸，咱明天浇。"又转身对着蒋福锁说："福锁叔，你浇吧，我帮你。"这话像三伏天忽然降下的小雨，三下五除二把在场所有人心里的火熄灭了。

蒋福锁听见蒋建成这样说，脸上也露出愧色。蒋福锁迟疑了一下，弯腰抱起水管。蒋建成拦住他，转头对父亲说："爸，让叔先浇，浇完了我们浇吧，明天浇不一样吗？"

围观的人一阵唏嘘，纷纷感叹说："建成这孩子真出息。"

蒋二龙知道，儿子大了，嫌这样丢人，他可以不在乎任何人，可他不敢不在乎儿子，这个逐渐与他齐肩高的小子寄托着他对这个家的全部希望。爹当年把这个家拖出了生死线，他把这个家拖出了贫困线，他指望建成能把这个家带到一个更高的阶层。建成那双像他妈妈一样的细长眼睛里，有一种和孩子身份不相符的稳重。建成的脸型和鼻子像他，他能看出来，儿子性格更像爷爷，沉默寡言，有一种村里其他孩子没有的劲头。建成比那些孩子顾家、肯干，下学就往地里跑，各种农活都干得有模有样；建成也比那些孩子更有想法，书本总是整理得整整齐齐，作业本上几乎都是对号。因为这个儿子，蒋二龙原本一次次想脱缰而去的心又一次次收敛回来。

蒋二龙看了儿子一眼，就骂骂咧咧往回走。这时候蒋福锁的狗在众人脚下不耐烦嗅闻。蒋二龙一脚踢过去，狗尖叫一声就跑，蒋二龙还觉得不出气，拿起铁锹直奔蒋福锁的狗："我砸死你个畜生！"

几个月后的一天深夜，蒋福锁的儿子小四被砸死了，整个村子都被砸疼了。原本有说有笑的黄昏变得沉重,一个村的炊烟都没了味道,甚至连牲口都显得迟钝茫然。蒋二龙听到警察说出详情时更是一惊,他觉得一口咸重的浓痰从喉咙滚到胸口,又从胸口挤向鼻腔,他这个自诩见过世面的男子汉浑然不顾形象和体面,眼泪和鼻涕一起流了下来。

潘临知道不能轻易从嫌疑人的言行来判断案情,但他还是直觉眼前这个蒋二龙不太可能是杀人犯。还不到下结论的时候,他不能放过一丝疑点,他直视着蒋二龙的眼睛说:"受害人脑袋上被砸了碗大的窟窿,几乎没有挣扎。熟人作案的可能性很大。"潘临违背了办案规矩,捕捉着蒋二龙一丝一毫的表情动作,说:"案犯手劲不小,不像孩子的。"说着看了看蒋二龙的手。

蒋二龙下意识地收回了放在桌上的手,看了潘临一眼,又避嫌一样,把手放回桌面。他红着眼睛说:"小四才十一岁,能得罪谁啊?这谁他妈的这么混账?"

潘临不为所动,问:"你在和蒋福锁吵架的时候有说过要砸死他之类的话吗?"

蒋二龙愣了一下,犹豫着回答:"说过。"

旁边的小警察做了记录,蒋二龙终于意识到自己这是被当作嫌疑人审问,吓出了一身冷汗。人命关天,不能感情用事,他急忙思考如何证明自己。

"你在跟蒋福锁因为宅基地扩建打架的时候,说过让他拿儿子命换这种话吗?"潘临继续问。

"那就是气话!我不可能杀小四!"蒋二龙急得站了起来。

"坐下。"小警察严厉地呵斥。

蒋二龙没听小警察的话,继续说:"你们不能凭一句气话就断定我杀人,不可能的!我不可能杀人,我那样说就是吓唬蒋福锁!"

"为什么吓唬他？"潘临问。

蒋二龙沉默了一会儿，说："他总找碴欺负人。"

"欺负谁？欺负你？为什么这么想？"潘临直视蒋二龙的眼睛。

蒋二龙犹豫了一下，说："我哥是个傻的，原来我们家里穷，蒋福锁看不起我们。"

"看不起你们，你就杀他儿子？"小警察说。

"我没有杀人。"蒋二龙又站起来。小警察又呵斥他坐下。

"案发当天晚上你在哪里？"潘临问。

蒋二龙反复地说："我不可能做对不起福锁的事，我更不可能杀小四！"

小警察问："为什么？"

蒋二龙说："没有为什么，就是不可能！"

潘临说："如果你不说出原因，后果你自己清楚。"

蒋二龙沉默了，汗水从他全身每一个毛细血管里涌出来，他知道扛不过，不得不说出了自己的不在场证明。他的不在场证明和小四的死一样震惊了十里村。

距离目的地还有一百五十六公里

　　钟有鸣记得小时候问过父亲为什么家里没有书。父亲眼圈一红，说原来有，都烧了。他想知道为什么被烧掉，父亲从来不说，但是母亲偶尔会说起，说他们先是吃树皮、野菜度过几年饥荒，后来因为家庭成分不好，家里的东西被东抄西砸，剩下的只有几件勉强维持日常生活的用品。

　　"你爸爸的书，都被抄走了。"母亲这样说。而父亲已经走出屋子，躲到他们看不到的地方去了。

　　几天后，父亲不知从哪里给钟有鸣找来几张报纸，其中一张是一九七七年九月十日的《人民日报》，整版都是毛主席逝世的相关文章。而对钟有鸣影响最大的是一九七八年二月十七日的报纸，上面刊登了徐迟的报告文学《哥德巴赫猜想》。钟有鸣真希望像陈景润一样，做一个能为国家做贡献的数学家，可他数学成绩在学校仅是中游偏上，肯定做不到，他也做不到成为徐迟这样的作家，于是立志成为一名记者,专门采访世界上伟大的人。钟有鸣毕业后如愿分到了报社,开始也想继续志存高远,以笔为镐,在文化领域开疆拓土。

做记者的第一个十年,钟有鸣陷入了与李梅的爱情纠葛,难以自拔。钟有鸣爱李梅,尽管在他母亲看来李梅过于瘦小,但李梅身上有一种乡村女孩没有的洋气和精致。她经常穿着得体的牛仔裤和白T恤,有着稍卷的短发、白皙的小手,说着一口标准的普通话,让那些一口方言的进城乡村女孩相形见绌。他爱她浑身上下毫无泥土气息的干净和满口诗词的才情,还有他羞于启齿的一点,他爱李梅毫不扭捏的爱情动作,她会自然挎住他的胳膊,看起来是小事,却是他在乡村十几年从来不敢想象的。但他的痛苦也在于此。

李梅是他的初恋,他不会谈恋爱,不会接吻,是李梅用舌头撬开他的牙齿,他才开始享受与李梅唇齿相依的快乐。当李梅在他面前脱掉全部衣服,他被那具白皙柔顺的女性胴体一下镇住了。他不知道如何面对那平滑的小腹和高挺的双乳,他浑身颤抖,不知所措,是李梅又坐起来,为他脱掉衣服,把他的手放到该放的位置,他几乎没做任何挣扎就突然爆发,在他无力控制的号叫中偃旗息鼓。李梅意犹未尽地一动不动,一双笑眯眯的眼睛里充满了挑逗和饥渴。尽管他迅速奋起,重新和李梅进行了一场激情澎湃的狂欢,但是热潮之后,他才意识到,自己再也不是处男之身,而躺在身边一脸沉醉的李梅显然早就不是处女。

他深陷痛苦之中,发现一直以为的爱情原来不过是别人用过的水杯,他也可以使用,却会因意念中突然出现的他人唇印而骤然惊醒。他试着问过是谁,李梅却抗拒,说自己是在体育课时不小心受伤才导致的。

他真希望自己再愚蠢一点,这样就不至于让他从李梅娴熟的恋爱动作中看出她曾有的经历,他气愤地写下《谎言》:

我不敢碰掉草叶间
露珠默默的情感
不敢相信,黑夜有月亮
也有时隐时现的子弹
我不敢和天真的孩子对视
不敢和深刻的长者长长攀谈
我丢掉了妈妈眼睫下曾有的童话
不敢相信还有太阳升起的明天

李梅在钟有鸣的宿舍读了这首诗,什么也没说。

钟有鸣也不想说话,他们就那样一直坐到天黑,没人主动去开灯,黑暗中,钟有鸣说:"我想知道事实。"

前方拥堵，请绕行

钟有鸣下乡之后，李梅周一到周五回娘家，周末才回他们自己的住处。这是他们第一套房子，每一块地砖、每一件家具都是她和钟有鸣精心挑选的。没法用语言形容她在有了自己的房子之后那种幸福感，她一直以为那是在结婚之后最幸福的一件事，直到有了小宝，才觉得有了比一套房子更值得拥有的幸福。小宝生下来后，爷爷、奶奶、爸爸、妈妈，给小宝取了一大堆名字，《新华字典》《康熙字典》《梅花易数》这些可以用来取名的书籍，经常挂在一家人嘴边。李梅的公公搬下了橱顶的马克思、列宁的著作，为宝贝取名方思宁，希望外孙能继承他的事业。李梅强行霸占了取小名的权利，拒绝了宁宁、思思、蒙蒙之类，就叫宝。孩子真是她的宝，比她自己还重要的宝。

李梅的孤独感是十七岁那年产生的。在这之前她需要刻意低调才能和周围人保持良好关系，自以为是同学中最幸运的，她的父亲是市领导，作为干部子弟、独生女，稍有放纵她就会被列入"何不食肉糜"的人中,被周围人敬而远之。所以她一直穿最平常的的确良裙子、平底鞋,跟同学们去食堂打饭专门选土豆丝、烧茄子这类便宜的素菜,每次回家都像饿了八辈子一样,吃得狼吞虎咽。尽管这样,她心里是幸福的,即使平日里粗茶淡饭,背后殷实的生存底气让她能保持气定神闲。

每年的六月六日,父母都会为她隆重过生日,爸爸不管工作多晚回来都要送她礼物,会眨眼的布娃娃、能听音乐的书包、一块带着异国气质的巧克力……这些惊喜让她在学了生物课后一直庆幸自己,能集合这样一对男女的优点而降生这美好人间。她知道自己降生在吴桥县邮电局凌乱的仓库,知道自己原来很瘦。没有牛奶,爸爸就去乡亲们家里买羊奶,让她一年就长了十几斤,成了白白净净的小胖丫头,人见人爱,谁见了她都要抱一抱。粗枝大叶的她并没有想过妈妈为什么要喂她羊奶,一直到那个文学社社长离开她,她才知道自己并不是父母的亲生女儿。

二十世纪八十年代初,文学是热血青年的梦,几乎所有心怀未来的人都在谈论文学。那天她听说书店来了新书《百年孤独》,这书名带着异乎寻常的冲击力让书店门口排起了长队,几百本书瞬间销售一空。排在她前面的一个男孩沮丧地涨红了脸。她和他因为对一本书的共同需求而有了同道之感,一问,他竟然是瀛洲青苗文学社社长,这一身份使他本就有型的身材在她眼中更增加了一份光芒,他们互相留了地址。她托关系买到书后,特意跑到他工作的地方,送了他一本。这份他意想不到的贵重礼物让两人的情感迅速升温。他是李梅的初恋,他们偷偷摸摸约会。在公园角落里,文学社社长让她第一次见识了男人的生殖器,他显然想进一步发展,她也激情汹涌,但还是理智地阻挡了他不断进攻的手。

夕阳穿过枞树和白桦树的枝叶,在李梅脚下的石头上投下一片

橙色的光芒,她情不自禁,背诵匈牙利诗人裴多菲的诗歌:

> 我愿意是急流,
> 是山里的小河,
> 在崎岖的路上、
> 岩石上经过……
> 只要我的爱人
> 是一条小鱼,
> 在我的浪花中
> 快乐地游来游去。

他毫不含糊,接着背道:

> 我愿意是荒林,
> 在河流的两岸,
> 对一阵阵的狂风,
> 勇敢地作战……
> 只要我的爱人
> 是一只小鸟,
> 在我稠密的
> 树枝间做窠,鸣叫。
> …………

他们相拥在一起,为他们高雅脱俗的爱情而沉醉。

变故是在那之后的三个月发生的。他已经两周没来找她,她隐隐感到某种不安,她知道文学社有很多比她有才华又漂亮的女孩,尽管他一再强调和她们只是文友关系，她还是感到威胁的存在。她决定去找他。她从家里拿了一瓶罐头，又擦了一遍她那辆本就很干净的飞鸽牌自行车。因为知道见面要接吻拥抱，而且他的手越来越不老实，她特意洗了澡，既爱又怕。

他并没有像以往一样迎接她，而是一声不吭把她领到了街角，她从他的表情看出了问题的严重性——他们的恋情遇到了阻拦。经过反复思量，他还是说出了实情：他的母亲坚决反对他们在一起，理由是李梅来路不明。

当"来路不明"四个字鸟屎一样落在她身上的时候，给了一直自命不凡的李梅毁灭性打击，她崩溃了。

他说，她的父母根本没有孩子，她是被妈妈收养的。

怎么会？她不是生在邮局的仓库里吗？妈妈不是说她生下来像小老鼠吗？怎么会是收养的？李梅忽然明白自己为什么只能喝羊奶，原来妈妈没有生过她。

那天她独自走过瀛洲市最长的新华路，两边店铺喇叭里交错唱响着《我的中国心》《我心中的玫瑰》，她不知道如何释放内心的悲愤，她想喝酒，想骂人，想迎着一路公交车撞上去，可她为什么撞呢，又撞给谁看呢？那个她不知道姓名的生下她的人？还是那个庸俗的太容易妥协的初恋？她忽然看到迎面走来一个女孩，烫着黄黄的头发，在人们异样的目光中翩然而过。她的头皮一阵发麻，像被施了魔法，迅速就进入了那个她从来没敢想过的人生隧道。她剪掉了修长的乌发，在理发师的坚持下才没有剃光，理成了板寸。扎了耳朵眼，疼痛似乎减轻了她精神上的焦虑，她又到商场买了一对她一直好奇却不敢尝试的夸张的大耳环和一盒眼影，当着售货员的面就开始涂蓝色眼影。她又买了仅有的一款黑色的口红，又给本来秀丽的手指甲涂上了俗艳的大红指甲油。她觉得，在她知道自己来路不明的那一刻,她再也没必要精心维系那个素面朝天的李梅了。

她是谁,她从哪里来,她想知道自己的来历,想见到自己的亲生父母。在她知道自己并非父母亲生之后,她对遇到的每一个中年男女都心怀好奇,想知道他们是不是自己的父母,想知道自己的父母为什么把她送给别人。她猜想过亲生父母是有钱人或者权贵,但她清楚,那是不现实的,那样的人有什么理由把她送人呢?除非她是私生子。这个念头一出,她吓了一跳。她宁愿自己的父母是一对贫困夫妻,因为养不起她而不得不送人。如果真是她想的这样,她能原谅他们吗?她不知道。

当她以惊世骇俗的形象出现在父亲和母亲面前时,他们一时没认出这是自己的女儿。他们正看电视剧《渴望》,正为善良朴素的女主人公牵肠挂肚,女儿突然这样出现在他们面前,他们的确被惊骇到了。母亲皱起眉头叱责道:"你这是什么样?跟个妖怪似的。赶快都换回来!"

"我觉得……我就该这样!"她有些心虚又带着挑衅地看着母亲,心里怯怯地说:"这是什么样?我也不知道自己什么样才好。"

父亲已经面沉如水,看了她一眼,问:"出了什么事吗?"

她没想到父亲会这么问,这样的语气显然比母亲的叱责更有杀伤力,她能感觉到这里面极少指责,更多的是关心。眼泪从胸腔一直往上涌,越过喉咙、下巴、鼻腔,在她眼睛里不停翻滚。

"我……失恋了。"她哽咽着说。

母亲一听一下站起来,问:"你什么时候谈恋爱了?你还这么小,你应该……"

"现在您不用担心了,人家不要我了!"她直视着母亲委屈地说:"我是个没人要的女孩!这样您高兴了吧?"

"你怎么跟你妈说话呢？怎么就没人要了？你还小，你还没到谈恋爱的年龄，再说了，你这么……你没遇到合适的。"父亲端了一杯水给她，接着说："别自暴自弃，你还小，以后日子长着呢。先喝口水，休息一下，我们帮你分析分析。那傻小子怎么那么没福气啊，我女儿多漂亮啊。不过你这样穿可不行，我分管教育工作，我自己的女儿这样的形象出来进去，我还怎么教育别人啊。一会儿让你妈给你点钱，买些好看的衣服，把这些换下来。"

李梅一生都感谢父亲这段话，她没有流泪，那点女孩的尊严依然干干净净地留在脸上。她心里的怨气竟然奇迹般地释放了出来，不好意思地说了一声："爸，我知道了。"从母亲身边经过的时候她还不忘"哼"了一声。母亲刚想说什么，被父亲拦住了。李梅回到自己房间，躺在床上，这时候眼泪才缓缓流下来。等心情平复了，她摘下大耳环，换下衣服，擦干净眼影和口红，卸去指甲油，脸还是那么白净，她甚至没有粉刺，只在左颊有一颗小痣，眼睫毛细长弯曲，在眼角投下淡淡的暗影。

来历不明，这么精致的面孔会因为一个来历不明瞬间就没人要了？她不服。

已为您切换路线

钟有鸣周末回到瀛洲,赵三奔组织了几个人为他接风,特意提出让钟有鸣约着潘临。

按说朋友的朋友也该是朋友,但潘临对赵三奔不感兴趣,甚至经常对他出言不逊,说起来也是用轻蔑的口气称呼赵三奔"秃子"。钟有鸣为此和潘临谈过几次,潘临就不耐烦地说"各自各论"。

钟有鸣没敢说是赵三奔张罗,只说几个哥们聚聚,潘临欣然答应。钟有鸣跟赵三奔说了潘临参加,赵三奔立刻把吃饭档次从二强饭店改在了颐和大饭店的包间,当然不是赵三奔请客,赵三奔招呼了一个有点闲钱的私企老板,还约了几个在他看来有点思想和背景的人。潘临到了一看有赵三奔,看了一眼钟有鸣,钟有鸣迅速转换视线,装作没看见。大家一一互相介绍,潘临客气地一一握手,他对着赵三奔说:"赵领导,有事?有事让钟有鸣说一声,还这么破费。"

从秃子变成赵领导,别人听着可能没感觉,钟有鸣却是极为尴尬,他大概知道潘临对今天的场合不买账。在瀛洲,喝酒先喝三杯,第一杯请潘临提,潘临推让了一下,到推不掉的时候说:"谢谢赵领导,见到各位挺高兴,都在酒里了,我先干为敬。"一仰头就把酒喝干了,杯子口朝下一比画,意思是十十净净,一滴不剩。别人也跟着相继干掉。第二杯由私企老板提,私企老板用地道的瀛洲话说:"高兴啊,高兴,今天大家聚在一起就是谈感情,感情深一口闷,咱们跟潘老弟学。"私营老板看着潘临说:"我称呼老弟算高攀啦。百年修得同船渡,能在一起喝酒,怎么也得修了几十年啊,行吧,一起干了。"一阵觥筹交错,服务员又给大家把酒满上。该赵三奔提第三杯酒,他是召集人,他举起酒杯,眼皮耷拉着,似乎一直在看着自己眼前的餐盘,他说:"说……说……说这么多干吗,什么都不用说,有酒就喝,喝吧。我……我……我干了。"

潘临没端酒杯,钟有鸣看出他在生气,急忙打圆场,替他把杯子拿起来,说:"前三杯啊,都得干了。"

潘临看了钟有鸣一眼,脸色如铁,接过酒杯一口倒进嘴里喝了,把酒杯随意往桌上一扔,酒杯滚了一下,差点掉地下,钟有鸣急忙抓住放好。

那天酒喝得不少,赵三奔以为潘临凑了场就是认可他了,喝大了,非要去唱歌,让潘临给他面子。潘临借口喝多了,粗暴地甩开赵三奔的手说:"你那面子算个蛋啊。"

赵三奔还想再坚持,钟有鸣急忙帮潘临解围说:"嫂子在北京进修,孩子一个人在家。"钟有鸣打车送潘临,潘临也不拒绝,上车后潘临说:"这种人以后少往我面前领。"

"他人不坏。"钟有鸣说。

潘临哼了一声,说:"那是还不到坏的时候。"

前方岔路，请靠右行驶

钟有鸣和赵三奔有过一次正面交锋。那是一九九七年，钟有鸣写了一篇《对当前农业农村问题的几点思考》，发在了《瀛洲日报》。赵三奔读完之后主动找到钟有鸣，跟他纵论天下。赵三奔那天还带了自己的妻子。他妻子长相还算清秀，就是两条眼眉挨得太近，显得五官过于拘谨，眼神也是游离的，一看就知道日子过得并不舒心。钟有鸣被赵三奔三句话不离口的"扯臊"弄得很不舒服，但不得不承认赵三奔确实是他在瀛洲认识的读书最多、思考问题角度最独到的人之一。特别是在天天阅读正面报道为主的报社，几乎听不到对社会和制度建设的批评性话语，而赵三奔痛陈官场腐朽的制度基因，说得唾沫乱飞。钟有鸣看着赵三奔在强调"权力不被制约，靠明君廉吏，这都是扯臊"这句话时，一滴硕大的唾沫从右嘴角喷射而出，画出一个透亮的弧线，最终落在了葱烧羊肉中那片油亮的葱白上。钟有鸣把自己的饭碟挪远了一点，把这盘羊肉挪给赵三奔，把那盘还没被喷射到的丝瓜炒鸡蛋挪到自己面前,他不敢再轻易搛菜,这样做也不过是防备赵三奔喝了一口酒后的不时之喷。

赵三奔说农民问题要从《商君书》说起:"《商君书》用……用……用……用三千两百字,害了中国人两千年。都是驭民术,把人当……当……当……当猪,这就是扯臊。"赵三奔气得脸红脖子粗。

钟有鸣不想扯那么远,家门口的小河已经三年没水,弟弟来电话说,已经有村民在填平盖房,村里也同意了。河里没水,机井越打越深,说明水位在下降。父亲说粮食增产了,但是粮食价格比前两年低,也不挣什么钱。钟有鸣想在报纸上开设"三农"问题大讨论的栏目,总编没批。眼下这些烦心事,也不是商鞅能排解的。听赵三奔骂一顿,也就是解解气,解决不了实际问题,赵三奔满腔怀才不遇的愤怒,尽管钟有鸣和他是朋友,他也清楚赵三奔的方式并不能解决问题。他跟赵三奔碰了一下杯子,说:"最现实的事情是怎样尽快增加农民收入,把农民从贫困和繁重的体力劳动中解放出来。"

"你就是中国的唐·吉诃德,你想解决农民问题,可是什么让农民成为问题的?为什么有些问题永远得不到解决?因为解决问题的人就……就……就是制造问题的人。"赵三奔说。

"国家解决农民问题的决心还是很大的,有些地方户籍政策都松动了。农民只要符合条件,也可以转非农业。"钟有鸣说。

"不允许流动,不允许迁徙,农民的土地农民说了不算,这是你……你……你……你一个记者能解决的事吗?"赵三奔争辩说,心里对钟有鸣有些轻视——典型听话的孩子,没有一点批判精神,靠几本马克思主义著作和《红旗谱》之类的小说谈人生理想。

"对了,三奔入党了。"赵三奔的媳妇突然说。

钟有鸣急忙端起杯子说:"那得祝贺一下。"

"有什么好祝贺的,悄悄告诉你,我入党志愿书都是抄的。"赵三奔奔拉着眼皮说。

"我是前年入党的,我的志愿书是自己写的。"钟有鸣严肃地说。

"你自己写的? 你信那些吗?"赵三奔问。

"当然,我信。"钟有鸣说。

"我不信,"赵三奔骂骂咧咧地,"只是资源都在他们手里,我不装模作样就没饭吃。"

"会有饭吃的。人人都有饭吃, 没有什么力量能阻挡人类的进步。"钟有鸣端起杯子,"咱哥俩今天就以酒为证,看看是我信的对,还是你不信的对。"

赵三奔就不耐烦了,他酒杯都没端,嘟嘟囔囔地说:"什么以酒为证啊,这不糟……糟……糟蹋酒吗?"

您已进入岔路

　　蒋力比徐丫丫大两岁,姑姑蒋小贞带着丫丫回娘家,蒋力第一次看着这个让他叫表妹的女孩,像画上的小娃娃一样扑闪着大眼睛,皮肤像云彩一样,又白净又好看。

　　他想摸一下,刚伸出手就被叔叔打了一巴掌。他哭起来,他一哭,丫丫也哭起来。丫丫的哭声真是好听啊,像藏在树荫里的知了在叫。丫丫一哭,蒋力就不哭了,他听仙乐一般听丫丫哭。

　　后来他发现,丫丫的笑声比哭声还好听,他从来没听过那么好听的声音。鸟叫的声音、收音机里唱戏的声音、下雨的声音、刮风的声音、嘎嘣一口吃香喷喷花生豆的声音都比不上丫丫的笑声。丫丫一笑他就又跳又蹦,到处找他认为好玩好吃的东西给丫丫。他把山芋片、咸菜、小石头都给丫丫,把爷爷和姑姑吓得大呼小叫。有一次他捡了一块绿玻璃,真好看。他把玻璃放到眼前,天也变绿了,太阳也绿绿的,他舍不得多看,睡觉都放在枕头边,一直想着给丫丫。一直等了很久,等得枣树叶子都掉光了,姑姑和姑父才带着丫丫来。他兴冲冲地把玻璃片给丫丫,丫丫伸着小手来接,他不知道丫丫的手怎么就流血了,他吓坏了,大叫起来。爷爷和姑姑听到了都围过来,从此他只要走近丫丫就会挨打,他只能远远地看着丫丫。

他们这十里八乡只有一所小学,他上学的第三年,丫丫也来上学了。那真是幸福的日子啊。他和丫丫一起走出家门,他上三年级,丫丫上一年级,他们一起上学。三年后他们就一个班了,因为他又留级了。开始他觉得丢人,后来又为能和丫丫一个班高兴,可是很快新的痛苦就开始折磨他。他学习不好,老师上课提问他经常答不上来,他担心丫丫看不起他。他决心努力,只要有空就写字,可那些字像有翅膀,他费尽心机把它们装到脑子里,第二天一早它们就飞走了。他经常灰心丧气,但是只要一看到丫丫,他就又鼓起勇气,把飞走的字再一一抓回来。

他生过丫丫的气,因为小四。老师调换座位的时候让丫丫和小四同桌。大概因为蒋力个子高吧,他永远在班上最后一排的角落里。多数时候是一个人一个桌,只有中间有退学或者新来一个学生的时候,才会有人临时跟他同桌。只要班里腾出一个位置,他的同桌就立刻被调走。他知道是因为他学习不好,是留级生,大家都不愿意挨着他。

丫丫曾主动跟老师说跟他坐同桌,可是丫丫个子太矮了,坐在后面看不见黑板,坐了几天就回前排去了,和一个黑脸女生同桌。尽管如此,他也很知足了,他知道丫丫愿意跟他同桌,这就足够了。

他还知道丫丫护着他。有一次小四从他身边过,伸腿绊倒了他。丫丫看到了,跑过来就推了小四一把。丫丫指着小四说:"不许你欺负我哥!"一向牛气哄哄的小四竟然红了脸,一声不吭走了。小四从此真的没再欺负过他。

到了下半学期,开学重新分配座位,蒋力发现小四和丫丫坐在第三排中间的位置,而他还和往常一样坐在最后一排,只不过这一次他坐在了中间,和另外一个同学同桌,这人和他一样,每次考试成绩都是倒数。

从小四和丫丫同桌的那一天起,蒋力的世界就剩下监视小四和丫丫这一件事了。语文课小四对丫丫说了什么,丫丫笑起来,蒋力觉得胸口有火苗在蹿。自习课小四用了丫丫的橡皮,丫丫的橡皮是粉色的,有水果糖的香味,蒋力都舍不得用,可是丫丫竟然让小四用。有一天蒋力看见小四给丫丫带了一块饼干,小四家里不可能有这么贵重的东西。小四他们哥四个,家里穷得叮当响,这块饼干一定是小四偷的。蒋力开始了对小四的跟踪。

小四在他家里年纪最小。小四的爸爸蒋福锁个子不高,也瘦,从不主动跟蒋力说话,有时遇到蒋力主动跟他打招呼,他也会不冷不热地回应一下,但从来没正眼看过蒋力。蒋力甚至觉得蒋福锁没正眼看过任何人,包括他自己的儿子们。

小四的大哥大了,准备盖房说媳妇。秋收之后小四家就在垫地基,新地基在村南,跟蒋力叔叔家的地基前后院,蒋福锁盖房的时候挤占了叔叔的地基,他们打了一架。那天蒋力看见小四和小四的三个哥哥围着叔叔,随时有动手的可能。蒋力浑身发抖,他害怕他们动手,爸爸也顶不上用,就叔叔一个人对付小四他们爷几个,肯定打不过。蒋力真想冲过去帮叔叔一起跟他们干,可他腿抖得根本迈不动步。叔叔看见他了,大概也知道根本指望不上他,根本没把他放在眼里,继续一个人跟他们吵。一直吵到爷爷来了,村支书来了,他们才平息下来。回家的时候蒋力跟在叔叔后面,叔叔踹了他一脚,说:"屁都不知道放一个。"爷爷看了他一眼,什么也没说。

天黑了,路真难走,有几次蒋力都差点跌倒,爷爷和叔叔好像有神功，一直走得平平稳稳，大概路也和大家一样，觉得他傻，只配走最最难走的路。

刚想到这里，蒋力一脚踩进泥水里，摔了一个跟头，后脑勺一阵生疼。已经走远的叔叔和爷爷听见他不正常的叫唤，转回身扶起他。

叔叔没好气地说："你就不能干点有出息的事吗？"

前方绿灯，请直行

钟有鸣在博物馆看瀛洲市公路新生代摄影大赛作品展，在他看来，每一幅都让人震撼。如果让他选择最能代表中国几十年变化的事物，路是首选。

他又想起了灯明寺的路，他前段时间回去了，村里修了水泥路面，也加宽了，路两边店铺林立。再也不会晴天暴土扬长、雨天泥水满身了，可惜，这路不是他修的。他当年的理想并没有实现。他心情有些晦暗，几十年忙忙碌碌，连当初最想做的事都不是没做好，而是根本没机会做。

年轻时他会认为自己怀才不遇，最近这几年他夜里经常辗转反侧，重新检视自己，他意识到并不全是怀才不遇。一个在该接受良好教育的年龄连书都没得看、至今没出过远门的人，想改造世界、实现经世济民的宏大愿望，怎么可能？他这几十年这么轻易就被生活的琐碎所缠绊，说到底还是缺少冲破困境的意愿与力量，太容易止步，太容易满足，小进则满，守着一份旱涝保收的工作和一个还算体面的家庭就不再去争取、努力，这和那些守着一亩三分地的农民又有什么区别？

细想起来，他还不如潘临，潘临从初时的区公安局的一个普通民警，已经成为市公安局副局长，多次立功，经常在省市媒体上看见潘临的相关消息。

钟有鸣觉得自己甚至不如赵三奔，尽管潘临一百个瞧不起赵三奔，说他把脸皮掖到裤裆里，可他赵三奔在瀛洲成了一号人物，听说又买了一套房。

钟有鸣没能修灯明寺的路，而人生的路也没修好。可他还是喜欢路。有一年在北京，和几位文化名流谈论看电影的故事，钟有鸣说起自己印象深刻的一件事。那天邻村演电影，一场大雨把路冲没了，可他实在太想看了，就逼着父亲背着他站在水边，隔着黑黝黝的大湾，眺望对面正在放映的电影。钟有鸣说他看了几百部电影了，动作片、文艺片、灾难片，但那次看电影的经历是最传奇的，就那样隔着几十米的水面，看了一场看不出模样、听不到声音、不知道情节的电影。他那时候真希望大湾能长出一条路，让他能跑到银幕下，看看到底在演什么。

前些年他参加全国新闻年会，去九寨沟，到处都是盘山路，九曲十八弯，难以想象没有柏油路之前进出大山得有多艰难。他喜欢路，读关于路的作品，那部杰克·凯鲁亚克的《在路上》，要是换一个名字他是读不下去的，但因为有路，他还是坚持读完了，当然读完了也觉得挺好，和中国小说不一样。他也喜欢听关于路的歌曲，最早学会的歌曲是《走在乡间的小路上》，他会唱董文华的《路》，试图学唐朝的《路》，没学会，还有一首浪漫骑士的《路》，他也觉得很好听，虽然这些路和他说的路不是一种路。他对关正杰的《路》有些不明就里，觉得歌词难以理解,但是,谁让它也是关于路的呢,他还是列入好歌系列,好不容易学会了,在歌厅跟朋友们卡拉 OK 的时候,没唱完就被赵三奔抢去了话筒。赵三奔扯开破锣嗓子唱了一首《潇洒走一回》。钟有鸣其实挺喜欢戴佩妮的《路》,觉得那歌词很触动他。

真的有一点累

真的无力我向后退

因为你的一句问候不能代表

你真的能体会

我知道这一路的风风雨雨

它总是让人跌倒

也知道这一路的曲曲折折

会模糊了我的想要

未来也许缥缈

我的力量也许很渺小

要让你知道执着是我唯一的骄傲

这首歌的每一句都唱到钟有鸣心里。他这些年就是这么过来的,风风雨雨,曲曲折折,可是,既不想放弃,也不能放弃。他后来认真回忆过,小四死的那天,他应该正在听王杰的专辑《路》,那段时间他喜欢王杰,他好像对所有不幸却能绝处逢生的人心存好感,他觉得听王杰的歌就是对王杰的一种声援。

钟有鸣后来经济条件好了些, 就开始收集关于路的艺术作品,照片、诗歌、歌曲磁带、世界各国交通规则……

有一天他在书摊上看见一本《河北交通史》,要价两块钱,他急忙掏钱买了。赵三奔笑话他,说只要是不挣钱的事,像他们这种出身的人就不该玩。

赵三奔自己收集古币、翡翠、像章、名人书信,动不动就说收到了郭沫若写给某女子的情书,后来经鉴定都是假的。他们一起逛潘家园,走到一家书画店前,赵三奔翻着那些山水花鸟画问老板一幅画多少钱。老板说八十元。这价格让一向崇拜画家的钟有鸣很吃惊,因为他一直以为书画是自己消费不起的高档文化产品,没想到在潘家园八十元就能买到一幅在他看来已经很好看的画。更让钟有鸣吃惊的是,赵三奔竟像买菜一样跟老板讨价还价,最后以每张二十五元的价格买了三十幅,又买了十幅没签名盖章的,老板还随手送了两幅牡丹图。钟有鸣问赵三奔买这么多画干什么。赵三奔说:"送……送……送礼啊,办事送给谁不行啊,他……他……他们还觉得特别高雅。"赵三奔说完嘿嘿笑起来。

"那这些没签章的呢?那怎么送?"钟有鸣一边帮赵三奔卷起画一边问。

"回去让瀛洲的画家签上名就值钱了。"赵三奔说完又嘿嘿笑起来。他的笑声很有魔性,狡黠和诚恳皆有,让人会因为他笑声中的诚恳而忽视他行为中的狡黠,如果那种狡黠发生在别人身上会让人反感,而赵三奔能成功地把他的狡黠幻化成一种生存智慧,不露痕迹地冲开人的价值堤坝,让人甚至觉得他所做的事情有趣又有着不得已而为之的合理性。

赵三奔回瀛洲让一位画家签上名字,这些画最终果然以一幅两百元到一千元不等的价格,卖给一些急于送礼的人,赵三奔小赚了一笔。

那一阵钟有鸣学会了齐豫的歌《走在乡间的小路上》,他和赵三奔还有几个朋友去卡拉 OK,他借着酒劲,带着说不清原因的伤感,唱了这首歌:

走在乡间的小路上

暮归的老牛是我同伴

蓝天配朵夕阳在胸膛

缤纷的云彩是晚霞的衣裳

荷把锄头在肩上

牧童的歌声在荡漾

喔喔喔喔他们唱

还有一支短笛隐约在吹响

　　赵三奔听完极为不耐烦地说："这是什么歌啊，把农民的苦难唱……唱……唱……唱成了伪小资情调，这就是彻头彻尾的反动歌曲，是对农民苦难的消……消……消……消费。"

　　钟有鸣很尴尬，在座的有好几位农家子弟，他本来是为了唤起大家的一缕乡情，结果被赵三奔骂成了小布尔乔亚的矫情。所幸赵三奔常常出言不逊，大家并不在意。

请并入右转车道

潘临和钟有鸣来的时候，蒋炳章正笨手笨脚地给蒋力缝扣子。蒋炳章见他们进来，急忙站起来，重新刷了两个碗，给他们倒水。潘临拦住他说："大爷，不用忙了，我们就来看看您。"

钟有鸣接过话茬说："我从来村里一直忙，还没来得及看望您老人家，今天潘局长说过来，我就跟来了。怎么样，大爷，身体还好吧？"

蒋炳章拿出烟袋，一边往烟袋锅里放烟丝，一边说："挺好，谢谢领导们惦记。"

"这是给谁缝扣子啊？能看见吗？我来吧。"钟有鸣拿过针线盒子说。

蒋炳章急忙拦住，说："小力的扣子掉了，我给缝上，可不敢劳驾钟书记。"

钟有鸣也没再坚持，说："让他自己缝呗，不会就学。"

蒋炳章笑笑，抽了一口烟，没说话。能说什么呢，媳妇在的时候他连针都不会用，媳妇走了之后，他自己拉扯几个孩子过日子，白天下地干活，晚上回来给孩子们缝缝补补。孩子们的衣服都是大焗子大线，街坊邻居看不过眼了，就拿去帮忙给缝补，帮着做被子、做棉衣。那日子是真难。可越难越不能说，他一个外来户，也没处可说。他就学会了抽烟，点一锅，抽一口，像把愁事给点了，烧了，烧成灰，变成烟，咽到肚子里，飘到天上去，好像那些难就真没了，虽然也就畅快一阵，烟抽完了，难又回来，该怎么磨砺他还怎么磨砺，可总算能让他有个喘气的时间。

抽完一袋，他又装了一锅。潘临说："大爷，您这烟抽得够勤的，得少抽，对身体不好。"

"老了，抽一袋少一袋。"蒋炳章看了潘临一眼，面无表情地回了一句。

"您老拉扯两儿一女，也不容易啊。"潘临说着，见破烂的木桌上有一张结婚照，拿起来一看，相片上是大龙和一个姑娘，姑娘看起来比大龙小不少，就问："大龙还有女儿？"

"是他媳妇，跑了，嫌咱穷。"蒋炳章说，说完陷入自己的心事。媳妇走后他自己拉扯几个孩子，转眼到了该儿娶女嫁的年龄，其实早就有人给蒋二龙说媳妇，都是周围好人家的姑娘。按照老理嫁娶都是从大到小，大龙非他亲生，村里人嘴上不说，眼睛其实都盯着。再说二龙还小，条件又好，等他哥娶了亲再说媳妇也不迟。蒋炳章还是到处张罗先给蒋大龙张罗媳妇，可大龙的傻远近皆知，给大龙说的对象也是要么傻要么疯，没一个正常的。

蒋炳章不甘心，大龙并不是完全傻，也就是心眼少一点，生活基本能自理，要是再找个疯疯傻傻的，日子真就没法过了。蒋炳章也暗暗打听，哪怕家境穷一点、身体有点毛病，只要精神正常，能打理日子，丑俊不挑。快过年的时候总算有个媒人说了一个外地姑娘，好赖精神正常,能吃能喝能干活。这姑娘和蒋大龙结婚一年生下蒋力,蒋大龙的病厉害了,天天东跑西颠找娘。蒋炳章说儿媳妇起初对蒋大龙还行,后来发现生的儿子蒋力也比同龄孩子少一窍,大概是觉得日子没了盼头,跑了。有人说她是跟说书的人跑了,也有人说在县城见过她,可不管怎样,儿媳妇是再也不回来了。

钟有鸣听完心情太沉重了,半天说不出话。

潘临问蒋炳章小四死的那天晚上有没有听见附近有什么动静。蒋炳章吸了一口烟,又缓缓把烟吐出来,摇了摇头说:"狗都没叫一声。"

钟有鸣看着他那双皱纹密布的手,觉得怀疑蒋炳章杀人简直是异想天开。

左 转

　　细细回想起来,赵三奔后来的行为并不是没征兆,只是被钟有鸣忽略了。那年秋天,赵三奔忽然打来电话,请钟有鸣为他引见市委宣传部副部长王明园。钟有鸣问他要干什么,赵三奔说没事,就是想认识一下领导。钟有鸣听到从赵三奔嘴里说出"领导"二字,心里有些异样,他眼前顿时出现了《水浒传》中宋江说起朝廷的表情。但是朋友嘛,担得起好,也得担得起不好,钟有鸣还是给王明园打电话,说赵三奔想请他吃顿饭。那时赵三奔正在写一部官场长篇小说,钟有鸣灵机一动说赵三奔是作家,也算给他一个体面的身份。王明园答应了,赵三奔很高兴,定了天厨酒店的包间,说是算他一共十一个人,订了一个十二人间。天厨酒店是瀛洲市比较高档的饭店,钟有鸣也只去过一次。一个一向抠抠搜搜、自称"视高官如狗食"的人有此等举动让钟有鸣有些疑惑,竟然在这里请王明园,可见必是有事相求,而且还不是小事。钟有鸣那时也没有多想,后来的事情让他有些不快,但也没好意思追问赵三奔。只是事后王明园在说起赵三奔时说了一句:"狗食。"

那天快中午赵三奔第三次打电话,问钟有鸣和王部长说好了没有。钟有鸣也坚定不移地回答了三次:"说好了,王部长一定参加。"一直到十一点五十分,钟有鸣在单位打卡准备去天厨酒店陪餐,赵三奔第五次打来电话,再次问他王部长答应了没有,说到现在还没到。钟有鸣说:"他答应了,我再问问。"于是拨通王明园的电话,王明园说参加了一个部务会,刚散会,马上到。钟有鸣就给赵三奔回话说:"王部长马上到。"赵三奔吭哧了一会儿问:"你……你……你到哪儿了?"钟有鸣说:"我刚打完卡,马上出发。"赵三奔又吭哧了一下说:"你要不别……别……别来了,十二个人正好,你来……来了还得加……加……加椅子。"

钟有鸣听见赵三奔这话愣住了,他没想到赵三奔河还没过就把他这座桥拆了。钟有鸣已经告诉李梅赵三奔请客,他得陪餐,就不回家吃了。李梅还体恤地说:"赵三奔难得请客,肯定是大事,你去了好好表现。"没想到他这么轻易就被取消了参加的资格,钟有鸣不好意思回家,只好到路边买了一碗刀削面。正吃着,王明园打来电话,大大咧咧地喊:"你小子在哪儿?领导都到了你敢不到,还想不想混了?"

钟有鸣咽了刀削面,故意压低声音说:"领导,我哪敢不去啊,是赵三奔忽然不让我去了。"

王明园显然很意外,愣了几秒,说:"这狗食。"

据说,这是赵三奔第一次运作想当官,时任市政府秘书长不同意,赵三奔想找王明园说情。王明园没帮赵三奔说话,但出席了这次宴请,等于给了赵三奔薄面,当时的秘书长没有过于强硬,最后也做了妥协,给赵三奔解决了副科待遇。赵三奔又一次壮志未酬,当然更加仇恨不让他这样的有识之士能够一步到位的官僚制度。钟有鸣任由赵三奔唾沫横飞,不忍心戳穿他,却也不再附和他。

"赵三奔就是一个狡猾的农民。"李梅经常提醒钟有鸣。钟有鸣总和李梅争论,说她不该这样看待自己的朋友。不过经此一事,李梅再说这话时,钟有鸣一声不吭,再听赵三奔痛陈社会弊端,总感觉他有口是心非之嫌,特别是他慷慨激昂说起竹林七贤和老庄哲学,钟有鸣更是替他如芒在背,说和做两层皮,这让钟有鸣有些轻看他。钟有鸣心里对赵三奔也有了一些忌惮,可赵三奔好像并无察觉,依然经常到钟有鸣家里,李梅炒几个菜,赵三奔唾沫乱飞连吃带喝,胡骂乱数一通。赵三奔前脚出门,李梅后脚就把剩的饭菜倒掉,把筷子、碗放在开水里又煮又烫,让钟有鸣很不自在。

李梅第一眼看到赵三奔时就有些厌烦,她看出这是一个表演欲极强的人,只不过别人表演要强体面的一面,而赵三奔旨在跟所有人示弱、示穷,但凡有点同情心的人,都会因他表演的穷困潦倒而心生怜悯,都会不由自主去帮助他、成全他。

"他能满足任何人的优越感,"李梅说,"控制欲极强。"

"他就是穷,家是农村的,他是老大,上有老下有小……"钟有鸣辩驳说。

"他和他老婆跟咱们一样,也都是工薪阶层,他为什么就那么穷?你家也是农村的,父母种地,穷到哪里去了?你就是被他精神控制了。你们跟他好的这些人都被控制了。"李梅不耐烦地说,刚烫过的波浪卷发一颤一颤地,好像每一根头发都在表达她的不耐烦。

李梅见过不少找父母走关系要待遇的人,她跟钟有鸣最常说的话是:"那些人在我面前一晃,我就知道所为何来。"正是基于这种自信,李梅认定赵三奔夫妇是功利性极强的人,认定他们为了达到自己的目的会不顾一切。

钟有鸣不以为意,他很难相信赵三奔能做出什么出格的事,但很快又有一件事让钟有鸣无语了，因为赵三奔妻子做微商卖保健品，她一次次找李梅做工作，让李梅也参与，李梅一次次拒绝，赵三奔妻子锲而不舍，早晨五点就来敲门。李梅气愤地说："跟你说了一百遍，我不干！别再找我了！"赵三奔妻子不急不恼，莞尔一笑说："我觉得这是好东西，好东西一定要和最好的朋友分享……""不需要！我得上班了，明天我们去我妈家，你来了也没人。"李梅连推带搡，总算把赵三奔妻子推出门，对钟有鸣又是一顿埋怨。

钟有鸣又尴尬又无奈，吃完早点上班，发现赵三奔妻子已经在单位门口等他，他不好再拒绝，只好买了两千块钱的保健品。后来赵三奔媳妇又推销生发水，还找李梅一起。李梅轻蔑地说："你让赵三奔长出头发，我就买你的生发水。"

老婆卖生发水，赵三奔的头顶却一直是荒凉的，偶尔他会戴顶帽子，说话的时候又会摘下帽子，反复胡噜脑袋，所以他的帽子也只能遮掩给初次见面的人。他的长篇小说也写完了，请钟有鸣看看能不能在报纸上连载。钟有鸣兴致勃勃拿回家，吃完晚饭就打开稿件，越看越难受，语言太粗糙了，根本不像文学作品，他耐着性子浮皮潦草地看了几章，像跟赵三奔一起用餐一样，感觉满屋子唾沫乱飞，肮脏不堪，钟有鸣觉得自己的手拿过这样的稿子都有些脏，到洗手间用香皂反复搓洗了几遍还是硌硬。第二天他把稿子给赵三奔退回去说："你这小说发不了。"

这次退稿事件之后，他们有很久没再见面。钟有鸣也会想起他愤世嫉俗的样子，可是他没有再继续深交的欲望。两个人像是故意疏离，一晃几年没有联系。

谁也没有想到，赵三奔再次出现在钟有鸣生活中，竟然给钟有鸣的人生带来一场巨大的波澜。

前方进入事故高发区

蒋二龙其实知道,那天在麦子地里,蒋福锁是故意找他碴——蒋福锁跟他找别扭已经不是一天两天了。

那年春天,麦子长势比往年好一些。那时候还没有包产到户,大家一起干活。早晨起得早,都空着肚子,等着生产队上送饭,蒋二龙饿得偷偷搓麦粒吃,趁周围人不注意偷偷把搓好的麦粒给小贞,被蒋福锁看见,他急忙跑过去央求:"你千万别说啊,你一说我爸会被罚工分。"蒋福锁一声没吭就走了。

天黑时蒋福锁背着一筐草从门前过,看见蒋二龙也没说话,把什么东西放到门洞边,转身就走了。蒋二龙过去一看,是两个玉米面饼子,用蓖麻叶包着。其实蒋福锁家也不富裕,一定是他自己省出来的,而且,是省给小贞的。

那年冬天大哥疯得更厉害了,说亲的人都是高高兴兴来,垂头丧气走。一直到那个只当了他一年嫂子的女人扔下蒋力和他哥离开,蒋二龙对蒋福锁还视同兄弟。

变化来自小贞的换亲。

大龙的媳妇跑了,这下连蒋二龙也被耽误了,原来跟二龙提过的女孩陆续嫁了人,那些媒人也不再登门,蒋二龙从村里炙手可热的少年,很快成了无人问津的青年。周围同龄人的孩子都上学了,蒋二龙还是孤家寡人,和傻哥一起下地,一起收工,原本高傲的心性渐渐低到尘土了,走路再也抬不起头。

蒋二龙二十五岁时,蒋炳章坚持不住了,提了两盒点心找到村里的一位媒婆。媒婆吞吞吐吐,说出了让小贞嫁人为蒋二龙换媳妇的想法。蒋炳章觉得嘴里一阵腥咸,他知道自己这家人在众人眼里不成样子,但破败到需要换亲这种地步也是出乎预料。对方一儿一女,儿子患有小儿麻痹症,早存了用闺女换亲的想法,所以一直没让闺女出嫁。

蒋二龙下地干完活,进家遇到了村里有名的媒婆,明白是为他来的,心里又高兴又难堪。媒婆看了他一眼,他觉得媒婆的眼神有些凄荒,客气地送走媒婆后,他放下铁锨,进屋,爸正抽烟。他郑重其事跟爸说:"爸,你别求爷爷告奶奶给我张罗这事了,我说不起媳妇还打不起光棍吗?"

蒋炳章说:"饭在锅里,吃了早点歇吧。"蒋炳章意味深长地看了小贞一眼,把小贞叫进屋。蒋二龙以为媒人是给小贞说婆家,就饶有兴趣地侧耳听。

蒋炳章说:"爸想跟你商量个事。"

小贞说:"什么事啊,爸你说吧。"

蒋炳章说:"刚才你大婶来了,说张集有户人家,闺女今年二十五,人长得也不错,针线活也好,也是过日子人家,想给你哥说,你看行不?"

小贞说:"人家同意吗?哥都说这么多了,人家都嫌咱家穷。"

蒋炳章说:"人家同意,可就是有个条件。"

小贞没作声。

蒋炳章吸了口烟:"她有个哥,小时候得小儿麻痹症留下点后遗症,腿有点瘸,她家想给她哥换个媳妇。"

蒋二龙脑袋"轰"一声,换亲!爸这是想让小贞换亲,这种只在最困顿的年月里才可能发生的事竟然轮到自己头上,蒋二龙突然意识到这个家的处境已经远比他想象得要凄惨,没娘,有个傻哥、傻侄子,三间土坯房年年修补年年漏雨。这个家的穷他知道,穷,他不服,所以他起早贪黑,挥锄扛锨,每一个动作都好像要破开黑暗的命运,但是穷到在乡里乡亲眼里需要换亲却是出乎他的意料。

"我宁愿打光棍也不接受这样的婚姻。"他吼道,好像只要他接受了换亲就接受了贫贱的命运,而他从来都没有要这样过一辈子的打算,他无时无刻不在寻找出路。

他推门闯进屋去说:"爸,我不同意!我站着不比人矮,躺着不比人短,拿我妹妹换媳妇,我还叫人吗?"

蒋炳章没理他,对小贞说:"爸对不住你,你不同意我也不勉强,大不了就绝户。"说完就回了自己屋。蒋二龙崩溃大哭,说什么也不同意。那晚,蒋炳章抽了一袋烟,从传宗接代这样义不容辞的责任,一直说到越王勾践卧薪尝胆。蒋二龙懒得听,他哭够了,对蒋炳章说:"爸,我不是我哥,你说的我都懂。可我不信咱家会一直穷下去。等日子缓了再说也不迟。"

蒋炳章就又续了一袋烟,看看穷徒四壁的房屋和远处黑魆魆的天,叹口气说:"猴年马月。"

蒋二龙没说话。蒋炳章知道二龙也没信心,就这几亩地,不能播金种银,春天种麦子夏天种玉米,靠天吃饭,撑破天能收多少。去年赶上大旱,玉米长得三寸长,一亩连三百斤都不到。地的亩数就在这儿摆着,神仙也变不出多余的收成。蒋炳章后来才知道,二龙第二天偷偷去那个男人的村里了解他的残疾程度,所幸就是一条腿瘦了些,又短,走路瘸,但是生活能自理。蒋二龙对父亲说:"就是要委屈妹妹了。"

蒋炳章松了一口气,说:"庄户人,谁又不委屈呢?没啥。"

那天晚上,小贞屋里的灯亮了一夜。一直过了很多年,蒋二龙还记得小贞第二天早晨煞白的脸。

蒋二龙清楚记得,他们第二天要刨红薯,往日一直手脚麻利的小贞无精打采,落在了后面。他想刨到头再帮小贞,他刨了一会儿直起腰,看见蒋福锁已经在小贞的地垄里。蒋二龙一直看不起蒋福锁,觉得他笨,经常不会回答老师的问题,退学后干活也不行,蒋福锁割麦子,麦茬子高低不齐,丢得到处都是麦穗,天生不是利索人。然而那天蒋二龙看见蒋福锁帮着小贞刨红薯时笨拙的样子,竟然心里一酸,装作没看见,自己到地头另一边去刨。

村里有规矩,同姓不通婚,可是蒋二龙听爸说过,他们家原本不姓蒋。他们和蒋福锁家一直住对门,蒋二龙知道蒋福锁喜欢小贞,如果不是穷,福锁和小贞就是青梅竹马,是自己拆散了他们,所以蒋福锁恨他。

有一次蒋二龙和钟有鸣喝醉了酒,对钟有鸣说:"钟书记,你来扶贫,你知道啥叫贫,啥叫穷?你们以为穷就是没饭吃没衣穿?你们错啦。穷不光是没饭吃,穷是当不成像样的儿子,当不成像样的哥,穷是眼睁睁拆散相亲相爱的两个人,穷让人不是人。"

高德地图持续为您导航

钟有鸣写了一首诗《大龙家的》，写完泪水从面颊直接流进了脖颈。这是诗吗？他问自己。在那些满篇都是瑰丽意象的当代诗歌面前，他的诗土腥味太重了，比他本人还重。可他觉得添加任何虚饰的文字都是对真相的背叛。他想做直面现实的诗人，他不想把自己视为至尊的文字用来矫饰，更不想把文学殿堂中最尊贵的诗歌用来媚俗。诗歌要忠实于诗人的内心，而他内心此刻依然在为大龙媳妇的遭遇而痛心。她跑了，可十几岁的她又能跑到哪里去呢？

他问了村民们大龙媳妇的情况，谁也不知道她到底叫什么。他算了一下，她到灯明寺的那一年，他刚十九岁，已经长到一米九，是方圆百里个子最高的。他想不明白自己为什么能长这么高，他和大家一起吃高粱面窝头，喝盐碱水，青黄不接的时候用一块红薯安抚黑天半夜咕咕直叫的肚子。如果他没有考上大学，他会和大家一样，蹲坐在门口，一手端着红薯干玉米粥，一手拿着饼子，指头缝里有块黑咸菜疙瘩,粗糙的脸上挂着呆板的笑容。

在他们那届大学生中,钟有鸣算是幸运的,留在了报社。最初几年他还是很享受所谓"无冕之王"的工作身份,时常在暗夜里,把镜头对着星空,想着命运和人类这样宏大的命题,想他用一个大专身份逃离的贫苦农民的处境,想那些依然在粗粝的盐碱地种着稀稀拉拉玉米的亲人、邻居和同学。记得诗人海子卧轨的那一年,整个文坛觉得海子是为一代人而死。他写的"面朝大海,春暖花开"一下传遍大江南北,却很少有人知道他自杀时口袋里只有两毛钱。钟有鸣一直以为只有海子和自己这样有着巨大痛苦的人才该写诗,用诗歌担当贫寒不屈的命运,为苦难的人生探索一条发光的精神道路。有天夜里,钟有鸣写了《鹰》:

　　　　我懂得你的孤独

　　　　万里长天只有你自己的灵魂

　　　　你的家在哪里

　　　　没有伴侣也没有归宿

　　　　鹰说,我的家在我的翅膀上

诗写完了,他又重抄了一遍,心里忽然涌出一种深深的失望,他第一次意识到,诗对这些农民的生活没有任何意义。

钟有鸣想为小四写首诗,可是想了很久也不知道如何下笔。他真希望这个村子还有这个孩子,如果小四活着,他愿意自己抚养小四。他不能原谅杀死孩子的人。至今也没人知道是谁、因为什么理由杀死了这个孩子。

钟有鸣想起了潘临的话:"绝大部分犯罪都和贫穷有关。"小四很可能也是死于贫穷。贫穷,让多少人身处黑暗。钟有鸣在日记上写着:"这贫穷已经不是几十年之前的贫穷,我一直觉得自己很穷,后来知道还有山区那种一家人穿一条裤子的穷、一天只吃一顿饭的穷,这些是缺吃少穿的穷,是让人们有衣穿有饭吃就算解决了的穷。可是还有一种穷,不知道红灯停绿灯行的穷、缺少文明关怀的穷,没有更高奋斗目标的穷,这是精神的穷,这种穷比物质的穷要复杂得多。穷既是一种物质贫困,更是一种精神困境。蒋二龙已经解决了自己的物质贫困,解决他的精神贫困还需要漫长的时间,还有一些人的精神穷困仿佛是绝症,什么办法都没治。"

写完了,钟有鸣想了想,觉得这话没法公开,他把这一页撕下去了。他又重新写"九月二十二日,晴",接下来竟然不知道写什么。算了,不写了。钟有鸣苦笑了一下,最想写的不敢写,最该写的不能写,这一页的空白反而是无字碑,有最真实的内容。他还担心自己反悔,特意留了一页空白,以备有一天他想补时能有地方。

笔记本是特制的,来扶贫之前,钟有鸣特意到市委,跟市委干部教育领导小组办公室申领了几本特制的读书笔记本,深棕色封皮和厚实的装订,他真想用这个笔记本写点随心所欲的东西,可这个笔记本和他的工作理想紧紧相连,不能有任何任性的痕迹。他必须严格要求自己,把每一页都当作塑造自己优秀驻村干部形象的记录。

记者的职业敏感让钟有鸣很自然地想到了媒体曝光的可能性和必要性,这没必要羞羞答答,如果需要且没有负面影响,为什么不呢?所以,这是一本从一开始就打算公之于世的日记。他的记录必须真实,起码是真实的一部分,又必须禁得起公众和社会的审视,特别是要考虑组织部门和相关领导看到后的反应。

钟有鸣在打开笔记本的那一刻,有一种被监督的感觉,那些撤撇横竖，那些即将被他挥洒于已经印好年月日、用匀称的小黑点配成黑色横格的纸面上的文字，像一排排严肃的小小法官，白纸黑字，成败荣辱，不容轻率。他打开这一页，就意味着他开始自己对自己的监督。

他的字一直写得不好，但还是觉得应该在扉页上写几句话，像学生时代一样。毕竟这日记是极有可能被公开的，写点名言警句理所当然，想了想，钟有鸣恭恭敬敬地用他并不熟练的欧楷写下了保尔·柯察金那段举世闻名的话：

> 人最宝贵的是生命，生命每人只有一次，人的一生应当这样度过：当他回忆往事的时候，他不会因为虚度年华而悔恨；也不会因为碌碌无为而羞愧。当他临死的时候，他能够说：我的整个生命和全部精力，都献给了世界上最壮丽的事业——为人类的解放而斗争。

钟有鸣本来只是觉得这样的笔记本应该写这种名言，毕竟，这本日记就是为了将来给别人看的，写这段内容多少有些装样子，奇怪的是，他写完之后心里竟然一热，好像每一个字都在陆续进入他的内心。他已经很久没有这样的情绪。做高尚的事情，曾是多数人的激情所在，所以才会有各种集会上的欢呼，才会有那么多为善意和美好而存在的各种事迹、传说和艺术作品。他听到了潜藏已久的热血涌上心头的声音，像第一次接到团员徽章，当年，那种油然而生的使命感使十三岁的他脸上的表情都僵硬了。久违了，青春的理想。

"理想"，这是六〇后没法忽略的一个词。在过去的几十年，钟有鸣觉得生活中只有少数几个词是自带光芒的，"理想"就是其中之一。那时候每天一睁眼的一切就是奔着伟大理想去的,吃饭是为了有一个能革命的身体,学习是为了有革命的本领,工作是为了实现革命的理想。他来扶贫算为理想吗?他有时觉得算,有时又觉得这不过是一段工作经历而已,非要往理想上说有些勉强,可是和平时期,这不算理想的话,还有什么是理想?

百度地图为您导航

就在蒋二龙为换亲而深感痛苦的时候，十九岁的赵三奔又因为自慰而陷入恐惧之中。他每次都担心自己会死掉，却又在几乎每一个清醒的时刻陷入欲望的深渊欲罢不能。他骂自己是流氓，恨不能杀死自己，却因为怯懦而在深夜惴惴不安，他打出生起就只在耳朵以下长头发，从小人们就称呼他为秃子。这段时间，他仅有的头发脱落得更加厉害，他常常望着油花花的枕头上那些头发心惊胆战，觉得自己是欲望的小丑和奴隶。

他一直不长个，比同龄人矮小，倒三角眉和紧紧眯起的小眼睛让他经常成为人群中被取笑的对象。据说小的时候每次别人叫他秃子他都蹦起来，且每次都蹦三下，所以也有很多人叫他三蹦。再长大一点，人们发现他还口吃，每次别人取笑他都会急眉火眼地结巴着骂街，人们听了笑得前仰后合，不知道每到晚上赵三蹦一边骂着那些欺负他的人的娘一边自慰。赵三蹦几乎是全村的开心果，也有人叫他赵结巴。后来到学校，班里男生一下课就逗他："秃子，昨晚硬了吗？"赵三奔嘟嘟囔囔地骂道："硬……硬……硬你娘的。"调皮的学生穷追不舍，接着问："到底硬还是没硬啊？"赵三奔蹦三下，骂一句，然后气哼哼地躲到一边去。他真想冲上去把那些浑蛋揍一顿啊，可他真不敢，他经常饿得肚子咕咕叫，有时撸一把榆树叶子或者蒲公英充饥，他没有力气也没有胆量跟那些人打架。他其实更喜欢跟女生说话，因为女生很少取笑他，女生还是善良的。可他因为长时间不洗澡，有虱子，身上总散发一种难闻的味道，所以女生也离他远远地，不跟他交流。

赵三奔太孤独了，像孤独的狼，他对命运充满了愤怒，白天困在角落里苦思冥想，夜晚一边骂街一边想着班上看不起他的漂亮女生手淫。后来赵三奔听父亲说，他们家原本是地主，班里那个欺负他最欢的黑小子，原来不过是他家雇农的儿子。黑小子的爹当了村支书，全村就他家每次到集上去买肉，不过年不过节都能吃得起肉，钱从哪里来，不就是把集体的粮食、钱占为己有吗？世道变了，人心坏了，连自己家当年的雇农都敢欺负他了。这要在过去，他敢！这件事加剧了赵三奔的愤怒。

穷，吃不饱饭，父母一天到晚愁眉苦脸，稍微有点不痛快就骂他和弟弟。弟弟跟他性格不同，弟弟更沉默。通常是父母因为母鸡跑到别人家下蛋，或者缺少猪食暴跳如雷，弟弟一声不吭，蹲在墙角，在地上画着莫名其妙的图案，谁也看不懂那些诡异的线条代表什么，弟弟偶尔会在作业本上画，只要被父母发现就是一顿暴揍，因为作业本是要花钱的。弟弟面黄肌瘦，虽然和赵三奔一样眼睛小，但弟弟遗传了母亲的头发，和赵三奔相比就清秀许多。家里来人基本都是夸弟弟"周正"，而说到赵三奔，就是说用姜片擦头皮之类所谓治疗秃顶的偏方。赵三奔偷偷试过，但是没有什么用。再说，家里其实也只有过年的时候才会见到姜。

赵三奔清醒地意识到弟弟显然比自己更讨人喜欢,他暗暗希望弟弟能好好读书,重振赵家。而他自己呢,他认为自己是不可救药的,怯懦、丑陋、下流,他不配承担振兴赵家的责任。他只想远离这里,离开这些欺负他、看不起他的人,甚至离开愚昧又固执的父母。这个叫南坡的地方唯一让赵三奔有些不舍的也就弟弟一个人。他有时觉得弟弟会有比自己更好的人生。但他只要这么想完之后就会骂一句"×他娘",农民子孙的人生又能好到哪里去呢?村里那些人的命运就是他们的命运。已经有同学参军去了,他后来对人说他是坚决不参军的,可事实上是他个子太矮,不符合当兵条件。那么只有考学这一条路了,可他听说农村户口和城市户口的录取比例是不一样的,他除了一千遍一万遍骂娘就是拼尽全力从这个微渺的录取比例中闯出一条路,如果考不出去,要和他爹一样在这里过一辈子,他觉得生不如死。看看那些土地上一眼看不到边的碱嘎巴,像他的头顶一样嗞嗞啦啦地长着黄菜,娘经常用来凉拌吃,以解决家里咸菜不够吃的困境,他吃了就拉肚子,但是拉肚子也得吃,因为实在没有什么其他可吃的。还有那些邻居、近亲,都让他厌恶,邻居亲哥俩为了争夺一摊牛粪都能大打出手,什么三服四服,都是为了对抗外姓人欺负不得不抱团,真到了利益关头谁也不管谁。

他还是幸运的,灾荒过去没几年,尽管依然是粗粮果腹,村里终于不再饿死人,但一天到晚的劣质山芋干吃得他想吐,偶尔咬一口玉米面饼子都觉得似吃天鹅肉一般。

赵三奔的愤怒还来自课本,他觉得学的都是狗屁文章,没有一篇文章能抒发他内心的焦躁和痛苦。老师念的作文范文都是写好事,可哪有那么多好事,都是胡编乱造,村支书家有肉吃不能写,黑小子欺负人不能写,粮食不够吃不能写,他恨这片只长黄菜的土地也不能写。他心里的怒火经常烧灼他，但他也越来越清楚，如果自己不跟他们一样只会比他们更惨，所以他的作文比他们用更多的形容词，有更夸张的抒情，更慷慨激昂的论据，当他的作文被当范文的时候，他以为自己会感到羞耻，可恰恰相反，别人敬佩的目光让他深深陶醉。

赵三奔后来考上了瀛洲财贸职业学院，发现图书馆有那么多他从来没见过的书，特别是鲁迅的书，他如饥似渴，吃着馒头还大声朗读："我翻开历史一查，这历史没有年代，歪歪斜斜的每页上都写着'仁义道德'几个字，我横竖睡不着，仔细看了半夜，才从字缝里看出字来。满本都写着两个字是'吃人'。"赵三奔所有的痛苦都找到了出口，鲁迅和他一样愤世嫉俗，他觉得鲁迅是知己，是人生楷模，他在精神上已经握住了鲁迅的匕首。这段苦读成就了他，时逢二十世纪八十年代初，班上经常会有一些辩论活动，赵三奔经常是众人瞩目的主角，他大谈自由化的现实价值，抨击计划经济和高度集权，倡导全盘西化。那些曾经嘲笑他的男生慢慢因为他的才华聚拢在他身边，女生也能忍受他唾沫乱飞和一年四季携带的汗臭味，请教他一些哲学和历史问题。特别是班上最漂亮的杨亚玲竟然把自己用不完的饭票给了他，这让他对才华的价值有了深刻体会，他更加勤奋，苦读西方历史、哲学、文学书籍，到他毕业分到县政协的时候，他从思想深处已经认定，中国历史、中国文化、中国的制度都是腐朽的、没落的，中国要强大是必须要学习西方文明的。

"都……都是扯……扯……扯臊。"每次说起中国有关的东西他都会这么骂一句。赵三奔一般情况下几乎不再骂娘，文明程度的提升让他从此用"扯臊"来表达愤怒、不屑和反抗。

一九八九年春节过后一上班，赵三奔还没有从庸俗的当门家族和亲戚互相拜年的厌倦中恢复，同事之间也要经历互相礼貌性拜年的陈规陋习,别人给他拜年,他也得礼貌性给别人拜年,又疲惫又愤怒,他觉得老祖宗留下的这些陈规陋习,也是一种权力腐败,长辈为了捍卫自己的权威,强行普及这种没用的形式主义的礼仪。让赵三奔焦虑的还有上高三的弟弟,本来学习很好,这次期末摸底考试成绩急速下滑,问他原因什么也不说,翻开他的作业本,竟然画了很多莫名其妙的图形。赵三奔跟弟弟拍桌子瞪眼,弟弟一声不吭。一直到多年之后,赵三奔看了电影《西西里的美丽传说》,想起弟弟当时的种种表现,才意识到弟弟当时作业本上画的是男人和女人交错混乱的生殖器官。如果他当时能像电影中的父亲一样,也许能让弟弟走出那段晦暗的时光,也许弟弟不会疯疯癫癫,大冬天跑到大街上脱光了衣服。赵三奔恨压抑个人欲望的时代,恨不容忍个体自由的小县城,也恨自己,明明自己也从那个状态中经过,为什么就没能想到弟弟和他一样是有血有肉有生理需求的男人呢?

那天赵三奔虽然跟大家说着拜年的话,心里却是极为烦躁的,遇到文史研究室的一位同事,估计那人也是没话找话,也可能是和那些经常嘲讽他的人一样故意逗他,现在探讨这一切已经没有意义,但那个阴冷的早晨是赵三奔人生的一个暗黑节点。

"赵老师,你看今年的一号文件了吗? 农村土地政策有重大变化。"那位同事跟他说。

"扯……扯腺,"赵三奔说:"只有彻……彻底私……私……有化才是农民的出路。私有财产制度是自……自由的最重要的保障。"赵三奔没想到,因为这句话,他被这位同事举报了,领导亲自找他谈话。领导面沉似水,跟他坦陈这种思想意识的严重后果。赵三奔听后心惊胆战,涕泪横流,跟领导痛说自己的懊悔和恐惧,他说作为一个农民的后代,能考大学,能农转非,能在县城工作,能有一个"铁饭碗",这一切对他和他的家庭太重要了,他再也不会犯同类的错误。

领导和赵三奔一样,也是农家子弟,体恤他的不易,主动说服班子成员中看不惯赵三奔的人,最终只是对他口头批评警告。那是赵三奔第一次领教举报对个人的巨大威胁。他甚至不敢对告密者有任何不满的表示,反而每次见到堆满笑意,主动搭讪,生怕再次招来对方阴暗的攻击。他觉得自己成了歌中那条最孤独的狼,"我是一匹来自北方的狼"这句歌词能把他心里的血唱出来。

但他很快发现,那个被出卖的早晨给他带来的不光是寒冷,还有让他猝不及防的光亮。几天之后,单位派他去瀛洲市参加培训,在车上,他遇到了钟有鸣。钟有鸣几乎高他两个头,身材挺拔,眼睛虽然不大,但因为一说话就笑眯眯显得很有深度。钟有鸣是报社记者,是这次培训的任课老师之一。钟表鸣的身份和形象都注定了他是这次培训的焦点,参加培训的女人们争先恐后围着他。赵三奔羡慕地说:"钟……钟……钟老师,你……你长这么帅……吃的什么好东西?"

钟有鸣笑着说:"焖红薯贴饼子,大葱蘸酱。"

"我……我以为只有长成我这样才……才……才吃这个。"赵三奔半是玩笑半是由衷地说。

钟有鸣知道赵三奔,钟有鸣被抽调负责这次培训的组织工作,南坡县的相关负责人提前吞吞吐吐地告诉了钟有鸣,说赵三奔"有自由化倾向",请领导们多注意。钟有鸣问赵三奔怎么自由化了,对方就说了赵三奔关于自由化的言论,钟有鸣"嗯"了一声就挂了电话,但记住了赵三奔,点名的时候发现赵三奔是如此猥琐的一个男人,心里有些不以为意。再说培训任务很重,他们一直没得空说话。培培的最后一天去参观玫瑰园,女人们开始大肆采摘,让赵三奔鄙视,他对走过来的钟有鸣结结巴巴地说:"女……女人爱……爱玫……玫瑰属于智……智商有问题。"

钟有鸣一怔,所幸周边没人,说明这句话就是说给他一个人听的,他笑着说:"爱玫瑰的女人爱浪漫。诗人都这么说。"

"爱浪也是瞎浪,饿她三……三天给她一块肉,你看……看她是要……要玫……玫瑰还是要肉。"赵三奔不屑地说。

钟有鸣没想到赵三奔会说出这么粗鄙的话,一时不知如何回应,就转换话题说:"赵老师,您关于私有化的说法很有魄力。"

赵三奔一怔,立刻明白他的单位已经把这事捅到上级部门了,心里一寒,正准备结束对话,以免再惹是非,没想到钟有鸣接着说:"私有化也未必能解决中国的问题,现在很多人在谈法治化,赵老师怎么看?"

赵三奔受宠若惊,他没想到市里的干部竟然和他谈论这种敏感问题,他正苦于无处倾诉,又想用最快的速度让对方意识到自己是有思考能力的人,于是直截了当地说:"哈耶克在《通往奴役之路》中说过,如果一个人不需要服从任何人,只服从法律,那么,他就是自由的。可那是在西方,在我们这里,就得重典猛药。"

钟有鸣一笑,他想起赵三奔单位的提醒,不想在这里跟他多说,急忙说:"有机会好好聊,我还有点事。赵老师您忙。"钟有鸣晃动着高大的身躯走了,赵三奔有些失落,但心里还是有了一丝光亮,真是莫愁前路无知己,他原来并不是唯一有思想的人,离南坡县六十里地就有和他可以探讨真理的人,这让他动了调离南坡县的念头,那个被举报的黑暗早晨竟然启动了他人生的新阶段,这就是祸兮福所倚,福兮祸所伏啊。

欢迎使用腾讯地图导航系统

　　宁小微不喜欢农村生活。六岁之前,她和母亲关系还不错。六岁时跟着母亲回老家,一家人高高兴兴一起聊天,姥爷忽然咳嗽一阵,啪一声往地上吐了一口痰,右脚迅速踩住,使劲蹭了一下。宁小微听见姥爷嗓子咕噜一下,把嘴里没吐干净的痰咽了下去。宁小微硌硬得再也不愿意跟姥爷亲近。中午吃饭,姥爷吃了几口肉,应该是塞牙了,他把一根筷子插进宽大的牙缝里,上下左右搅了几下,把塞在牙缝的菜捅出来,并没有吐出来,而是又咕噜一声咽下去,好像还没剔干净,又搅了几下,看见宁小微在看他,不好意思地说:"老了,吃点东西就塞牙。"然后又接着用剔过牙的筷子揀菜。

　　宁小微实在忍不下去了,站起来指着姥爷说:"你太恶心了。"姥爷脸唰一下红了。

　　妈妈啪一下打了宁小微的手,说:"不许你胡说。"尽管姥爷一直护着她,让她不至于挨打,但是她从此觉得姥爷很脏、姥姥家的饭很脏、农村很脏。之后姥爷和姥姥想抱抱她，她都拒绝，甚至对妈妈也有了厌恶，觉得妈妈出生在那样的环境，浑身总有洗不掉的脏东西。的确是，尽管妈妈刻意打扮，总也脱不了土气。后来宁小微在报社工作，也不愿意做农村新闻。

刺激宁小微的还有一件事，那年她刚到报社，还没有选择的权利，跟总编去了一个贫困村，全村就剩下六十二个人，五十七位老人以及四个智力障碍者——是一对有智力障碍的夫妻生了一对有智力障碍的儿女，还有一位残疾人，其余人都离开村子去了外面更广阔的世界。宁小微当时真的觉得这样的地方就该遵循斯宾塞法则，顺应自然，人为引进什么发展项目，都是对资源的浪费。

宁小微还记得那对有智力障碍的夫妻，屋里根本不像人生活的地方。

这几位智力障碍者给村委会带来太多麻烦，吃饭穿衣得管，下雨阴天得看，本来村里人就少，还得专人看管他们。宁小微上大学期间读过斯宾塞的书，对他的社会达尔文主义开始还不认同，觉得不人道，但当她看到那对有智力障碍的夫妻和他们的儿女，顿觉人间不是什么地方都适用人文感情。一切生命都是平等的观念禁不起现实的检验。宁小微觉得，文人的滥情多数是自我感动，借势标榜，结果都是添乱，所以她讨厌那些把农村描绘成田园牧歌式的文字。

尽管不喜欢，但是宁小微作为钟有鸣所在的科室负责人，例行公事也得去他下乡的村子看看，再说，她一气之下安排钟有鸣去扶贫，心里也有些后悔。其实宁小微当年也是有苦难言，那年她已经三十二岁了，在瀛洲市这就算大龄女青年，事实上在人们的观念中，她算大龄有些勉强，因为大龄女青年通常指未婚女士，而她属于离异，尽管只有三个月的婚龄。

在宁小微的父母看来，她离婚纯属胡作。因为她和她前夫之间没有什么现实冲突,她后来把他们的离婚原因定为路线之争。她前夫是市政府正科级科员,通读过《资本论》,信奉老庄哲学,办公室墙上挂着隶书"道法自然"。而她迷恋斯宾塞,笔记本第一页写的是"物竞天择"。她践行自己的人生哲学,这些年过关斩将,成为丛林法则中冲出重围的佼佼者。可婚姻现实还是让她有了挫败感。她听说钟有鸣女友考走之后,放下身段向钟有鸣示爱,可钟有鸣不领情。她也不是没想过和前夫复婚,但是前夫委婉表达了拒绝之意,在拒绝复婚后一个月就和一位大学老师结婚了。宁小微意识到三个月的婚龄让她的婚姻价值像打开了外包装的手机,尽管没怎么用,从售出那一刻起就已经大打折扣了。

在和钟有鸣表白被拒之后,表面看宁小微还是那么洒脱,其实内心已经有了委顿感。那份洒脱还是得坚持,可坚持就要承担高不成低不就的代价。相信丛林法则的她心里明白,自己得尽快找到下嫁的台阶,这在商业模式中叫止损,否则很可能会更贬值。真下嫁也不是那么容易,女人太优秀在婚恋市场上反而成了缺点。她真想结婚了,不得已再次主动出击。之前有人给她介绍过一位医生,和她一样是离异的,带着一个四岁的女儿。她权衡之后和医生仓促领了结婚证,一年后她又生下一个女儿,才知道他前妻就是没生儿子被要求离婚的,可她不是他前妻,她硬是凭着自己的强势打消了医生想要儿子的心,保住了婚姻,可她心里清楚,这婚姻就是一个体面的外墙,离她对幸福的期待已经渐去渐远。

宁小微见过李梅,凭女性直觉,她发觉李梅忌惮她,这说明李梅和钟有鸣之间并没达到高度和谐,这丝细微的裂缝也只有她这样有着婚姻创伤的人能体味,连当事人自己都未必能意识到。即使这样,宁小微也清楚,她和钟有鸣之间永远没戏。她不相信小说家一厢情愿的故事,她只信人性和规则。既然没戏,按照一般的人性逻辑她的确该实施她的报复,但是按照规则这种报复也得适可而止,否则会逼出意外。而宁小微已经不敢再挑战意外。钟有鸣的下乡让他们之间拉开了一段距离,这段距离让她重新审视自己和钟有鸣的相处模式,她再坚持难为钟有鸣有失当代女性的风度,再说,他算老几,值得她这么多年耿耿于怀。

想通了,她再给钟有鸣打电话,已经基本是同事之间公事公办的语气,那份虚无的男女之爱如烟飘散。她例行公事问候钟有鸣在十里村的工作和生活情况,说代表新闻科表示感谢。钟有鸣不知道宁小微的脑回路已经山路十八弯,早已做好接招准备,没想到对方无招胜有招,开启了革命同志模式,钟有鸣有点失落,也有点庆幸,迅速调换到副手角色,说了些感谢领导关心之类的场面话。宁小微问能为十里村做点什么事,钟有鸣想起了他因为遇到十里村人闯红灯发生车祸而迟到三十八秒的事,就说普及一下现代文明吧,可以请交通运输部门来给村民讲讲交通规则,让村民进城知道红灯停绿灯行。

宁小微说会尽快安排,又说她会自己带队代表新闻科去看望他。钟有鸣急忙拒绝,说自己刚来时间短,情况还不是很熟悉,最重要的是什么都没干。

宁小微说:"扶贫不是你一个人的事,是新闻科的事,你是代表新闻科深入扶贫一线,新闻科人人有责……"

钟有鸣听出宁小微又要往高大上说,急忙打断说:"宁科长你要这么说我就不客气了,我代表我们全村对领导和同志们的关心表示感谢,那就尽快安排吧,谢谢领导关心。"挂了电话,钟有鸣长出一口气,这段情劫总算平安渡过。

宁小微转变后,钟有鸣也开始了对自己的反思,说到底,他下乡扶贫也不全是因为宁小微,在报社这么多年,各种报道写了几百篇,如果没有意外，他还会接着写，甚至成百上千地写，可其实主题就一个——围绕瀛洲市经济文化建设鼓与呼。

钟有鸣的位置和身份让他很难写出其他素材的新闻报道。做新闻报道这些年，瀛洲市像模像样的乡镇、企业、先进个人几乎都在他笔下出现过，有的甚至不止一次。有的乡镇主要领导换了四拨，他写了四拨。每一拨上任不久都会让他去报道，有时他就把原来的素材整理一下，换几个数字，稍微改改就又登报了，以至于他后来在《瀛洲日报》发表的作品自己都不看。别人见面称呼他为大记者他都听得很尴尬了。这叫大记者？就这些文章头天发第二天就没几个人关注了，这样的文章叫大作？他自己都不这么认为。他常年写这样的文章，看这样的消息，觉得自己像那些文章一样浮泛浅陋，没深度、没思想、没前瞻性，他的文字不再具有更复杂的表意功能，而是成了预设好的编码，沿着固定程序进入一个模式，或大或小，或长或短，文字进入这个程序就像人穿上工作服，什么身材、气质、格调、性情，统统一个腔调一个色泽，灰蓝黑，红黄绿，笼而统之。

钟有鸣当年在图书馆夜以继日攻读世界名著的时候也是心怀天下放眼世界的，如今在《瀛洲日报》上的一个小小版面奋笔疾书二十几年。他后来每次审稿，觉得大大小小的版式都有虚拟的边框，他的青春才华和梦想被一块块分割，冷冻在那些格子里。

这就是人生吗？钟有鸣问自己。他想过改变，又对自己能否适应其他工作没有把握，他觉得下乡扶贫算是一次被动选择，他终于有堂而皇之的理由挑战自己、证明自己。他一直拿宁小微的刁难说事，不过是他为改变现状的努力寻找的一个可以掩盖窘境的借口而已。想到这里，他心里也长舒了一口气，觉得宁小微也很可怜，一个要才有才、要貌有貌的美女高不成低不就，最终成了别人的继母，据说夫妻关系很一般，对他有些过激反应也属于正常，难得她能放下个人恩怨，从报社的大局出发，还想到下乡点来送温暖，她如今要格局有格局，要水平有水平，巾帼不让须眉。

　　他把宁小微要来十里村的事告诉蒋福道，特意强调了宁小微是报社第一美女。蒋福道一听，开玩笑说："这是追来了？"

　　钟有鸣急忙摆手说："咱可不能把领导的关心往歪门邪道想，人家是来慰问的。"

您已驶入河北路段

潘临约钟有鸣再跟蒋二龙谈谈。钟有鸣说:"你都谈过几次了,人家案发时不在场。"

潘临说:"蒋福锁在村里就一个不对付的人,就是蒋二龙,他们为浇地发生过矛盾。"钟有鸣觉得这理由也有些离谱,为这点事杀人不符合逻辑。潘临说要都按逻辑做事,就没有命案了,百分之八十的命案都不合逻辑。钟有鸣不知道这数字的真伪,不敢跟他多说,自己毕竟刚来这个村,本身就不了解情况,又赶上这事,担心言多必失。他们正说着,蒋福锁迎面走了过来,蒋福锁脸色蜡黄,心事重重,也别说,儿子被杀,他的心情大家都能理解。

蒋福锁也想表现得热情一点, 可是脸上表情是僵硬的, 他说:"孩子的事给你们添麻烦了。"

钟有鸣说:"没事,你自己想开点。"

潘临忽然想去蒋福锁家看看,就问了一句:"嫂子在家吗?"

蒋福锁一愣，急忙说："在，在，潘同志，钟书记，要是不嫌弃就到我家坐坐。"

进了蒋福锁家，家里倒是挺干净，可东西实在破败，迎门是一架随时都可能散架的织布机，梭子还在没织完的花条布上，现在很少有人穿粗布，织布机并不多见。旁边是纺车，倒是配套。灶台上放着一摞粗瓷碗和一个和面盆。蒋福锁媳妇迎出来，倒了一碗水，本就瘦小的身材已经有些罗锅，眼窝里含着泪水，嘴里还一直说："钟书记，喝水吧。"

钟有鸣看着粗粗拉拉的酱色瓷碗，急忙推辞说："不渴不渴。嫂子别忙了。"

嫂子说："喝吧，喝喝就渴了。"

钟有鸣有些蒙，蒋福锁说这里水咸，本地人习惯了，外地人来了会越喝越渴。钟有鸣这次明白自己为什么到这里一直口渴，原来是水质的问题。

潘临似乎随口问了一句："家里几口人？"

蒋福锁媳妇一下就哽咽了，答非所问地说："四个儿子，现在剩三个了。"

蒋福锁低下头，看看潘临，想说什么，张了张嘴，又把头低下去。

潘临问蒋福锁小四被杀的那天晚上他在哪里。

蒋福锁说："我那天晚上啥都没干，就在家呢。"

潘临看着蒋福锁问："谁能证明你在家？"

蒋福锁望着媳妇说："我老婆能证明，我们拣红小豆，拣到很晚才睡觉。"蒋福锁媳妇特意搬出一大簸箩拣好的红小豆让潘临看。潘临有些心不在焉，说："咱再去别处看看吧。"转头对蒋福锁说："你领着我们去看看别人家。"

蒋福锁不想去，说还得往地里拉粪，钟有鸣拉了他一下，蒋福锁只好带路。

他们依次走了十几户农家，在钟有鸣看来，境况和房屋摆设都差不多，外屋灶台，里屋土炕，墙面都黑乎乎的。

"去蒋力家看看。"潘临说。

蒋福锁就把他们领到了一个墙头低矮的院子，钟有鸣刚想往里走，被蒋福锁拦住了。

"别去了，脏乎乎的。"蒋福锁说。

钟有鸣有些愣怔，有其他村民走过来补充说："屋子进不去人。"

"也是觉得没奔头，幸亏他爹和二龙帮衬，还能吃上饭。"蒋福锁说。蒋福锁这话是在夸蒋二龙，这让潘临有些意外。"进去看看。"潘临说着就往里走，钟有鸣紧跟上去，其他人不想进，有的就停下了脚步。蒋福锁有些为难，不去吧，自己陪着来的；去吧，真受不了那味道。他犹豫了一下，还是跟过去，没进屋，就在屋外等着。

那味道没法描述，钟有鸣跑采访这么多年，各种养殖场也进过，化工厂、制药厂的臭味也闻到过，这么复杂的臭味还是第一次领教。钟有鸣越过破烂的棉被和满地的垃圾，迎着浓臭的气味，看见蒋力正躺在炕上啃一块红薯。

潘临捂起了鼻子，问了一句："你们是爷俩吗？"

爷俩没见过这阵势，吓得说不出话。有村委会干部就喊："傻子，蒋力，出来！出来！警察有事问你们。"被喊傻子的男人直愣愣往外走。蒋力没动地方。有村委会成员悄悄告诉潘临，爷俩都傻，干不成杀人的事。

钟有鸣想象了蒋力和被喊傻子的人作为凶手的场景，他也觉得他们不像。潘临还是例行公事问了案发当晚两个人的行踪。傻子不说话，蒋力则瞪着眼睛，面无表情。潘临问蒋力那天晚上干什么去了。蒋力说睡觉。潘临问蒋力知道小四死了吗？蒋力不说话，空洞的目光一瞬不瞬地盯着潘临,像是不知道这世上有恐惧、死亡和悲伤。

"小四被砸死了,"潘临注视着蒋力,"他跟你是同学?"

蒋力还是不说话,呼吸声越来越重,原本就苍白的脸色更加苍白。潘临和钟有鸣都注意到了蒋力的情绪变化,心里一阵紧张。钟有鸣看了一眼房门,又看了一眼蒋力粗壮的胳膊,做好了随时夺门而出的逃命准备。

"他们是同学。"蒋福锁到底还是进了屋子,在潘临身后说。

"他和丫丫才是同学!"蒋力吼了一嗓子,吓了钟有鸣一跳。还是潘临镇静,依然不动声色地注视着蒋力说:"你们也是同学。"潘临直视着蒋力,平静地说:"你好好回想一下,小四被杀的那天晚上你去了哪里?想起来了告诉我,这上面有我的电话。"说着把一张事先准备好的名片递给蒋力。蒋力还是直愣愣看着潘临,一动不动。潘临把名片放到了旁边堆满杂物的桌子上。

"你觉得蒋力会杀了小四?"钟有鸣看着潘临翻来覆去在蒋力的臭房子里转悠,找了个机会悄声问。

"一切都有可能,"潘临说,"他有作案动机。"

"一个傻子能有什么动机?"钟有鸣不置可否。

潘临拿起一双沾满泥土的军用球鞋,翻来覆去看了一阵,漫不经心地说:"嫉妒。"

前方有违章拍照

钟有鸣从蒋力家回到住处，急忙换下所有衣服，他觉得那种味道尾随而来，久久不去。他当然也不会在日记上记下这事，怕被人误会他嫌弃贫困户。他对那些站在道德制高点的指责一直心存质疑，但碍于身份从来不说。如果有选择的机会和权利，又没有负面影响，他认为没必要太过矫情。

因为需要帮着破案，钟有鸣竟阴差阳错，很快就对十里村情况了如指掌。他在笔记本上记下："土地六百四十五亩，人口三百七十六人，党员十九人。种植果树一百亩，主要是红富士苹果，耕地都是水浇地，但是地下水位下降，水咸，土碱；土路，坑坑洼洼，需修成马路。本村经济以农业为主，主要作物为小麦，玉米，一小部分棉花。有少部分人做小买卖，一户养殖蘑菇，无集体经济。"

钟有鸣又用正楷写下了全村党员的姓名、年龄、入党时间。在记录党员入党时间时他突发奇想，以后村支部每到党员生日赠送一张

"政治生日"卡。他作为记者的优势立刻就出来了,他给蓝天印社打电话,请他们帮忙印制了一批"政治生日"贺卡以及一些规章制度。然后他跟村委会其他几位成员说:"制作党员'政治生日'卡,目的是让每个党员牢记誓言,牢记党的宗旨,要执行党的决议,作为党员,享有你作为党员的权利,履行党员义务,发挥每个党员的作用。"他说完发现屋子里一片寂静,没有一个人说话。他知道,人们以为他唱高调。他也的确有这意思,做这项工作,来这个地方,高调必须有。只不过,他们不知道,他曾经是他们中的一员,他来自他们,和他们一样,希望做点能看得见摸得着的实事。钟有鸣在踏进十里村的那一刻就已经下了决心,做个务实的人,把他在这个位置不得不唱的高调落在具体的工作中。

蓝天印社很给力,第二天就把"政治生日"贺卡和钟有鸣交代的各种规章制度送过来了。可是村干部都下地干活了,钟有鸣只能自己找钉子,把制度一一钉上墙。有村民经过,凑过来看看,冲他笑笑就走了。有位老人走过来,看了一会儿,用手指着"事"字说:"有错字。"他一看,也不算错字,是用了前些年被简化、因为不被认可又弃而不用的简体,老太太发髻齐整,仪态娴静,眼睛里有说不清的东西。凭记者的敏感,钟有鸣觉得这是有故事的人,急忙说:"大娘,谢谢您,我马上改过来。"他掏出圆珠笔,改成通用字。老人看到自己的意见被采纳,脸上有了活泛的表情。钟有鸣抓住机会,问老人家里几口人,老人说:"我就一个人过。"

他看到老人走路腿有些瘸,就搀着老人问:"大娘,腿怎么了?"

老人说膝盖疼,又叹口气说:"岁数大了,浑身都是病。"

"怎么不去医院?"钟有鸣问。

"太麻烦。村里人都这样,能挨着就挨着,挨不过去再说,"老人说,"黄土埋半截了。"

有村民也凑过来说："跟闺女去上海，多好。"

"不去。"老人斩钉截铁地说，说完摇摇晃晃地走了。

村民说老太太特别有个性，就在河沿住，又潮又偏僻，哪里也不搬，闺女来接也不去。

"等老头呢吧？"年轻一点的村民说。

"早死了。不死能不回来？"村民说。

钟有鸣看着老人孤单瘦弱的背影，心里不是滋味。他跟留下的几位村民打听了一下才知道，老人的丈夫曾是国民党军官，刚结婚就走了，再也没回来。

"不是真国民党，是中共地下党。"村民补充说。

"大娘得有七十岁了吧？"钟有鸣问。

"七十八岁，十七岁结婚跟丈夫来这里，再没走过，是上海人呢。"另一村民说："我原来跟她住邻居，受不了河沿的潮湿，搬到村里来了。现在那里就她一个人了。"

钟有鸣想起来了，他刚来时蒋书记就跟他说起过。没想到今天在这里见到了。他虽然不是作家，但他是记者啊，记者的天职就是了解真相，他想找个机会和老人好好聊聊。

请进入左转车道

一九四七年夏天，赵建霖升任国民党某军某旅中校参谋主任，带着新婚妻子霍梅茵回灯明寺看望家人。那时候霍梅茵并不知道，她将会一辈子留在这个嵌在运河湾里的小村，当然，她也不知道，丈夫这次回来是带着任务的，名义上是携妻子回家省亲，其实是护送几位组建政协的进步人士。霍梅茵后来一次次跟别人说：她在火车上看见几个人，跟了他们一路，从上海上车，在瀛洲下车。她每次见到来慰问她的人都念叨这件事，好像丈夫的失踪和这几个人有关。

到十里村的当天晚上，他们和公婆吃完饭，就到和公婆家距离不远的新院子住下。院子是专门为他们结婚新修的，种着三槐五柳，都没长大；枣树也小，和苹果树、桃树一样，摇晃在新翻的土地上。有人敲门，丈夫披衣出去后，霍梅茵听见一阵杂沓的脚步声，她有些紧张，喊了一声"建霖——"。建霖是丈夫的名字，丈夫也答应了，回了一句："你别出来。"又是一阵急促的脚步声，之后就没动静了。她彻夜未眠,想去告诉公婆,可初来乍到,夜黑如墨,她出门吓得又跑回来。她此后一直在后悔这件事,觉得如果自己再勇敢一点,能及时告诉公婆,也许能追回丈夫,可一念之差,她跟丈夫就远得地老天荒。她后来回过上海,娘家人也都离散,老房子被征用,父母住在狭窄的里弄里,以为她跟着赵建霖过上了好日子。看她落魄的样子,父母除了心疼也无能为力。偏偏那天她梦见丈夫回来找她,梦醒她急匆匆回到十里村,可哪里有丈夫的影子。倒是有两个陌生人,跟着公婆一起给霍梅茵送来了米面。多年之后霍梅茵才知道,所谓的公婆也是解放军老战士假扮的。等人走了,霍梅茵坐在土炕沿上,觉得一切都是梦,梦里她在女校门口遇到一个自称叫赵建霖的军人,家住河北运河边上,那里有黄灿灿的麦田和大片如雪的梨园,河里有很多鲫鱼和成群的鸭子。梦里,赵建霖给她梳头,买糖葫芦,像她父亲一样举起她,让她摘梧桐树上一串串的喇叭花。

公婆虽然不是亲的,却也体贴,几乎每天都过来看霍梅茵,知道她不会干农活,给她找了火柴厂糊纸盒的工作。后来还给她介绍了厂子里的一名工人,她拒绝了,她觉得丈夫还活着。住在河边,家里总免不了看见各种虫豸,她睡觉的时候总要反复抖被子,生怕上面有什么东西。有一天下班回家看见门槛上横着一条蛇,她吓得哇一声就跑开了。村里人过来帮忙把蛇挑走,有人劝她搬到城里住。她犹豫了一下,没走,丈夫是从这院子离开的,她不想丈夫回来找不到她。二十岁的时候她以为等个十年八年丈夫回来再生儿育女也来得及。三十岁的时候她觉得已经等了十年,再多等几年也无妨。四十岁的时候她害怕了,怕空等了这一辈子,怕无儿无女老无所依,她急匆匆跟厂里一位刚死了妻子的技术员办了结婚手续。婚后不久的一天夜里,她梦见赵建霖就躺在她身边,醒来却看见细瘦的技术员正张着嘴打呼噜,她又急匆匆办了离婚手续,搬回运河边。原本的新院子已经成了老院子，院里的树都长高了，喜鹊、麻雀分站不同的枝头，把早晨鸣叫得红红绿绿，运河的水欢腾着，一群群鱼虾嬉戏于金灿灿的光影中，像是火柴齐刷刷擦燃，烧出无边的祥云。八个月后她生下了女儿晨瑜，日子更加活泼，霍梅茵再没离开过十里村。女儿大学毕业去了上海，没几年就在上海买房、结婚，多次回来接霍梅茵，霍梅茵都是去去就回。

"等了一辈子，哪也不去了，就等到老吧。"霍梅茵对来看她的钟有鸣说，说完腼腆地笑笑，那眼神和表情，不认为自己已经老了。

"这房子太老了。"钟有鸣谨慎地选择措辞，生怕引起她的反感："老伯，就是您……爱人，要是知道您还住在这里，也会担心啊。"

"爱人？"霍梅茵念叨了一声，低下头，眼角皱褶轻微抖动着，忽然哽咽了，"爱人。"

钟有鸣听见这个词从老人已经枯皱的双唇边轻轻吐出，心里也是一惊，瞬间想起李梅，这一瞬间，把她放在这两个字上，都有些轻。

"我不搬，搬了他就找不到了。"泪水在老人眼窝里晃悠着，像是寻找冲决而出的堤口。

"万一他不在了呢。"钟有鸣心里想着这句话，但他不忍说出口，这句话就像老人的眼泪一样，在心里打着转，在他的眼睛和口唇之间晃悠。

老人似乎已经看穿了他的心思，抬头说："他就是不在了，我也得知道他的下落啊，找不到他我不能搬。"

不要弯道超车

钟有鸣意识到需要了解的情况太多，拿出笔记本，那些严肃的文字此刻多了温情和悲悯，依次记下："六十岁以上老人十九名，其中患高血压、皮肤病、冠心病等十一名，患有轻度精神疾病者两名，身体残疾者一名。"

钟有鸣抽时间挨家挨户走访了这些老人，他们中只有一位去过县医院看病，其余都是在村里花几块钱买点药，甚至就硬扛。钟有鸣这些年一直在市区生活，老家发展很快，他以为农村都和自己老家一样，搭上了快速发展的列车，医院、超市一应俱全，真不知道相隔不到一百公里，差距会这么大。

他回到住处，好像是无意，又像是巧合，也或者是他潜意识就是在寻找，他看到了在党员活动后摘下来放在桌角的党员徽章。他拿起来看了看，觉得心里有一种沉甸甸的东西，他把党员徽章重新别在衣襟上，一直到离开十里村，再也没有摘下来。他本来想把这段写到日记里,打开笔记本,记下:"二〇一〇年三月二十二日,陪潘临走访调查小四之死。走访蒋二龙、蒋力家。"写了这几行,他又觉得无话可说。他想写农村的贫穷,世世代代的贫穷,在大部分地区都富起来之后,这贫穷更加触目惊心。如果他仅仅是赌气,是来镀金,做样子,他心里不会这么沉重,可他不是。他来扶贫的确有赌气的成分,他也确实需要一段基层工作经历让他更加符合提拔重用的要求,但他想要这些的前提是,他真能扶贫,也真的想让这个地方因为他的到来有所改变。可这只是他的想法,想法和现实还有漫长的距离,他能做到吗?如果做不到他怎么办?假设白纸黑字真写得天花乱坠,到时候实现不了,这本从一开始就想作为政治资本的扶贫日记就成了他形式主义、假大空的证据。

想了想,他把这页日记撕了下来,重新写了一句话:"乡土社会的信用并不是对契约的重视,而是发生于对一种行为的规矩熟悉到不假思索时的可靠性。"他当年看到这句话时曾深为认同,因为他过去的生活就是如此,此刻写下来却是一种无话可说的信笔而行,也不过是让后来看到日记的人知道他是读过书的人而已。写完了又为自己的做作有些尴尬,于是加了一段话:"弯道超车。扶贫,重在一个'扶'字,既然贫就有不得不贫的理由,有依靠农民自身摆脱不了贫的现实,扶贫干部就是让农民和其他领域的人一样,走上发展道路。农民起步晚,行速慢,正常行驶很难跟上时代脚步,扶贫干部只能抱着弯道超车的决心,敢冒风险,才有可能拉着农民一起上路,一起行走,跟上发展的大部队。"他觉得有些话容易被断章取义,只能在心里明白,属于能干不能说的范畴,就又写了一遍:"弯道超车。"简单直白,自己一看就懂,外人似懂非懂,以后说起来可进可退。写完这四个字,他开始规划下一步的行动,当然首先要完成规定动作,别人走的路他也得走,走着看,走着干。干着看,干着走。

前方两公里有服务区

　　钟有鸣是无意中知道那次遇到的出车祸的人是蒋福红的。那天他到村里了解村民平时有什么文化生活，边走边观察，听到从一户人家传出喧闹的笑声，走进去才发现是五六个人在打麻将，都是女人。钟有鸣问输赢多少，半天没人说话，他有些尴尬。一位看起来年轻点的妇女说："钟书记，别担心，俺们不是赌博，就是打发时间，到了下午五点还得给老的小的做饭。"

　　"是啊，要不干什么去？老爷们都出去打工了，剩下娘们孩子不就瞎混吗？"一位年龄大一点的妇女说。

　　"成嫂子，你还瞎混？成大哥大把大把地挣钱，你儿子也快挣钱了，多美啊。"刚才那位年轻的妇女说。

　　"长岭家的，挣什么钱啊，不就是给人家打工吗？"被称为成嫂子的人说。

　　钟有鸣知道那位年轻点的，丈夫肯定叫蒋长岭。他了解村里人的称呼习惯,女人结婚后基本没了名字,要么跟夫姓,要么跟孩子称为孩子妈。他忽然想起那天出车祸的人,也许这些人能认识,顺口问了一句:"你们谁知道前些日子谁家男人被车撞了?"

女人们齐刷刷地发出一声惊呼,问:"被车撞了,谁啊?"

钟有鸣就把那天情况说了一遍,又把那人的模样大概说了一下:"看起来三十多岁,个子不高,也就一米七左右,很瘦。"

屋子里突然很安静,还是长岭家的忍不住,吞吞吐吐地说:"不会是福红吧?"

"别瞎说。福红要是再出事,这家就算完了。"成嫂子用力扔出七饼说。

女人们不再理钟有鸣,他也识趣,找了个借口就走,心里替这些女人惋惜,年龄都不大,一辈子就打牌吗?可是不打牌又让她们做什么?村里没有影院,没有剧场,没有商场,没有公园,没有书店,没有企业,他看看四周,齐刷刷的房子,基本是一个样式,树木基本就那几种,讲究点的人家在院子里种几棵秋葵花,伸展着单薄又俗艳的叶子。

钟有鸣去找蒋福道,蒋福道说要真是福红,就真麻烦了,他家就他一个劳力,媳妇有糖尿病,俩孩子都在上学。他们找到蒋福红家,家里上着锁。问蒋福红的邻居,邻居说蒋福红前些日子在城里摔了腿,一直不好,走不了路,在诊所输液呢。他们赶到诊所,钟有鸣一眼就认出了蒋福红,而蒋福红对他没有任何印象。可能是因为伤痛,蒋福红脸色蜡黄,眼神涣散,比车祸那天瘦了一圈。他旁边有一个黑瘦的女人,见了钟有鸣他们急忙站起来,叫了一声:"福道哥,钟书记。"不用介绍,钟有鸣也能猜出这是蒋福红媳妇。医生也是本村的,在卫校上了两年中专就回来开了诊所。看见钟有鸣和蒋福道,医生想站起来,蒋福道拦住他说:"别动,别动。我跟钟书记过来看看。"

钟有鸣问是什么情况,蒋福红还不想说,他媳妇红了眼圈,说:"骨头都断了。"钟有鸣问怎么当天没住院呢。蒋福红说当时没觉得特别疼,车主给了他两百块钱就走了,他刚到瀛洲,人生地不熟,都不知道医院在哪里,就坐车回来了。钟有鸣急忙和蒋福道商量,想送蒋福红到医院治疗,蒋福红还是犹犹豫豫。钟有鸣不理解,腿已经肿得跟树根一样,怎么还犹豫。蒋福道心里明镜一样,对蒋福红说:"你放心去看病,钟书记从瀛洲来,看病的钱我们想办法。"钟有鸣才明白蒋福红不是找不到医院,是舍不得花钱,心里一酸,急忙对蒋福红说:"钱的事先别考虑,先去看病。"蒋福红执意要先回家,钟有鸣他们只好在门口等着,他媳妇搀着他进去,一会儿拿了一塑料兜东西,从外面看应该就是换洗衣服、饭碗之类的。

开车到医院,蒋福红从塑料兜里摸索出一个纸包递给钟有鸣,钟有鸣接过一看,里面是钱,有零有整,还有一堆硬币。挂号、拍片,折腾到下午才住上院。又领着蒋福红媳妇到食堂充了两百块钱饭卡,蒋福红媳妇千恩万谢,钟有鸣和蒋福道把身上的钱都掏出来,一共两千多块钱都给了她。几天后钟有鸣接到医院电话,说蒋福红拖欠医药费跑了。钟有鸣一听,急忙为蒋福红辩解说:"不可能,我马上了解一下情况。"到蒋福红家里,蒋福红媳妇正晾衣服,钟有鸣装作一无所知,问:"你不是在医院吗? 福红这么快就好了? "

"啊,好了。"蒋福红媳妇慌慌张张说完转身就往屋里走。

钟有鸣跟着进屋,见蒋福红躺在炕上,脸色蜡黄,钟有鸣问怎么回事。蒋福红苦着脸说:"住几天院要两万多块钱,我住不起,在家养养算了。"

钟有鸣说:"住不起也不能不治病啊,再说你回来,也得跟医院说清楚。"

蒋福红说:"大不了我就是瘸子,我不治了。"

腿骨摔伤住院几天花两万块钱,钟有鸣也觉得多,就说:"你把医药费单子给我看看。"蒋福红媳妇很快拿来这些天的用药单据,钟有鸣学过简单的救护知识,此前父母也几次入院,他看过后迅速发现了几个与骨科无关的药品,甚至在住院第二天的药品中有一例儿童用药。钟有鸣明白了,他的同事曾报道过这家医院的所谓规模扩张经验——每个科室每位医生都有创收任务,从新院长上任之后,短短六年扩建了三家分院。当时钟有鸣对其创收经验不是很理解,现在明白了,医生不卖货、不生产商品,完成创收任务的手段也只有过度治疗和滥用药了。

钟有鸣很生气,想起前段时间一位同事在采访过程中摔了腿,也住过院,就打电话问了问。同事说没花多少钱。同事没告诉钟有鸣,护士长是他初中同学。他跟钟有鸣说:"谁住院啊?要是自己人必须找人,不找人就不好说了。"钟有鸣心领神会,知道这治疗方案有猫腻,想了想,既然宁小微希望他有事先跟新闻科说,那就先跟她说吧。电话接通,宁小微一听,也很着急,让钟有鸣负责把蒋福红弄到医院,她负责治疗的经费问题。在新闻口工作这么多年,找个熟人也不难,宁小微打了个电话,很快医院一位副院长和骨科的主任来到了病房,把他们请到了骨科主任的办公室。办公室很简陋,一张简易床,墙上挂了一幅字,写着"医者仁心"。没地方坐,大家都站着。主任说蒋福红主治医生在做手术。

骨科主任心里明镜一样,知道主治医生一定存在过度治疗的情况。这也没办法,院长给他们定了创收任务,但是他们有底线,对经济条件好一点、承受能力强一点的病人,特别是公费医疗的,在不影响治疗效果的前提下,就多用几枚钉子;钢板用不用都行的,想办法用;国产钢板也行进口也行的情况下,就用贵一点的进口钢板。没办法,完不成医院定的创收任务将直接影响医生的正常收入。骨科的

126

医生本来比内科和肿瘤科收入就少，对这些，他作为主任只能睁一只眼闭一只眼。他象征性地拿过用药清单，心里咯噔一下，一个小腿骨竟然用了十一枚进口钉子，确实有些夸张了。

钟有鸣已经和蒋福道联系好，生拉硬拽带着蒋福红赶到医院。蒋福道说："我找了几个人给抬上车的，这小子。"这时候主治医生已经做完手术，也赶到了病房。他个子不高，有着医生常见的白净的脸，用专业术语讲了非如此不可的理由，虽然知道在场所的大概大多听不懂，但他看出来者不善，讲得很用心，眼神很诚恳。他最后说："其实他的治疗费用也就这些，再多也多不到哪儿去了。"钟有鸣和宁小微对视了一下，明白主治医生是在为自己下一步的理性治疗找台阶。病还得要治，钟有鸣就问还得交多少住院费。主治医生说后期就是常规治疗，没多少。钟有鸣问没多少是多少。钟有鸣听蒋福道说，此前又让蒋福红交两万，所以想看看找人和不找人差多少。

"三千块差不多，"主治医生说，"具体还要他回来做完检查再看。如果不需要输液回去养着就行。"主治医生看了看宁小微，又看了看钟有鸣，试探性地问："这是亲戚？"

宁小微对主治医生的语气很反感，看了看钟有鸣，钟有鸣就跟主治医生说："不是亲戚，我们是村里的扶贫干部，他本来就是贫困户，媳妇有糖尿病，这场车祸让他家雪上加霜。我们也不指望医院对他多照顾，但是如果能少花些钱治好腿，让他别因为一场意外再失去正常生活的能力，也算你们医院对扶贫工作的支持。"

宁小微盯着主治医生，接着说："我是《瀛洲日报》社的记者。"这句话相当有威慑力。主治医生听后眼神一阵飘忽，急忙说："我们一定会妥善解决他的治疗问题，请各位放心。"

钟有鸣说："谢谢你能理解，很多人以为扶贫就是扶贫干部的事，其实只有全社会人人都有扶贫意识，才能从根本上除掉农民的穷根。扶贫路上，每一位党员干部、每一个部门都责无旁贷。"这就有点讲大道理了，宁小微看看钟有鸣，看出钟有鸣真生气了，他脸色铁青，但比平时嬉皮笑脸时更有气魄。

他们回到病房，宁小微说："你也开始讲大道理了，你看大道理还是有用吧？"

钟有鸣叹了口气说："没有办法，大道理能说出口，常识性道理却不能说。我想说我知道农民看病难，还以为是没钱，是没到过大地方，人生地不熟，现在才知道，竟然还有一个可能的原因是没熟人。这话能说吗？不但不能说，还得违心地和他们说扶贫的军功章里也有他们的功劳。"

"真想给他们曝光。"宁小微气哼哼地说。钟有鸣心里也在纠结要不要曝光，又都知道不能曝光，医院有医院的难处。宁小微忍不住说："医院这样的制度既难为医生，也难为病人。"

蒋福红又住了三天就出院了，药费不到两千块。蒋福红说还以为得几万块呢，没想到找人和不找人差别这么大。钟有鸣跟宁小微打电话汇报这一情况，她不知道该跟蒋福红怎么说，于是主动承包了帮蒋福红报销医药费的事，从县城到十里村来来回回好几趟，真是不胜其烦。要是让蒋福红自己跑，估计会更难。

钟有鸣这几天脑子里一直闪着蒋福红媳妇在医院里举目茫然的表情。就医这人命关天的事，地理上几十里地的距离，现实的差距竟像万水千山，以至于因为不知道怎么看病就不看病。他跟宁小微说，希望能给村里安排一次义诊。

宁小微爽快地答应了："我带专家去。让十里村人民免费享受一次专家诊疗。"

请注意右转车辆

　　潘临一直把蒋二龙当作重点嫌疑人员,让钟有鸣密切关注蒋二龙的动向。钟有鸣不相信蒋二龙会杀人,几天没去蒋二龙家,就找了一个探索农村产业化问题的理由,还煞有介事拿着笔记本去。

　　蒋二龙家锁着门,钟有鸣就去地里找。蒋炳章蒋二龙爷俩一门心思致富。蒋二龙是真拼命,只要在村里,从来没见他闲着,天天围着那几亩地转悠。那庄稼种得真好,玉米比周边高出一头,三伏天大中午在地里捉虫子,衣服从领子一直湿到裤腿脚,还能怎么勤劳呢?就是黑白不睡又能怎样?说到底,农民的出路不在土地上,解决农民的贫穷问题不能光盯着那几亩地、几间房。

　　地里只有蒋炳章和孙子蒋建成爷俩,蒋炳章在前面牵着牲口,蒋建成站在犁耙上,摇晃着瘦长黝黑的身子。钟有鸣担心他从犁耙上摔下来,就喊了一声:"小心,别摔下来。"

　　蒋建成听了,动作幅度更大了。钟有鸣见状急忙冲过去,喊:"你怎么回事？"

蒋炳章脸上露出了难得的笑意,说:"没事,钟书记,农村的孩子皮实。这样力气能匀实点,碾碎土坷垃好出芽。"

钟有鸣听了有些尴尬,就跟着爷孙俩到了地头,蒋炳章停下活,抽出烟袋递给钟有鸣,钟有鸣连忙摆手说:"大爷,你们接着干,别耽误活。"

"牲口也得歇歇。"蒋炳章轻描淡写地说。蒋建成已经小鹿一样从犁耙上跳下来,跑到牲口旁边,揪了一把草放到牛嘴里。

钟有鸣问蒋建成:"多大啦？"

"十岁。"

蒋建成才只有十岁,城市里的孩子十岁时正在玩各种玩具,各种闹腾,可蒋建成就已经俨然是一个劳力了。钟有鸣心里一阵感慨,又问:"上几年级了？"

"四年级。"小家伙毫不怯场,声音不高却很好听,有着男孩子没变声前特有的清脆。

"学习怎么样？"钟有鸣接着问。

"还行。"小家伙干脆利落地说。

"想上大学吗？"钟有鸣又问了一句。

小家伙没作声,过了一会儿说:"我想去当兵。"刚说完这话一个小女孩跑过来,蒋建成扭头看见了,忽然改变了语气,问小女孩:"丫丫,我长大想当兵,行吗？"

叫丫丫的小女孩有些吃惊,愣了一下说:"我……我想考大学。"

蒋建成没想到丫丫会和他有不同的选择,有些失望,看了看丫丫,又看看钟有鸣,语气软下来:"我……也想上大学。"说完这话脸涨红了。钟有鸣笑了。

据说小四死后,丫丫病了一场。孩子就是忘性大,才几个月,丫丫已经恢复活泼好动的性格,对蒋建成说:"跟姐学,长白毛。"

"谁跟你学了,大学谁都想考。"蒋建成不服气地说。

"你考得上吗?"丫丫轻蔑地回击道,给蒋炳章递过一瓶水说:"姥爷,喝糖水。"又回头冲蒋建成说:"叫声好姐姐就给你喝。"

"我才不喝呢。"蒋建成赌气说,转身想走。

丫丫飞奔过去把另一瓶水递过去,说:"还当兵呢,比女孩子还小心眼,你当女兵吧。"

蒋建成接过水,咕咚咕咚几口就喝光了,说:"什么糖水啊,一点都不甜。"

"不甜你吐出来。"丫丫追过去打蒋建成。

蒋建成一边躲着一边喊:"就不甜,就不甜。气死你。"

蒋炳章抽着烟,笑眯眯的,一声不吭。

钟有鸣觉得丫丫有些似曾相识,仔细看竟然像他小学到初中的同学小玲。

小玲起初是班里学习最好的,到初三成绩下降到中游,长相却越来越出众。他注意到她是因为别的女生都穿了皮鞋或者旅游鞋,只有她还穿着一双蓝色条绒布鞋,这双鞋暴露了她的生存处境,让人很容易就能了解她的家庭应该极不富裕。钟有鸣懊恼自己心里并不全是同情,而是有些遗憾,甚至有点为那双漂亮的丹凤眼可惜。

女孩的眼睛是丹凤眼,眉毛很奇特,左右两边几乎连在一起。和身边其他女孩一样,她有着农村女孩标志性的棕色皮肤,可是一个多月后,他惊讶地发现,她皮肤变得又白又细腻,几乎是班上最白净的。丑小鸭变成了白天鹅,这让他对她有了兴趣,他课间会故意从她身边过,以引起她的注意。他带头取笑她新换上的另一双黑色布鞋,说她穿着奶奶鞋。开始女孩不怎么理他,后来有一次钟有鸣鼓动她后排的男生把她的辫子压在重重的书本之下,女孩站起来时被抻得哎呀一声,全班目光集中到女孩身上,女孩回身就给了后桌一巴掌。后桌捂着脸委屈地说:"是钟有鸣让我干的。钟有鸣,好汉做事好汉当。"钟有鸣也不含糊,当场承认说:"开个玩笑嘛,怎么还急眼了?"女孩也不是吃素的,拿起一本书冲钟有鸣扔过去,钟有鸣头一歪躲过去了,他身旁另外一个同学被打个正着,鼻子当场出血,这场风波以钟有鸣在班会上检讨告终。尽管女孩从此在他身边经过都目不斜视,但钟有鸣知道,她心里有他了。

暑假就要来了,他们面临学期期末考试,钟有鸣听说小玲父亲患病,母亲拉扯她和弟弟太困难,她要退学。这正应了他的判断,她果然家庭贫困,钟有鸣有些失望,又有些痛惜,他很想阻止她退学,可又不知道她如果继续上学,学费怎么办,家里的困难怎么办?他连自己的学费和生活费都是家里勉强供应,没有能力为她做任何事情。他唯一拥有的就是不能让她退学的决心。

那天自习课,科任老师没来,钟有鸣利用自己科代表的身份,在给大家分发作业的时候给女孩写了一张纸条:"我在宿舍楼后面等你。"他不知道哪来的勇气和自信,发完作业就到指定地点。宿舍楼距离教学楼有一段距离,他每天走好几次,只有这一次觉得这条路格外漫长坎坷。宿舍楼后面都是荒草,几棵歪七竖八的榆树像被大自然遗弃已久,他没敢往更深处走,担心有蛇或者其他动物会吓到女孩。他等了很久,久得汗水已经从头顶和脖颈溪流一样滚下来,才隐约听到轻微的脚步声。

他的心跳骤然加速,汗水流得更加恣肆,两腿都在发抖,可他愣是掩饰着,像是泰然自若地等着她一样。她并没有走近他,她的表情没有什么异样,眼睛还和平常一样冷若冰霜,大概也是因为走了一段路,脸比平时红了些。她没有说话,而是干咳了一下,才说:"你找我有什么事?"

"你不能退学。"钟有鸣干巴巴地说,"我们农村孩子,只要退学就完了。你愿意一辈子种地,脸晒得跟猴屁股似的?"他说着,把二十块钱塞到她手里,扭头就走。

"我不要!"女孩胸脯剧烈起伏着,眼里突然噙满泪水。

"我不要你退学!"他说完就跑了。他回到班上,一直等女孩回来,女孩却再也没有回来,连教室里的书包都是别人帮着带回去的,那二十块钱是通过另一个女孩还给他的。

他一连几天都失眠,考试成绩从上次的第四名一下降到倒数第二名,物理才考了三十二分。他不明白自己到底错在了哪里。那二十块钱是他很久没吃早饭省下来的,在他拿出来的时候甚至觉得对父母和弟弟有些歉意,毕竟他们一直省吃俭用。那时候他还太肤浅,不知道人越穷越在乎面子和尊严,女孩其实学习不错,但她的穷被他看透了,她对于穷的羞耻感远远大于她对未来的渴望,她宁愿退缩回那种不为人知的穷困中,也没勇气为可能改变的未来一搏。钟有鸣很心痛,饭也吃不下,周末回家的时候面黄肌瘦,晚上吃饭的时候也不像过去那样说学校的情况。敏感的母亲意识到了儿子的变化,又不想挫伤儿子的自尊心,吃完饭开玩笑说:"儿子,瘦了,那女孩很俊吧?"

钟有鸣脸腾地红了,站起来边往自己房间走边说:"哪有。"

母亲还是面带笑意地说:"我儿子帅,招人喜欢。"

钟有鸣低着头说:"她爸患病……我让她别退学,可她……"说着哽咽起来。

母亲收起笑容,拍着儿子的肩头说:"我儿子这是想英雄救美,没成功。别着急,你没看郭靖吗?武功还不行的时候,谁都打不过。等练好了武功,想救谁就救谁。"母亲喜欢《射雕英雄传》,张口闭口都是武侠。和母亲说了这几句话,钟有鸣的失眠奇迹般地好了,当晚一觉到天亮。女孩像云彩一样从他生命中飘远了，他又开始了为生机勃勃的未来努力学习，几年后他考上了瀛洲师范学院的中文系，在他怯怯地跟着其他同学走进在他看来极为高大壮观的图书馆时，他被一排排书震惊了，他一直以为世上的书就是课本和课本上提到的那些书，没想到世上竟然有那么多书！管理员对他的表情见怪不怪，问他看什么书。他不知道自己该看什么书，愣了一下，想起《外国文学史》中提到的莎士比亚，就小声说："莎士比亚。"

　　他第一次意识到，自己用灯明寺话说出这几个字太吃力，像一枚枚锈蚀的钉子试图钉进榫卯不合的家具一样艰难，他想跟同学一样说普通话，但是父亲在他上大学之前就教导过他："出去别学那些洋腔。"并且反复讲一位出门回来的人因为说洋腔在村里被嘲笑的事情。那人回来后他爸爸问他："多咱回来的？"那人说："昨天晚上。"那人爸爸一巴掌扇过去。那人捂着脸说："夜来个哄上。"钟有鸣听了这个笑话曾暗暗下决心，一定要保持本分，不腐化变质，不学普通话，可此刻，他第一次意识到了自己的土话在这个到处都是书的环境里有多么格格不入。

　　让他难堪的还有洗澡。他在乡下的时候只有夏天洗澡，到大学才知道每周都要洗澡，他走进热烘烘的澡堂发现自己身上的泥怎么也搓不净，对自己此前的生活产生了质疑。当他一身清爽走出浴室，想到了至今还带着一身泥垢、还将继续带着泥垢，并不知道人可以没有泥垢的父母，心情特别沉重。自己的生活起点比城市孩子原来低这么多。钟有鸣很快意识到，他们的差距还不是洗澡这么简单，那些他听都没听过的书，很多同学在中学就已经读过了。同学们会唱邓丽君的歌，而自己只会《走在乡间的小路上》。周末学校的晚会上，男女同学们手拉手跳迪斯科，钟有鸣呆滞在炫目的灯光里，仿佛进入了一个迷幻的世界，他突然不知道该怎么办了。

有几个月他陷入了忧郁之中。他很想快速融入崭新的生活,又多次想逃离,回到从前那种闭塞粗鄙的生活中,这样他就不会被自卑和羡慕双重折磨。那时候他写了很多诗歌,写了之后偷偷寄给学报,当他的诗歌被播音员用标准的普通话在学校里广播之后,他觉得那个早晨都亮丽了。那时他正在操场跑步,太阳刚刚出来,云层里透出大片的橙色光芒。

原来他也可以,信心像阳光带来的暖意,一点点回到了他身上,他重又找回了当年冲刺高考的力量。当天下午有体育课,他们要挑战八百米,几个人站在相同的起跑线,老师吹响哨子,有人行动快一些,有人慢了半拍,但是,那位慢半拍的同学因为速度快很快就超过了那几位同行者。钟有鸣的脑海电光石火一般,突然明白了:起点固然重要,但是只要肯努力,能坚持,照样可以后来居上。那天他跑了第二名,因为这个发现比跑了第一名还兴奋,他在食堂从来都是最后才去打饭,各种剩菜折到一起,一毛钱一份,便宜,实惠,那一天他奢侈地买了一份锅塌豆腐,他第一次知道,豆腐不是只能用来拌小葱,还可以做得这么好吃。

他是在大学三年级认识李梅的。食堂有东西南三个门,那天,李梅吃完饭出食堂南门,中午的太阳光直射过来,她看不清对面的人。钟有鸣进食堂,背对着阳光,钟有鸣觉得李梅在出门的那一瞬间阳光像炸裂的大宝SOD蜜一样,他被李梅白净的脸和身上的皂香味深深打动了,根本没注意李梅不到一米六的身高和偏胖的身材。他好像被施了魔法一样,一步迈到李梅面前,问了一句:"同学,今天有什么好吃的?"

李梅被这位高大黝黑的男生突如其来的问话弄得一愣,说:"醋熘白菜。"

"别走啊,再吃点呗。"钟有鸣接着说。

"吃饱了。"李梅说着就要走。

"哪个系的？"钟有鸣跟了一步问。

"历史。"李梅说完看了钟有鸣一眼，迅速走开了。钟有鸣后来解释说当时是鬼使神差，他本来不是特别爱跟女生搭讪的人，但是看见李梅就超常发挥了。这也是实话，他原本对班上的学习委员有点意思，可看到学习委员的条绒布鞋和眼角眉梢的乡土气，想起了中学夭折的初恋，他领教过乡村女孩过于敏感的性情，不愿意再重蹈覆辙。

"人不能两次被同一块石头绊倒。"他诚实地对李梅说。

前方有学校，请减速

　　说不清从什么时候开始，媳妇成了蒋二龙最不愿意看到的人。媳妇基本不用化妆品，皮肤粗糙，神情卑微，好像嫁给他后就没笑过。后来有了儿子建成，蒋二龙觉得晦暗的日子亮堂了些。可随着他生意越做越大，他走出十里村又回来，他越来越厌恶这样的婚姻。他也问过自己，是喜新厌旧吗？是忘恩负义吗？可不管别人怎么说，他自己知道不是。虽然不是，可他又那么渴望改变这种现状。他不敢轻易迈出这一步，毕竟，他们有建成，关键是爹也不会同意。蒋二龙买了爹爱吃的烧鸡和建成爱吃的零食。爹虽然没说什么，但那脸色能看出是高兴的。只有他媳妇，看见他进门，畏畏缩缩，一句话也没说。

　　蒋二龙到地里转了一圈，估摸媳妇做熟了饭才回家，果然饭桌上已经摆满了各种炒菜，一家人都等着他呢。他心里涌出一种说不清的情绪，坐在爹旁边的位置，媳妇为每个人盛饭，最后才把锅里剩下的稀饭倒进自己碗里。开始蒋二龙没注意，后来才发现媳妇用手捏着馒头蘸菜汤吃,蒋二龙看了一眼,皱了一下眉头。媳妇丝毫没察觉蒋二龙的不快,又把馒头浸到菜汤里。

蒋二龙用筷子挑起她的手问:"你的筷子呢?"

媳妇低眉顺眼看了他一眼说:"我觉得菜少。"

蒋二龙说:"菜少你不会多做点,给你的钱又掖巴起来了?"

媳妇停下咀嚼,手放在饭桌上,有些不知所措。

蒋二龙很生气,压低声音说:"下顿再做少了你就别吃。"

建成对父亲不满,大口喝了一口粥,发出夸张的吸溜吸溜的声音。蒋炳章忍了一会儿,端起饭碗进了牲口棚。

蒋二龙看着愣愣的媳妇说:"好好一顿饭让你搅和了。"媳妇嘴里含着一口馒头,咽也不是不咽也不是,样子又尴尬又委屈。蒋二龙又吃了几口,气不消,赌气把菜碗往媳妇面前一蹾,说:"你就没让人痛快的时候,你自己吃吧。"说完站起来就走了。

请减速

在参加工作的第六年、和钟有鸣恋爱的第八年,李梅考上了复旦大学中文系研究生。钟有鸣迟迟不愿意结婚,一再强调的理由是没房、事业无成。李梅起初还能忍耐,后来就明白这是钟有鸣在照顾她的自尊,真正的理由是他还没有爱她到愿意跟她共度一生的程度,钟有鸣显然不甘心,又没有更好的选择,应该也是相处时间长了有了感情牵绊,舍不得。

她想得最多的还是钟有鸣介意她的感情史,最初她并没觉得这是什么大障碍,他一个大学生、诗人,不可能这么封建。她非常清楚,她是钟有鸣的初恋,一个连接吻和做爱都不知该如何进行的男人,不可能有恋爱史,尽管她其实更希望他有过,如果他有过,他不会在两个人相处过程中处处笨拙,甚至幼稚,需要她主动引导才能完成一次高潮。他更不会对她是不是处女如此耿耿于怀,说起来是单纯,说到底还是没见过世面。那个生他养他的灯明寺,没有教会他如何爱和如何做爱。

李梅几次提出跟钟有鸣一起去灯明寺,都被他以各种理由拒绝了。她爱钟有鸣和钟有鸣爱她的过程是相反的,最初钟有鸣非常主动,为她写诗,用一辆破旧的自行车载着她走遍了瀛洲的大街小巷,有一种要带她走遍全世界的势头,后来慢慢冷静,最近一年他们很少一起看电影,都是各忙各的。而她呢,开始对钟有鸣不冷不热,经过一年多的相处,到现在她已经深深爱上他,她感觉钟有鸣有渐行渐远的迹象,她不想放弃。她利用一个周末,独自去了灯明寺。交通其实很便利,下火车,换乘一次汽车,不到三个小时就到了。她独自走在自己爱的人出生的地方,想知道到底是什么地方培养了一个钟有鸣这样的诗人。她从村南走到村北,又从村西走到村东,路上的人都对她侧目而视,显然,小镇外来人很少,特别是城里人,所以她非常引人注目。她又进入了几个胡同,想凭感觉找到钟有鸣的家。房子大同小异,都是平房,好房子青砖卧砖到顶,次一点的红砖卧砖到顶,只有几处是竖砖,明显都很老旧,墙头长着不知名的野草。她走到了村子东,看见了钟有鸣对她说过的小河,河流很窄,河岸长着几棵柳树,有人在河边洗衣服。她曾在钟有鸣的诗《偷渡》中看到过关于这条河的诗句:

> 我能看到对岸的波涛
> 天边的华彩冉冉升起
> 我能听到命运的嘶鸣
> 鸥鸟的翅膀闪耀着金属的光芒
> 啊,多么痛苦
> 我不能拒绝这一切
> 我不能

因为我一生的意义

就是为了触摸你蓝色的心

真到了河边她太失望了,哪有什么鸥鸟,几只鸭子而已,也可能是把那群刚刚起飞的麻雀幻化成了鸥鸟。河水也不是蓝色的,而是有些泥黄,倒是很干净,能看见水里的蝌蚪和小鱼,不知道钟有鸣哪只眼睛能把不到三米宽的小河沟子泛起的波纹看成波涛。这就是诗人啊,把一切都放大,都无限强化,美会更美,而痛则极痛。

钟有鸣家应该就在临河的几处房子中。一处是新盖的,亮瓦明窗,显然不是钟有鸣家,尽管他们之间有了裂隙,盖房这么大的事他还是会跟她说的。

另有一处过于低矮,房子也是不多见的土坯房,房门破烂不堪,随时都能倒下,这处也不可能,钟有鸣好赖是个记者,上班几年了,不可能容忍自己家的房子破败成这样。剩下的房子大同小异,她调动起和钟有鸣相处几年的全部爱意和直觉,也找不出哪一处是他家。这时她看见了有一家门口有个磨盘,有位老人在推磨,她想起钟有鸣诗中也写过磨盘,她走过去,问:"大爷,我能喝口水吗?"

老人停下看了她一眼,说:"能,快屋里去。"

李梅说:"不用,大爷,我喝完就得走。"

老人个子不高,腰有些佝偻,看不出和钟有鸣有什么基因关系,李梅都要放弃了。老人冲院里喊:"有个闺女想喝水,你端碗热水出来。"他又回头对李梅说:"你这是走亲戚啊?亲戚哪村的?"

李梅说:"对,就旁边村的,我来了,可亲戚家里没人,我想回去,走到这里渴了。"

这时候一位老太太一手端了一个大碗一手提了绿花暖壶出来了。她们相互看了一眼,李梅惊讶地发现老太太有着和钟有鸣一样的眼睛、鼻子和脸型，老太太也是一愣，急忙放下水壶和碗，非要请李梅进屋子里坐。李梅还是拒绝了，老太太看出李梅决意不肯进屋，也不再勉强，给李梅倒了水，又回屋里。过了一会儿，老太太端出一碗热汤面，上面卧了一个鸡蛋，葱花的香味扑鼻而来。

老太太看着李梅说："天也不早了，你肯定也饿了，村里也没个饭店，你们城里人受不了的。"

李梅想拒绝，老太太就一直端着。李梅只好接过碗，她真觉得那碗手工面太好吃了，吃完拿出十块钱，两位老人严词拒绝。老太太问李梅是哪里人，李梅没敢说在瀛洲，而是说在县城。被问到做什么工作，李梅也没敢说自己是文化局干部，担心老太太跟钟有鸣说起来，让钟有鸣知道她偷偷来过，于是说自己在县供销社做售货员。临走的时候，老太太让李梅等一下，一会儿拿出一瓶醉枣、一袋花生，让李梅在路上吃。李梅再三推辞，老太太一再坚持。李梅接过醉枣和花生准备走，老太太一路送她，还让老头也送送。

老头独自推磨，明显对老太太的过分热情不能理解，始终一声不吭，听见老太太叫他，不耐烦地说："我忙着呢。哪那么多事。"

老太太跑过去，拿走老头手里的笤帚，说："你快点吧！"

两位老人陪在李梅身边走了一程，李梅一再请他们回去。老太太停下脚步，已经红了眼圈，犹豫着说："闺女，我有个儿子叫钟有鸣，在《瀛洲日报》社当记者，他就是脾气犟，可不是坏孩子。他要是让你生气了，你就跟大娘说，我跟你大爷好好说他。"

请注意与前车距离

"福锁啊,咱们都输给了一个'穷'字。"蒋二龙这几天一直想跟蒋福锁说这句话,有几次都走到门洞了,想了想又折回来,说了又怎么样呢?蒋福锁能明白吗?小四能死而复生吗?都不能。

蒋二龙跟蒋福锁一起光着屁股下河摸鱼,上树套知了,大冬天光着膀子追兔子,蒋福锁翘什么尾巴拉什么屎蒋二龙一清二楚。蒋二龙早就知道蒋福锁喜欢妹妹小贞。

时间回溯到母亲刚去世后一个普通的大集后,蒋二龙和蒋大龙、妹妹小贞回家,家里锁着门。小贞一看就带了哭腔,问:"爸呢?"二龙说:"还在地里干活吧,我们去找找。"三个孩子赶到地里,蒋炳章锄完了最后一垄地正准备回家,看见三个孩子,也没说话,钻进高粱地里找了几根没长好的玉米,美其名曰甜棒,一个孩子一根。二龙先给小贞把甜棒剥了皮,父亲交代他们不要割破了手,便收拾农具往家走。

空气中都是庄稼的香气，云彩就要掉在远处的柳树上了，燕子和麻雀像是在挑逗他们，飞一段就停下来，等他们走近了，它们又嗖一下飞得无影无踪。大龙看见了一只蚂蚱，歪歪斜斜地追着。二龙急忙跟上，把蚂蚱抓起来，他希望能再捉三只，这样他们四个就可以每人一只烤着吃了。爸爸看透了他的心思，也在地里搜索着，蚂蚱也像是通晓他们的心意，一只只从棉花苗和青草丛中跳出来，让三个孩子在惊喜的叫闹中抓到手里。路上都是赶集回家的人，提着大葱、茄子和各种粮食，小贞拿出了甜棒，认真啃着。

蒋福锁跟他爸爸买了个大西瓜从身后追上来，蒋福锁爸爸显然有些嘚瑟，对着三个孩子说："别啃那个了，让你爸给你买大西瓜，大西瓜才甜呢。"

蒋炳章尴尬地红了脸，低下了头，拽着三个孩子给他们让开了路。二龙看在眼里，没说话，到家背上筐就回到了集上，他找到西瓜摊旁边，钻在人脚底下，捡了一筐西瓜皮。蒋炳章做完了饭，发现二龙不在家，正准备出去找，蒋二龙背着一筐西瓜皮回来了，他接了一大盆水，把西瓜皮洗净，用小勺挖出仅存的瓤，递给小贞，小贞刚想往嘴里放，又拿给哥哥二龙。蒋二龙接过来，递给蒋大龙，蒋大龙吃得涎水从嘴角流下来。

蒋炳章哽咽着，把西瓜皮仔细清洗，放盐腌好，咸菜总也不够吃，腌不了的就剁碎，掺到棒子面里，做菜团子。小贞捧了一捧西瓜瓤给蒋炳章说："爸，你吃吧，可甜啦。"

蒋炳章说："爸不吃，你吃。"蒋炳章掩饰着眼里的泪水低头烧火，火苗跳跃着，炙烤着他皱纹密布的脸。蒋二龙心酸酸的，他知道爸爸也不好受，一腔不甘从头顶到脑门来回撞击，可怎么也撞不出一个方法，能让这个破败不堪的屋子成为吃得起西瓜的家。他正看着低矮的角门运气，看见蒋福锁背着手在门洞口一闪，闷声问蒋福锁:"你干吗?"

蒋福锁往里探头问:"小贞呢?"

蒋二龙把小贞叫出来，蒋福锁从身后拿出一块红艳艳的西瓜。小贞忸怩着不要,蒋福锁把西瓜放到小贞手里,像一只雀跃的小白羊一样跑了。蒋二龙听到蒋福锁家的门咣一声,那声脆响像过年的二踢脚一样,从地面嗖一下蹿到了天上。

嗨,老弟,我为你导航吧

钟有鸣日记第三十四页就写了两个字"打井"。字是欧楷,寸余大小,笔力雄健,写完之后他给姑父打电话,说了给村里打井的事情。来十里村前一周,丈母娘给他说姑父的儿子要办婚礼,让他去帮忙摄像。姑父是市水利局副局长,原本其实是八竿子打不着的亲戚,因为两家都过得比较体面,互无所求,又能彼此在其他关系面前显摆一下,那丝若有若无的亲情就显得亲密。姑父说到时候帮钟有鸣引见县水利局局长。钟有鸣先把村里吃水情况和姑父说了一下,姑父说他知道,贫困村情况都差不多,没水没路没集体经济。姑父很快回了电话,说:"跟县水利局局长说了,你直接找他就行。"钟有鸣没想那么复杂,觉得自己为村民打井理直气壮,可是真找局长,局长要么不见他,要么说没钱,总是有各种理由一拖再拖。钟有鸣很着急,转眼都十一月份了,打井需要时间。他来了之后请教农业专家,说十里村的土地适宜种节水小麦,特意请了市政协副主席带专家队做工

146

作,家家户户改种了节水小麦,但是节水小麦必须适时浇上封冻水。钟有鸣心急如焚,打不了井,浇不上水,他这新官上任的第一把火就要灭,他以后工作更不好开展。没办法,钟有鸣又跟姑父说了难处,姑父看出县水利局局长想打马虎眼,这是不把他这个市里的副局长放在眼里,心里也有气,激起了他的斗志,他决定亲自出马,帮外甥把这个局长摆平。姑父跟钟有鸣说明天跟他找县水利局局长。十里村离县城四十里地,姑父问钟有鸣怎么去,钟有鸣说起早骑自行车。姑父说:"我让司机去接着你一起去,顺便看看你们村。"

姑父的车一大早就到了村里,这辆崭新的小轿车引起了村里的轰动,村里孩子都跟着汽车跑。钟有鸣看见了蒋力,蒋力躲在人群后面,跟着跑了一会儿就蔫蔫停下了。没人在意他,他在弥漫的尘土中孤独又怯弱。钟有鸣想起田边地角的庄稼,缺水少肥,长得可有可无。

中午他们跟县水利局局长喝了一顿大酒,钟有鸣的姑父跟局长称兄道弟,无非是套近乎,让局长痛快给钱打井。钟有鸣也不示弱,放下从前的记者架子,斟茶倒水,比敬亲爹还谨慎。局长喝高兴了,将了钟有鸣一军,说他喝一杯给一万块钱。因为有姑父在,钟有鸣一直退居在后,以照顾场面为主。现在局长说了这话,钟有鸣鼓足勇气,让服务员拿来一个大杯。钟有鸣算过,两口井至少要十万块钱,他一口气把十杯酒全倒进去,一口就干了。钟有鸣觉得整个十里村灶膛的火苗齐刷刷蹿到了他胃里,他喝了一口水,压了压,姑父给他搛了一口凉拌菜,他吃下去觉得好受些。他还想再往杯子里倒酒,姑父心疼了,说:"有鸣,你是我外甥,局长再让你喝,当姑父的替了。"县水利局局长也不敢造次,毕竟钟有鸣姑父是市局的领导,钟有鸣从市里下来,明摆着是来镀金的,以后山不转水转,自己再有几年退休了,何必放着河水不洗船呢,就夸赞说:"自古英雄出少年啊。行了,我自罚一杯,追加五万块,拨给你十五万块,给你打两眼深机井。"

我×,前方经过村庄

　　蒋二龙其实也是心里有事,他听到了消息,说村里要打两眼深机井,这百年不遇的好事,人人都虎视眈眈。十五万块,运作好了挣五万块钱很容易。五万块钱,得不吃不喝种好几年地。他是有钱了,可他的钱挣得太不易。说好听了是废品收购站,说不好听就是收破烂的。走出十里村他才知道,原来不是所有地方都像十里村一样贫穷破烂,不到一百公里之外就是天堂一般的地方。

　　蒋二龙那次去县城,和家里人说跟大伙去买化肥,其实也就是找借口出去看看,他出门之前并没意识到自己将进入一个全新的世界。他那天和别人走散了,他跟别人一直说是无意的,是老天指引,说多了自己也信了。其实他那天到县城,就已经被县城的繁华吸引了,和他住了几十年的十里村是两个世界。他在县城连喘气都是匀的。他的心在十里村一直是蜷缩的,从来没有舒坦过一天。母亲在的时候,家里还算殷实,一到赶集的日子还能买半斤肉吃,自从母亲去世,家里的条件一落千丈,连过年吃肉都只能抠抠搜搜买个猪头。太穷了,太破了,村破,路破,心也是破的。

他要是和哥一样傻,他也认了,谁让自己傻呢,就该过穷困日子。或者他像别人那样懒,也行,可他不傻也不懒,他天不亮就卜地,太阳落山才回来,稍微有点空闲就去地里干活。可地太薄了,地太少了。一个人一亩半地,靠天吃饭,水不好,也没有肥,再怎么挣扎也种不出好日子。他是真绝望了。他在同意让妹妹给他换亲的那一天就绝望了。他堂堂三尺汉子,勤俭持家,不赌不偷,竟然混到要用妹妹换媳妇。他想拒绝,可他不能拒绝,大哥那样,家里传宗接代只能靠他。不换亲,他是真没有办法娶到媳妇。三间破房,一个傻哥,没娘没钱,谁敢跟着他啊?没人知道他在那一刻就绝望了,这绝望把一个蒋二龙淹没了,又生出另一个完全不同的蒋二龙。他决不能就这样一辈子,他如果一辈子待在十里村这个地方,一辈子就这么憋屈,就等于白来人世一遭。可是他结婚了,父亲已经老迈,后来又有了孩子,他蠢蠢欲动的心几乎每天都浮沉摇荡,他其实一直在寻找一个离家远走的机会。

那天他就那样一路向北,一直骑到再也骑不动。天黑了,远处有红红绿绿的灯光,他从来没见过那样好看的灯光,难道是神神鬼鬼的府宅?可那又怎样?他一无所有,连死都不怕,去看看。他从怀里掏出一个饼子,吃了两口,剩下的放好,以备后面充饥。不时有车从他身边疾驰而过,都是向着那片灯光而去。这让他打消了所有顾虑,开小汽车的人都投奔的地方,绝对错不了。

他后来一直觉得,那个黑黢黢的夜晚是他生命中最明亮的一天。就是从那个夜晚他的日子才开始见光。他终于找到了一种摆脱贫困的办法,尽管这办法让很多人不齿,可对一个吃饭成问题、娶媳妇成问题的男人来说,别人眼光中的那点不齿屁都不算。他低下头,弯下腰,捡起城里人扔下的矿泉水瓶子、纸箱子、旧报纸、旧衣服,不能用的卖到废品收购站,能用的带回十里村,媳妇不用买衣服了,老爹穿上了城里人的毛衣,连他傻哥都能穿半袖T恤下地了。城里的破烂让全家人日子一天天变好,家里人慢慢又成了村里的殷实人家,他感到高兴,又深深悲哀。再后来他自己有了废品收购站,把旧衣服熨烫,把旧家具上漆,整理批发卖到农村,大受欢迎,他因此成了远近闻名的万元户。他那天买了一辆神州牌摩托车从县城骑回家,蒋福锁正出门,看见他的摩托车脸色就变了。蒋二龙猛一加油门,蒋福锁的锄头咣当掉在了地上。

这条小过道宽不足两米,两旁共住了八户人家,上百年来过道里进过独轮车、小平车,后来进过一辆飞鸽牌自行车,那些车进了过道基本没有声响,即使有也是低调卑微的,惊动不了一草一木。当这辆摩托车轰轰烈烈冲进小过道时,人们被这种陌生的动静震惊了,他们冲出家门,有的拿着没择完的韭菜,有的手上还挂着玉米面糊,当他们看到这锃光瓦亮的家伙威风凛凛的样子,他们兴奋又绝望地知道,一个他们永难企及的世道来临了。蒋二龙跟父亲招呼了一声,看都没看媳妇一眼,扭转车把直奔妹妹小贞家。

小贞家一溜三间砖包角房,院很大,西面是猪圈,东面是牲口棚,虽简陋但很整洁。小贞正在喂猪,蒋二龙推着摩托车进门。

小贞高兴地说:"哥,你这么早怎么来了,这是谁的啊?"

二龙卸下一编织袋子的西瓜,用刻意压制的喜悦语气说:"这叫摩托车,咱的。"

小贞把猪食倒入猪槽进屋问:"咱爸跟嫂子他们好吗?"

蒋二龙说:"都挺好,就是大哥越病越厉害了。妹夫呢?"

小贞说:"他去地里看看。"

小贞拿来烟盒子和一沓白纸。蒋二龙掏出一盒大前门,看了小贞一眼又放进口袋,拿起一张白纸,自己动手卷烟,一边卷一边环视四周。

小贞说:"你有事啊?"

蒋二龙说:"没什么事。"

蒋二龙用火柴点着烟,闷头抽烟。小贞拿来了一个工艺篮子编织,手上有几处结痂的血口。蒋二龙看了看,说:"妹妹,哥有句话想跟你说。"

小贞说:"有话你就说吧。"

蒋二龙说:"哥这些年一直觉得对不住你。"

小贞说:"哥,你快别这样说,过去的事已经过去了,只要你和嫂子过得好。"

蒋二龙说:"我这几年倒腾点钱,别人都说我变了,说我烧包,其实我就是想争这口气,这些年你一直不怎么回家,你的心思我懂,你是个有志气的人,要强,这点咱俩一样。哥觉着你这些年受了委屈。小妹,哥有个想法想跟你商量一下。"

小贞说:"都已经过来了。"脸上是经历过苦难的平静和沧桑。

蒋二龙说:"我想把你接到城里去,让你享几天福。"

小贞说:"不行,家里鸡生狗活的,你妹夫腿又不利索,干一天活人就累得脱了骨一样,我一走,他连个热乎饭也吃不上。"

蒋二龙说:"我是说让你和他离婚,搬到城里去,把孩子带上。大不了我再给他找个媳妇,人我都看好了,前段时间我认识了一个四川人,深山坳里几户人家,十里穷,那里比十里还穷,穷得一家人只有一条裤子。那地方女孩都挺好,出了山都不一定能认得回家的路。"

小贞惊讶地停下手里活,颤声说:"哥,你怎么能说出这么薄情寡义的话来?两口子到一块,穷就穷过,富就富过,怎么能一有钱就想那事,这不让人笑话吗?"

蒋二龙说:"我是想争口气。"

小贞说:"争气不是这么个争法,有钱就盖房修屋置家什,哪能想出这心思呢。"

蒋二龙说:"咱俩当初那样,到什么时候在人前也低人一头。"

"话不能这么说,事在人为,你自己争气过日子,吃不着别人,喝不着别人,谁能小瞧咱。"小贞说。

蒋二龙说:"我会把妹夫的生活安排好的。"

小贞说:"不是那个意思,你妹夫虽然腿有毛病,可这些年常来常往你也不是不知道,他人厚道,重情义,对我也不赖。"

蒋二龙说:"妹子,你还是不明白哥的意思,换亲这事到什么时候在人前也是个短处。这些年让人瞧不起,哥心里憋屈得慌。哥拼了命往前奔,为的什么,就为了有一天我蒋二龙也能扬眉吐气一回。哥想离婚的念头不是一天两天了,哥想让你离婚的想法也早在心里扎了根,哥想了,离婚的时候咱办火爆点,让全十里村的人看看,咱老蒋家不是死孙人家,当年夹着尾巴做人的时候过去了,我挣钱就是为了人前争脸的。"

小贞说:"哥,你这些话我越听越觉得你不对。挣钱不是为了过日子嘛,又离又散的,这拆一家成一家,你当是小孩过家家呀?你这些年挣钱怎么挣出这么多花花点子?"

蒋二龙说:"你说哥花花哥不生气,哥就是想花花一回,哥有了钱,把过去咱没条件办的事办了,让那些小瞧咱们的人正眼瞅咱一回,哥看见他们眼红、嫉妒、羡慕的样子心里痛快。哥当年亏你成了家,今天哥还求你成全哥一回,哥不怕你笑话,哥找了个城里的女人,长得俊气,在十里村哥是头一份。哥也想给你找个利手利脚的人,给你们盖一溜瓦房……"

小贞一下站了起来,生气地说:"哥,你大老远地来一趟怎么净说些没盐没醋的话,这些话叫孩子听见成啥了,你快别说了,我听着不顺耳。"

蒋二龙说:"妹妹,我……"

小贞说:"你要再说这样的话,我就不留你了。"

蒋二龙一支烟抽完了,他已经没有耐心再卷一支,拿出大前门,又抽了一支。小贞头不抬,眼不睁,根本不再搭理他。他站起来想走,到门口又回来,把抽完的大前门烟蒂扔在了烟篓里。

太难了,他改变家族命运的理想遭遇重创,蒋二龙真沮丧啊,那种久违的绝望又从心里滋生出来。

那天他回到亚荣的饭店喝多了,醉得一塌糊涂。饭店是亚荣的,他经常来吃饭,亚荣丈夫去了深圳,一年到头不回来一次。他也看不到命运的窗口,两个婚姻失意的人索性破罐破摔,早就出双入对。前不久亚荣说她丈夫提出了离婚,蒋二龙这才意识到问题的严重性,亚荣在答应丈夫离婚的同时,跟他提出了结婚的要求。媳妇是妹妹换来的,他想离婚,就得让妹妹也离婚,让妹妹离开那个瘸子。只要真能离婚,他愿意花大钱。他没有想到刚一开口就遭到了妹妹的抗拒。现在警察问他那一天的行踪,他不想说出和亚荣的事,但是警察逼得太紧,他怕不交代清楚就会被认定是杀人凶手,这问题就严重了,他扛了一天,还是说出了自己的真实行踪。蒋二龙知道,他这一说,十里村就炸了锅。

请在道路尽头右转

　　蒋炳章早就知道儿子在外面有人了，经常十天半月不回家，怎么能没人呢？可他没法管，这个爹当得不合格啊，没资格管。男大当婚女大当嫁的年龄，他只能用闺女给儿子换亲，既对不起儿子，也对不起闺女，更对不起祖宗。一想起祖宗，蒋炳章心里滚过一阵烈火，那火苗从胸腔一直烧到头顶，他觉得耳朵眼睛鼻子都在冒火。他真对不起祖宗啊，蒋福锁骂得没错，他是少三点啊。因为他原本姓江不姓蒋，他是万般无奈不得不改了姓，不如此，他老婆孩子一家人就得死。他是反感忽悠人不怕死的。人怎么能不怕死呢？命只有一条，得惜命，惜自己的命，惜亲人的命，惜别人的命。蒋炳章就是因为惜命带着老婆孩子改了姓。

　　他经常会在梦中惊醒，醒了之后那一幕就在眼前重新出现，几十年了，还和刚刚发生一样清晰。

　　那天他穿着灰色洋布棉袄，还是前一年娘过年时做的，下身穿粗布棉裤,脚上是结婚后媳妇新做的烟色条绒棉鞋,都是当时时兴的衣服。媳妇也穿着洋布红地碎花棉袄,大长辫子上扎着稀罕的藕荷色绸子布,灰色洋布棉裤,脚上的黑色棉鞋上绣着一对鸳鸯,都是媳妇自己一针一线绣的。那时候他们真让人羡慕啊。那时候他还不叫蒋炳章,他还是江炳章,上过五年私塾,读过《四书》,喜欢《中庸》,至今还能背过,不过他自从叫了蒋炳章后就从没有背过,觉得自己没资格背了。

那天他们刚吃完饭,本来想到酱菜铺子看看,他们是当地殷实人家,有几十亩地,这个酱菜铺子功不可没。还没出门爹就跑过来,脸色煞白,让他们快跑,说村里人把一个日本兵杀了,日本兵来报复,把一过道人都用机枪突突了,也杀了邻村不少人,专门杀青壮年,抢大姑娘小媳妇。他还想跟爹多说两句,爹把钱袋子跟一包袱干粮递给他就把他们往外推,远处已经能听到大呼小叫的哭喊,枪声不时响起。他只能带着媳妇往后村跑,他们沿运河跑了几十里,在一片玉米地里躲了两天,夜里悄悄回村,村里一点动静都没有。蒋炳章头皮发麻,平时村里鸡鸣狗叫,尤其是晚上,有点动静狗就闹起来了,可他跟媳妇一直到家都没听见一点动静。他看家里门大敞四开,就预感不好。进门一看,爹和娘的胸口各插着一把刀,早就没气了。他捂着媳妇的嘴,不让她叫出声。

当天夜里在院子里草草挖了坑,让父母入土为安。本来想收拾点可用的东西,但是他们听到了日本兵的说话声,两人吓得大气不敢出,等没动静了,急慌慌往外跑,出过道口时跟一个撒尿的人撞在一起。蒋炳章不知道哪来的力气,一把就掐住了对方的脖子,媳妇也帮忙,两人把对方掐得没了气,跟跟跄跄一直往南跑,因为他听说日本兵是从北边过来的。跑到天亮了,他们躲在麦秸垛里,才发现父亲给的钱和粮食不知道什么时候也跑丢了。

北方平原没山没岭,大冬天地里没了庄稼,树叶掉光了叶子,没处躲没处藏,他们白天躲在秫秸垛、桥洞子里,晚上就跑。肚子没什么吃食,第四天两人在一个柴草堆里,天黑了,可他们已经饿得跑不动了,两人抱在一起,都觉得快死了。蒋炳章被那一点点不甘心撑着,从柴草堆里爬出来,看见不远处有一座房子,黑灯瞎火,不像有人的样子,就跟媳妇说:"你在这待着,我去看看。我要是回不来,你就不要跑了,你年轻,再找个人家吧。"媳妇拉着他的手泣不成声,他拨开媳妇,连滚带爬,进去后发现竟然是一座破庙。他转了一圈没发现人,急忙连滚带爬回去叫媳妇。好赖是一个遮风挡雨的地方,死在这里,总比荒郊野外的柴火堆好些,还不会吓到柴草堆的主人。

他俩进了庙,找到靠墙的地方坐下,忽然听见不远处有轻微的喘息声。僵持了一会儿,喘息声里还有婴儿的哽咽,蒋炳章平复了一下悬着的心,摁住媳妇,自己往发出喘息声的地方爬去。爬近了,发现一个棉包裹,里面真是个婴儿,他用手战战兢兢摸到了婴儿的脸,冰凉,可能是婴儿感觉到了暖意,竟然发出了奶声奶气的哼哼声。他轻声问:"有人吗?"庙里没动静。等了一会儿,确认没人,他想摸摸婴儿身边有没有吃的,一摸竟然差点惊叫起来,他摸到了一只手,那只手有气无力,在碰到他的手时勾了他一下。他想走,那手急忙又勾了他一下。他明白是那人让他留下。他平复了一下,试着去摸那只手,那只手回应着他,把手一动不动放在他手里。蒋炳章听到了一阵急促的喘息声,然后就无声无息了。

蒋炳章哆哆嗦嗦把婴儿抱回来,跟媳妇说是一个婴儿,还活着。那天的夜真长,长到他和媳妇都绝望了,觉得自己已经死了。天亮后蒋炳章发现婴儿在媳妇怀里,媳妇在他怀里,媳妇满手冻疮,脸颊红肿,眼睛都是血丝和眼屎。他们终于看见一丈以外的人,男性,手还伸着,眼睛半睁半闭,也就二十岁出头的样子。男人怀里还有个包袄,蒋炳章爬过去,使劲拽出来,里面竟然是几个窝头和一包炒面。两个人急忙狼吞虎咽一人吃了一个窝头,窝头带着冰碴,一咬咔咔响,活命要紧,他们也顾不上了。几天没吃饭,不敢吃太饱,媳妇有了点力气,抓起炒面,在嘴里嚼一下,再抿到婴儿嘴里,婴儿也饿极了,闻到味小嘴就递上来。吃了窝头有了点力气,蒋炳章才看见包裹里还有一封信。

嗨起来

　　亚荣知道如果没有蒋二龙，即使知道丈夫有外遇她也不会离婚，是蒋二龙给了她一种底气。她了解蒋二龙的婚姻，认为只要她愿意，她和蒋二龙很容易就能走到一起，她压根没有想到，蒋二龙会一拖再拖。

　　那天她和蒋二龙去逛街，她看上一套衣服，蒋二龙说领口忒大。亚荣说："是你不打算给我买吧。"

　　蒋二龙一听，急忙说："买，买，小姐，多少钱？"服务小姐说三百六十四元。蒋二龙掏钱，亚荣手里已有一套碎花长裙，蒋二龙交完钱问亚荣："这回行了吧？"

　　亚荣不同意，说："再转转。"

　　蒋二龙说："有什么好转的，都买这么多了，回头你煮着吃呀。"

　　亚荣说："就你小气，几套衣服就心疼。"

　　蒋二龙说："不是心疼，你买多少也得给我脱了。"

这话让亚荣一酥,急忙歪到蒋二龙身上说:"怎么没用,女人喜欢衣服就和你们男人喜欢女人一样,再多也不嫌多,对不对?"

蒋二龙环视四周说:"别这样,周围这么多人。"

亚荣说:"怕什么,他们想这样还没有呢。"

蒋二龙说:"差不多了,该回了,都四点多了。"

亚荣说:"这么急啊,是不是你那黄脸婆没喂饱你?"

蒋二龙说:"你越说越离谱了,快走吧。"

亚荣说:"我想看看你那黄脸婆呢。"

蒋二龙说:"她有什么好看的。"

亚荣说:"当然好看啦,我们俩往你面前一站,你比一比,你就不会对我这么抠门了。"

蒋二龙说:"不行,让人看见像啥样。"蒋二龙拉着亚荣往外走,"都是我把你惯坏了。"

亚荣说:"就这还宠我啊?买套衣服脸就像死了娘似的,还一口一个宝贝,假的呀。"

蒋二龙说:"该上客人了,快回饭店吧。"

亚荣说:"我不回。"

蒋二龙说:"那你干吗?"

亚荣说:"我要去看你那黄脸婆。"

蒋二龙说:"别胡闹了。"

亚荣说:"怎么胡闹,我偏要去。"

蒋二龙说:"那儿条件差,你受不了。"

亚荣说:"别假惺惺的,把我带回去你嫌丢人是不是?怕丢人你别找我呀!又当婊子又立牌坊,好事都让你占了。今天我偏要去!"

蒋二龙说:"亚荣你要去,我在兄弟爷们面前脸往哪儿放?!"

亚荣说:"咱们的事你都跟警察说了,你们村的兄弟爷们还有哪个不知道？你怕兄弟爷们笑话，你不想想，我这名不正言不顺的心里是什么滋味。"说着就捂着脸哭起来。

蒋二龙想想也对，自己离婚是早晚的事，既然大局已定，早晚都有这一劫，何不趁热打铁。他对亚荣说："去就去，不过咱说好了，你可不能胡来。"

当那辆嚣张的摩托车带着时髦的亚荣来到十里村时，十里村的主街道好像有了漫天尘嚣，惊呼声从房顶和白杨树叶子里呼啸而来，蒋二龙媳妇被推门进来的这个卷发红唇、有着细软腰身的女人镇住了。绝望、无助、愤怒、无能为力，让蒋二龙媳妇的动作和表情比平时更加局促畏缩。她甚至一时不知道让那个女人进来好，还是自己应该直接走掉。她像平时家里来客人一样拿起水壶，看看二龙和那个女人，又放下了。这时建成放学回来，见这场面，立刻明白发生了什么，扭头去西屋，动作很夸张。

蒋二龙说："建成，过来。"

建成站住没动。

蒋二龙说："这是你阿姨。"

建成没言声。

蒋二龙说："叫阿姨。"

建成突然指着亚荣说："你勾引我爹，不要脸！"

蒋二龙说："建成，你再胡说！"

亚荣脸腾地变白，又微笑着坐下说："小孩子，我不和他计较。"

建成说："我不是小孩子，我是他儿子。我讨厌你！你走！"

蒋二龙啪地打了建成一耳光，建成使劲憋着。蒋二龙媳妇跑过来护着儿子，眼泪唰地流了下来说："我知道你铁了心，你领着这女人在外面我不管，你带来家里糟心我可不答应，孩子都这么大了，说出去让孩子怎么做人？"

蒋二龙说："都是你，惯得他连点人事都不懂。"

二龙媳妇给建成擦了把眼泪说："我的孩子要脸要面，知好知坏，我看挺好。"

蒋炳章牵着骡子回来，看见邻居孩子扒着大门缝偷看，听到脚步声想躲没来得及，不好意思地叫了蒋炳章一声"大叔"一步一回头地走了。蒋炳章把骡子拴好，进屋。亚荣坐在炕上，站起来叫了声大伯。

蒋炳章面冷如冰。蒋二龙也站起来说："爸，这……我……"

蒋炳章说："我这屋里不养不清不白的人，钱是你的，你爱怎么花就怎么花，我管不了，可这老宅还是我的，我看不上眼的人你少往这儿带。"

亚荣说："大伯，今天是我想看看您老人家。"

一只鸡跑进屋啄食。蒋炳章怒目吼了一声："滚出去，不自重的下贱东西。"

亚荣顿时变脸说："我可告诉你，不是我缠着你儿子，是你儿子非要跟我好，跟我好就得好出个名堂来，不能人不人鬼不鬼。"

蒋炳章指着蒋二龙说："你是不撞南墙不回头啊，你把她给我弄走，你们在这儿脏了我的老脸。"

蒋二龙说："爹，我和建成她娘是没……"

蒋炳章举起长烟袋砸在炕沿上，烟袋杆咔一声断为两截，他大吼了一声："滚！"

二龙媳妇听着蒋二龙摩托车走远，泪如雨下。蒋炳章哆哆嗦嗦找到烟丝，建成撕了一张作业纸递给爷爷，蒋炳章卷好烟，狠狠吸了一口说："建成他娘，让那畜生走吧。横竖我不让那女人进门，咱过咱的日子，他作他的孽，你千万别想不开。"

二龙媳妇说："爹，没啥想不开的，也不是一天两天了，您老别气个好歹就行。"

建成拾起断了的烟杆,递给爷爷蒋炳章。

蒋炳章说:"这烟杆还是你爷爷传给我的呢,红枣木的。江家就剩这支长烟杆了,我还……"他说不下去了,一阵哽咽。建成那时候还不明白爷爷的意思,以为爷爷单纯为爸爸生气伤心呢。

二龙媳妇给公公倒了一杯水说:"您心里别跟个事似的,回头让他在城里转转,再买一杆。"

蒋炳章说:"别提那个混账东西,"叹了口气,"日子宽绰了,怎么还这么多糟心事。"

二龙媳妇说:"爹,您别想忒多,咱该吃吃,该喝喝,只要您老不撵我,我就是咱老蒋家的人。"

蒋炳章说:"你看你这说的啥话,我老了,可我不聋不哑不糊涂,二龙他不走正道,那是他福分浅,担不得多大财性,再说觉得这些年也受了罪,受了屈,有了钱,就不知咋活了。是我这个当爹的没管教好,我心里对不住你和孩子。话说回来,你只要不嫌弃二龙,不嫌弃这个家,你就等着,有二龙回头的那一天。"

二龙媳妇说:"回头不回头的,我不能让这个家失散了,建成这马上就到了说媳妇的年龄,少爹没娘的,让人家一打听就是个腌臜事。我也想了,二龙这几年在外跑着懂了不少新鲜事,觉得跟我在一块寒碜,我也知道。当初我们是那样捆到一起的,说起来是不体面,可这些年咱日子过得挺泰和,也没觉着那事不好,不就是让穷闹得吗?我守着您老和建成过这下半辈也挺踏实。二龙要是铁了心跟那女人,我就成全了他,可有一条,我离婚不能离家,这些年操持这个家,拉扯孩子我不容易,我这也放下四十岁往五十岁爬的人,再说我离开这个家,我……"二龙媳妇哽咽着说不下去。

蒋炳章一根烟刚灭了,又卷了一根,大口吸进去,舍不得吐出一

162

丝烟霭。蒋炳章说："建成他娘，按说，有些话不该我当爹的说，可二龙他们从小没了娘，你也不是不知道，咱就没法讲那老理，你说到离婚这个事，我不同意，为啥呀？那女人你也见了，那是过日子的人吗？二龙现在是犯浑啊，早晚他得明白，咱祖祖辈辈是庄稼人，有了钱咱也是庄稼人，跟那女人不是一根藤上的，城里日子花哨，可那儿没咱的宅子，没咱的地，有多少钱也没咱的根，早晚他还得回来吃咱这碗庄稼饭。"

建成说："爷爷，我长大了在城里给你买房。"蒋炳章一听扑哧笑出声来说："建成他娘，给孩子做饭吧，别饿着孩子。"二龙媳妇答应了一声，就出门抱柴火做饭。蒋炳章对蒋建成说："抽空上你姑那儿看看，你姑父腿不利索，看用人不。"他忽然眼里又一酸说："老了，老想人。"

蒋二龙和亚荣回到城里，他眼前一直晃动着媳妇面黄肌瘦的脸，媳妇刚进门时，也是有骨头有肉的姑娘，十几年，一晃就过去了。

亚荣醒来，见蒋二龙依然在吸烟，烟缸里已扔满了烟蒂，坐起来问："你一宿不睡？有病！"蒋二龙的确一夜没睡。亚荣说："我再和你回去。"蒋二龙说："你别添乱了。"亚荣哼了一声去了卫生间。

蒋二龙每天上午到垃圾处理厂，中午和晚上帮亚荣打理饭店。那天他送客人，一扭头看见小贞和她丈夫坐在墙根下吃包子，他们身旁是一辆黑色自行车，车旁有一大捆藤编花篮，小贞给丈夫拿了一个包子，自己再要拿时，食品袋里已空空如也，丈夫看见，把包子递给小贞，小贞挡回去，看见衣襟上有掉落的包子馅，拾起来放嘴里，扑打了一下身子，站了起来。

蒋二龙瞬间又看到了当年啃西瓜皮的妹妹，他眼里一酸，走过去。亚荣见他半天没进门，出来看见蒋二龙冲一对农村夫妇走去，也跟了过去。小贞看见了蒋二龙，急忙站起来说："二哥，怎么在这儿碰上你了？"小贞拽起丈夫，他看了看蒋二龙和跟着的女人，表情十分复杂，原本就腼腆，平时见面都是低声叫声二哥，这次索性一声未吭。

蒋二龙说："你们到县城怎么不找我？不是有我电话号码吗？"

小贞看见二哥领着个妖艳女人，心里觉得对不住丈夫，小声对蒋二龙说："就是来交货，也没啥事。"说着不时偷瞅丈夫一眼，丈夫回过身去，把花篮绑到自行车上。

蒋二龙心疼妹妹，对妹夫看见他和亚荣在一起的心理感受漠不关心，说："我领你到饭店吃饭。"

小贞说："不啦，我们刚吃过了，你们忙去吧。"小贞边说边走到丈夫身旁，帮丈夫捆花篮。

蒋二龙拽住小贞，说："这是亚荣。这是我妹小贞。小贞，咱先回家去，这货下午我给你交。"

小贞看了一眼亚荣，小声说："不用，我们下午交上就回去了，家里还有一摊子事呢。"

小贞丈夫赌气推着自行车往前走，小贞对蒋二龙说："哥，我们走了。你回头跟爹捎个话，让他老人家有空到我那儿住几天，我心里着实想爹。"小贞眼圈一红，接着说："我走了啊。"

蒋二龙从怀里掏出一沓钱塞给小贞，小贞把钱又塞给蒋二龙，说："哥你别总挂着我，我们不缺钱，你快忙你的去吧。"

小贞说完，轻步追上丈夫，跳上自行车，车把猛烈摇晃几次，小贞跳下来，等车行稳了再跳上去，把手放在丈夫瘦挺的腰上，车子摇摇晃晃消失在人群中。

蒋二龙拿着钱，怔怔望着妹妹妹夫远去，亚荣不知趣地说："挺恩爱的嘛，夫妻恩爱，苦也甜。"

蒋二龙烦躁地说："你哪那么多废话。"

亚荣脸上的笑容顿时消失，说："你别心里不痛快拿我撒气，我又没惹你。"

小贞和丈夫回到家,拿出丫丫买的塑料凉鞋。丫丫穿上新鞋,把旧鞋往炕底一扔说:"真好看。"

小贞笑着拾起旧鞋放好,说:"见新就不穿旧。"

丫丫穿着新鞋来回走,蒋二龙推门进来,小贞十分惊讶。丫丫高兴地喊:"二舅,你看,我妈给我买的新凉鞋。"

蒋二龙抚着丫丫的头说:"挺好看,回头二舅给你买更好的,带高跟的。"

丫丫说:"真的?可不许忘了啊。"

小贞说:"别和你舅这样说话。"

小贞丈夫不冷不热地打了声招呼要出屋,蒋二龙叫住他说:"你先别走,我想跟你们商量个事。"

小贞以为他又要提离婚的事,忙制止。

蒋二龙拦住小贞说:"咱三个进屋里合计一下。"

三个人进了里屋,蒋二龙说:"妹夫,我明人不说暗话,在今天碰到你们之前,我一直是打定主意让妹妹和你离婚的,可妹妹不愿意。今天我也看出来了,你们日子紧是紧点,可你们两口子是真好,我再拆散你们就忒不仁义,我不能在你们孩子大人身上缺德,可看你们过这日子,我心里也难受。我想这样,我把丫丫接到城里,将来让她到县一中去上学,要能考出去,也算我尽了当哥的一点心意。"

小贞说:"丫丫从小任性,去了给你们添麻烦。"

蒋二龙说:"我这是打定了主意来的,你也别拦着,就算给我个机会,让我尽尽心。"

小贞看了丈夫一眼,丈夫没吭声,小贞知道,这就算默许,他们太想让丫丫过上好日子了。

165

汇入主路

　　丫丫希望到城里去，她想知道城市的路为什么叫马路，而不是人路、牛路。她问过舅舅，舅舅也不知道，只告诉她马路又宽又平，下雨天也能行走，不像村里的路，一下雨到处都是泥。娘给她收拾的东西，被舅舅都扔下了，舅舅执意让她将来过城市生活，农村的东西一样不要。她不能想象，城市生活就不需要娘亲手做的条绒鞋和红棉袄了吗？

　　坐在舅舅的摩托车上，庄稼和树飞速向身后退去，丫丫很兴奋，想问舅舅城市里还有没有庄稼。风堵住了她的嘴，她只好把头抵在舅舅后背上，经过埋小四的地方，她忽然有些伤心，警察至今也没破案，小四要是活着，看见她进城应该会很羡慕、很高兴，不像建成，听说舅舅要把她带进县城，竟然生气，问为什么不带他进城。也是，建成是舅舅的亲儿子，舅舅为什么不带亲儿子进城，偏偏要带她进城呢？她听说有的地方会把女孩卖到别处去，听说一个同学的大姈子就是同学家从山里买来的。他们能买大妗子，也能买她啊，这想法让丫丫害怕起来，她拽着舅舅飞起来的衣襟喊："舅舅，我不去了，我不去了。"

蒋二龙听见了她的喊叫，不以为意，小丫头第一次离开爹娘，哭闹一下正常，等到了县城，看见给她买的新衣服，她就高兴了。颠簸了几十公里的土路，摩托车忽然平稳了，丫丫看见土黄色的路忽然变成了灰色的，平展展的，像铺上了娘织的大被单，她惊喜地喊："舅舅，这是马路吗？"

将二龙被丫丫的兴奋感染了，大声说："是，这就是马路，你从此再也不用走泥土路啦。"

"舅舅，我想下来走走。"丫丫喊。

蒋二龙来了一个急刹车，丫丫被闪得往后一仰，吓得哎呀一声。但她很快就因为双脚落在了一片崭新的路面而惊喜地跳起来。这就是马路啊，这么直，这么硬，这么干净敞亮，她兴奋地跑起来，布鞋和路面的摩擦有一种乡土路没有的弹力，好像每一步都能让她起飞。

亚荣已经把丫丫的房间收拾好，一张单人床，铺着粉色碎花床单，床头竟然有一个小布娃娃。一张小课桌，上面放着《一千零一夜》和几本小人书。丫丫看看布娃娃，又看看亚荣。亚荣笑着说："那也是你的。"

丫丫小心地摸着毛茸茸的布娃娃，觉得像做梦一样。

"好好上学，将来你就是城里人了。"蒋二龙说。

保持直行

打深机井的消息让村干部都很激动，大家推荐了好几个打井队。第二天一早就有打井队的负责人请钟有鸣吃饭，钟有鸣的同学也专程过来要接打井工程。钟有鸣没想到事情会这样，他想了一晚上，决不能把好事办砸了。他跟几位村委会成员说："咱们晚上开会，说说打井的事。"

晚上钟有鸣刚想出门，村主任到了，提了两瓶御河春，这是本地最好的酒，钟有鸣一看心里就明白村主任的意思。钟有鸣接过来放桌上，没等村主任开口就说："我正想找你呢，咱俩先统一意见。"

村主任说："钟书记，你说的事我都支持。"

钟有鸣说："就是打井的事，打井队要公开招标，用最少的钱打出最好的井。这几天总有打井队托人找我，我同学都来了，我全推了。我想了，咱们村干部要带头，打井队的饭不吃，打井队的酒不喝，打井队的钱不收，咱们不能给他们留话柄，我不吃，也希望咱们班子成员都不吃。"

村主任看了一眼御河春,脸上红一阵白一阵。钟有鸣说着拿起酒说:"这酒放你那里,哪天我从瀛洲带两只烧鸡回来,咱们好好喝喝,我这里来来往往人太多,别让那些臭小子给顺了去。"酒是村主任舅哥提来的,让他跟钟有鸣争取打井的活,可钟有鸣连话都没让他说。也好,说出来再被拒绝更下不来台。酒是不能再提回去了,村主任只好说:"没事,谁顺酒谁就再添几个菜,咱们好好喝喝。"

钟有鸣笑了:"这是又要宰我,两只烧鸡我是必须得买了。"

钟有鸣原本还焦虑,两委班子中好几个人对打井这个工程虎视眈眈,他力主公开招标肯定会有不同意见。村主任提前入戏,让会议一下简单了。人到齐了,互相递烟、寒暄之后,钟有鸣开门见山:"打井不能再拖了,会前我和村主任统一了意见,打井队要公开招标,村委会力争用最少的钱打最好的井。我先保证,我不吃打井队一顿饭,不抽打井队一根烟,我希望班子成员也这么做。我们务必要保证村民浇上封冻水。"会场出奇地安静,人们被莫名的失望又有些振奋的情绪震慑了。还是村主任率先打破沉默,说:"钟书记跟我说了,我同意。咱们公开招标,公开透明,谁干得好给谁干。"

一周后东屿村宏远打井队入驻十里村,钟有鸣没想到县水利局局长又变卦了,钱迟迟不到位。打井队队长一次次找钟有鸣,说小工程队垫不起这么多钱。钟有鸣找县水利局局长,打电话不接,去单位找就是人不在。钟有鸣万般无奈只好又给姑父打电话,姑父听完沉默了一会儿说:"你从明天开始,每天早晨七点半去他单位门口等着,他来上班你就进去给他打水打扫卫生,就说到他那儿上班了。"钟有鸣对这个提议心有质疑,更觉得拉不下面子。姑父听出他的犹豫,有些不悦,说:"你以为干事那么容易?不弯腰,地上有多少金子也捡不到。"说完就挂了电话。

钟有鸣苦笑了一下，自己这是何苦来哉，无冕之王挺好的，宁小微能怎么着他。这下好了，要低眉顺眼弯腰求人，可有些人就好这口。钟有鸣第二天七点半就准时出现在县水利局局长办公室门前。局长问他在这干什么。钟有鸣说："姑父让我到您这里上班。"局长没理他。钟有鸣在局长办公室扫地，倒水，还帮着分了报纸。到点下班了，他到街上吃了碗烩饼。第二天一早又准时出现在局长面前。第三天刚起床，钟有鸣发现门外聚集了很多村民，他们听说他为了要打井的钱给局长端茶倒水，都闹着要跟着他一起去。

蒋二龙气愤地说："你为村里打井受这委屈，我们跟你一起去，也见识一下这位官老爷，怎么跟我们钟书记不一样呢。"

钟有鸣说："不用，地里活忙，你们别耽误庄稼，我没事，我自己一个人跟他们磨就行。"正说着，有村民端来一碗玉米粥，拿来一个馒头、一块咸菜，钟有鸣接过来边吃边劝说村民。钟有鸣吃完骑着车子要走，蒋二龙说："坐我的摩托车，我送你去。"

钟有鸣有些犹豫，蒋二龙说："你也嫌弃我？我人有毛病我这摩托车没毛病。"钟有鸣反而有些不好意思了。小四的死让蒋二龙和女老板的事公之于众，蒋二龙成为众矢之的，村里都在骂他忘恩负义。坐他的摩托车，会让村里人说三道四，可不坐，蒋二龙没面子。

钟有鸣说："谁也不能去，你们去一个人性质就变了，我就自己去，今天他不给批，我明天接着去。你们在家该干什么就干什么。第一配合公安调查，第二干好地里该干的活。二龙大哥，你摩托车快，替我去一趟农资公司。我跟他们说好了，给咱们村要了一批优质化肥，最好的化肥、最低的价格，我正愁分身乏术呢。这事就交给你了。"蒋二龙一听挺高兴。钟有鸣还和往常一样，骑车去县水利局，刚上楼，一个年轻小伙子就迎上来说："局长不让你跑了，打井的钱已经拨给你们村了。"

钟有鸣说："我刚熟悉工作，没事，我可以接着来上班。"

小伙子尴尬地笑着说："局长交代过，你不用跑了，钱已经安排打过去了。"

两口深机井出水的日子，钟有鸣被推到最前面，先喝了第一碗水。有人提议叫有鸣井，被钟有鸣断然拒绝。这两口深机井，不但解决了全村吃水问题，四百多亩地也能浇水了。麦子从亩产一百五十斤，一下提高到七百斤。钟有鸣说："这井就叫富源井怎么样？希望这两口井，成为我们十里富裕的源泉，家家户户天天吃白面馒头，大家说好不好？"

"好！"大家齐声喊。

钟有鸣的想法很多，两口井解决了农民吃水和浇地问题，终于可以腾出心思做他最想做的事——修路。这是他从小最想做的事，当时他想把灯明寺的路修好，可惜没机会。现在他想在十里村把路修好，让农民出入不这么艰难。钟有鸣又骑着那辆破自行车，跑乡政府，修路是大事，乡政府一时决定不了，他就跑县城，打井这件事给了他信心，他决心要让十里村在他手里变个样。他那天刚从县城回来，发现有个人在埋小四的地方晃悠，走近了一看，是蒋力。他心里咯噔一下。虽然蒋力年纪不大，但是和壮劳力一样，能挑一桶水，钟有鸣不知道自己是不是该把这件事告诉潘临。

钟有鸣后来装作无意中碰到蒋福锁，打听了一下小四上学时的情况。蒋福锁说蒋力和小四原来是同学，坐前后桌，小四学习好，是副班长，专门带同学们上体育课和课间操。钟有鸣装作无意，说小四和蒋力他俩不像能玩到一块的。蒋福锁说小四看不上蒋力。因为蒋力动作跟不上，多次当众骂过蒋力。钟有鸣自从知道了这些事，再见到蒋力就后背发冷，觉得蒋力原本木讷的目光多了一种闪烁的东西。可是钟有鸣也知道，猜疑不能作为证据，他跟潘临说出自己的怀疑。潘临说早就把蒋力当作怀疑对象，只是没有证据，不好采取进一步行动。

"还记得我给他那张名片吗？"潘临问。

"记得，我有些奇怪，他不可能打电话，他都不一定见过电话，你还给他名片，真舍得。"

"别拿他真当傻子，"潘临说，"他知道那张名片是干什么的。"

三百米后向右前方进入匝道

蒋力退学的最大痛苦是不能和丫丫一起上学了,他再也无法知道丫丫和小四在学校的情况。

按辈分蒋力是丫丫的表哥,可每次丫丫叫他哥的时候他的心都会被刺痛。他想看见她,又怕看见她。现在的丫丫已经跟小时候不一样了,她的头发漆黑,衣服比村里女孩穿得好看,这让她更俊了。蒋力觉得丫丫比电视上的女孩都俊。她越俊,就离他越远。

他第一次觉得丫丫俊还是小的时候,他跟着爷爷去看姑姑,姑姑在教丫丫纺线。丫丫细长的胳膊跟着纺车来来回回摇摆,蒋力就觉得天地之间轰的一声,他想起了娘。娘的东西都没了,只剩下纺车。他想起了娘纺线的样子,头发乱乱的,他睡醒了,看见娘还纺线,纺车发出的声音比鸟叫还好听。

有一天他醒了之后,发现娘没了,纺车从此就跟爹一样成了哑巴。开始他会哭,会难过,后来就忘了娘,忘得一干二净,好像他从来就没娘一样。

　　一直到看见丫丫纺线，蒋力突然想起了自己也是有娘的人。他有娘却见不到娘，他就幻想娘变成了丫丫。他忘记了娘的模样，只觉得娘应该就是丫丫的样子。可丫丫管他叫哥，丫丫一叫他哥，他觉得娘就又走了。

往环岛方向行驶

    活了大半辈子,蒋炳章见过来村里的各种人。

    一九四九年早春,早到夜里还需要盖被子,白天需要穿薄棉袄,天还是很冷的。那天晚上蒋炳章听到了狗叫,村子的夜晚太安静了,狗的叫声格外刺耳,不知道又有什么人穿街走巷。狗叫了一阵就平静下来,蒋炳章也很快睡去。第二天黎明即起洒扫庭院,他扫完院子,打开大门,猛然发现门口地上躺了几名军人,军人也被惊醒,急忙站起来敬礼,他这才注意到军人们一个挨一个横躺在过道里。军人们比蒋炳章年龄小不了几岁,他在那些军人脸上看到了一种从未有过的东西,那东西是什么呢,他说不清。那些军人眉眼之中都带着这个东西,带着这个东西就不小瞧他和他的小村,带着这个东西军人们就大冷天不肯打扰他们这些老百姓。兵荒马乱这些年,只要听到有部队经过,村里人把能吃能喝能拿的都藏的藏躲的躲。蒋炳章万没想到世上还有不祸祸老百姓的部队。他的心里泛起一种从未有过的感觉,那是自己和这个小村第一次被他人看重的感觉。蒋炳章打听了一下,知道这支部队叫解放军。蒋炳章回屋熬了一大锅姜糖水,舀到水桶里,带着儿子大龙给解放军挑出去,那些小战士一人一个军用茶缸,整个过道从未有过的热闹。一名战士给了大龙一枚子弹壳,另一位把大龙举过头顶,大龙笑得哈喇子都流到战士衣领里。蒋炳章没见过大龙这么高兴过。也别说,自从他在盘古庙见到他,一晃五六年了,当年那个褓褓中的傻娃子,如今已会满地跑了。他在盘古庙里捡到了大龙和一封信,说是信,其实是写到上衣上的血书,字写得很潦草:"我儿蒋大龙,生于一九四三年腊月十三。十里人,家里有三间房子和六亩地,都归你。麻烦给养大。蒋炳德。"

他带着媳妇走投无路,把姓由江改成了蒋。蒋炳章有一个终生从不示人的秘密——他信佛。每月初一十五,他都悄悄上香念经,后来机缘巧合,他竟然在废弃的寺院里捡到了一本残缺不全的《金刚经》,问寺院的和尚,和尚告诉他,一辈子就念这一本书就够了。他从此只念《金刚经》,从二十岁念到了老。他之所以如此,就是因为那天晚上还在褓褓的蒋大龙和那封信,蒋大龙就是老天派来救他们夫妻的。他从此就相信天无绝人之路,老天饿不死瞎眼的雀儿。

阿弥陀佛!

那天晚上他让妻子照顾蒋大龙,自己出去打听十里村在哪里,他那点墨水关键时刻起了作用,他打听了一下,离这里十几里地,都姓蒋,心里有了主意。他在附近村子里借了一辆车,带着媳妇和蒋大龙三口人拉着蒋炳德的尸体直奔十里村。在村边遇到一位拾粪大爷,大爷看了尸体,说,这不是炳德吗?

蒋炳章跟十里人说,自己跟蒋炳德一起逃难,一论竟然是一个蒋家,都是来自山西大槐树底下,论起来是同族,蒋炳德临死之前把孩子托付给他了,说着就把遗书拿出来,让大家看了。当门家族聚在一起,对蒋炳章能不能继承蒋炳德的房产进行商议,结果是,既然有遗嘱,房产可以给蒋炳章用,但是六亩地其他同门兄弟已经种上麦子。兄弟说炳德也曾给他留过遗言,说地给他种了,不过得给大龙留口吃的。这话听起来也像真的,大家本就对蒋炳德把家业给了一个外来人有抵触,对这个理由都愿意信以为真。这人也算明白,第二天给蒋炳章送来两斤玉米面、五斤红薯干,还帮着蒋炳章把几近坍塌的土坯房收拾了一天。蒋炳章发现这人就住对门。

搬进去蒋炳章才明白人们为什么轻而易举就答应把房子给他,兵荒马乱,谁也顾不上那几间破房,说不定哪天一把火就没了。蒋炳章夫妇对这个捡来的孩子视如己出,孩子一天天胖起来,人们慢慢默认了他们在村里定居。蒋柄章了解了事情原委,蒋大龙母亲难产,折腾了两天两夜,大龙生下来脑袋是扁的。大龙活了,她死了。遇上鬼子大扫荡,大家分开跑,大龙一路上一直哭,为了不暴露村里人的去向,大龙父亲蒋炳德就带着孩子独自往北跑。后来的事情村里人就不知道了。

蒋炳章看过,蒋炳德胸口挨了一枪。蒋炳德抱着蒋大龙跑到盘古庙,他知道自己不行了,脱下上衣用自己的血写下遗书,一直等到有人来,确认孩子有人管才咽下最后一口气。

江炳章从此改叫蒋炳章。蒋炳章千小心万小心,却在一次签名的时候下意识写出了江,他急忙涂抹,还是被眼尖的人看到了。有村里人就说,确实都姓蒋,不过就是少了三点。"少三点"成了蒋炳章的蔑称,意思就是背弃祖宗的人。

也该蒋炳章走运,他们住进十里村没多久,土地改革开始了,下无寸土立足的他竟然分到了四亩地。那天晚上他激动得彻夜难眠,特意跑到土改工作组驻地,死磨硬泡非得要一张毛主席像挂在家里,工作组为他对毛主席的感情所动,送了他一幅手画像,从此,蒋炳章家的墙上终年挂着毛主席像。

钟书记请来专家,让村里种节水小麦,要给村里打深机井,钱一直批不下来,后来听说钟书记担心赶不上浇冬小麦,跑上跑下,最后不得不天天蹲在县水利局局长办公室门口。蒋炳章就和一部分村民悄悄赶到县水利局附近,准备声援钟书记。那时候县水利局还是一片平房,他们远远看见平时要脸要面的钟书记正蹲在局长办公室的门前。蒋炳章倏忽想起了当年大冷天睡在家门口的解放军。钟书记蹲在地上的样子让蒋炳章又看到了当年解放军身上的东西。蒋炳章知道,只要村干部身上有这个东西,他和他的十里村就有新变化,日子就会好起来。

请走右侧两车道

　　宁小微带着新闻科两位新来的记者，面包车后备箱装满了米、面、油和毛巾，还特意请了中心医院几位医生到十里村义诊。这些年，"村村通"让乡间小路彻底告别了泥泞坑洼的路况，两边的白杨都已经遮天蔽日，放眼都是农田，偶或还有点秋秸花和太阳花，俨然处处风景了。可是一进村，宁小微的眉头就皱起来，因为空气中有一股臭味。钟有鸣和其余村干部早就迎在村口，宁小微悄悄问钟有鸣："风景优美，可臭气熏天，为什么？"

　　钟有鸣小声说："农村垃圾处理问题还没有解决。"顺手指了指一堵矮墙围着的小建筑，"那是厕所，你要想方便的话我帮你看着。"

　　宁小微以为他开玩笑，可看他样子很郑重，也确实想方便一下，可进去一看就跑出来了。

　　村党支部书记蒋福道见状跟过来说："农村条件艰苦，我带您去我家吧。"

宁小微进了蒋福道家又吃了一惊，虽然有些土气，但的确很阔绰，彩电、冰箱、洗衣机，样样齐全。宁小微出来对钟有鸣说："十里村人可以啊，比咱们还有钱。"

钟有鸣笑了笑，没说话。

村民们围着医生要看病，宁小微主动提出想看看村容村貌，钟有鸣领着她在村里转。路上遇到几位老人，都热情地跟他们打招呼。

宁小微问："怎么都是老人？"

钟有鸣说："青壮年不多，都出去打工了。"

"附近有企业？"宁小微问。

钟有鸣说："有，农村也有能人，不过也有去城市打工的，一般等孩子上中学才回来，在城里解决不了户口问题，孩子不能入学。"钟有鸣看看渐渐远去的老人，有些忧虑地说："以后村里都是老人，空心村是大趋势。很多房子都没人住，地没人种。"

宁小微转到一栋一看就久无人住的老房子门前看了看，说："这也正常，乡村城镇化注定一部分有能力的农民会走出农村。"

"都走出去了那农村怎么办？"钟有鸣忧心忡忡地问，"那井不就白打了。"

宁小微望着远处围着医生的农民，望着远天和树，说："天真蓝。真要让农民不进城，除非这里有医院，有学校，有饭店和影院。"她深吸了一口气接着说："还得没臭味。"两人都笑起来，这瞬间的会心让宁小微和钟有鸣之间一直以来冷冰冰的关系有了缓和之感。钟有鸣意识到，在十里村，宁小微竟然说话不唱高调了。

宁小微对扶贫工作的开展方式其实心存疑问。她内心认为最好的扶贫方式是改善营商环境，大力支持有钱人投资生产，生产需要人力，正好惠及贫困者中勤快的、聪明的和有天赋的。至于那些笨的、懒的、傻的，只能养着。让钟有鸣这样的精英一对一扶持这样的人真有点资源浪费。正因为这个,她才故意让钟有鸣来扶贫,想让他的才华也"浪费"一下。可等真到了村里,她的心思也有了变化,特别是看着钟有鸣真刀真枪干活的样子,她有些诧异。

宁小微悄悄问钟有鸣:"你真觉得我们所做的一切能让这里富起来吗?"

钟有鸣若有所思地回问了她一句:"在你看来,富起来的标准是什么?"

宁小微认为只有精神上真正进入现代文明才算真正富起来,有大米和白面吃只能算解决温饱问题。但这话她不便说,起码在钟有鸣扶贫期间不能和钟有鸣说,她不想再给他增加压力。

钟有鸣望着那条斑驳的土路,对宁小微说:"不同的人对富裕的理解和定义也会不同,像蒋大龙,能吃上饭就算富裕;蒋二龙能卸下对妹妹的歉疚就算脱贫。说实话,有时我觉得自己也是贫困的,也许,我们每个人都是贫困的。"

宁小微心里一动,这么说她也是穷人,她的婚姻风雨飘摇,作为要闻版的记者却连一篇有思想的文章都没写出过,在报社这么多年连个能说真心话的朋友都没有,她缺爱,缺友情,难道不也是一种贫困吗?可她不想跟钟有鸣讨论这个问题,太学术,太书生,已经不适合他们这种在社会上摸爬滚打老于世故的人,她转换话题问:"十里不是出了个命案吗,是哪一家啊?"

钟有鸣说:"你竟然还知道出了命案,消息很灵通啊。受害人是蒋福锁家的小四,晚上看守新房,被人锤杀了。"

"我也是记者啊,带我去看看。"宁小微说。

钟有鸣领着她到小四被杀的房子前,宁小微煞有介事前后左右转了一圈,说:"给我说说案情。"

钟有鸣看着宁小微煞有介事的表情,忍不住问:"你会破案?"

宁小微说:"我学过心理学。"

"潘临也学过。"钟有鸣看着宁小微说。

宁小微没接他的话茬,说:"你这一年干了不少事啊,下一步想干什么?"

"修路。"钟有鸣说。

即将靠右行驶

    我和丫丫成为微信好友已经有几年了,加好友是因为丫丫写了一篇关于母亲的散文,想让我看看。我看了之后觉得不错,推荐到《瀛洲日报》,最终发表了,丫丫在作品发表后和我再无联系。我因此知道她不是善于沟通的人。丫丫后来好像改了微信名字,我有两千多个微信好友,日久天长几乎忘记了她。重新记起她是因为久不发微信朋友圈的她突然更新了一条状态:"我的盖世奇才被一个'穷'字给灭了,他妈的。"

    我不便直接问,但又很想了解一下她的近况。人到中年,越发向善,觉得她年轻有才华,想看看在自己能力范围内能做点什么。庆幸读过她的散文,很容易就找到了她的名字,我跟她发消息,她没有回我。我也曾年轻过,有过懵懂轻狂的青春,我深知年轻时的一言一事之失并不代表人的全部,而她现在可能正经历着我曾经历的一切。

    "我不想看着一个和我一样出身和心性的女孩重走我的路。"

晚上十点我把这段话发给丫丫,深夜两点她和我约定,第二天中午去吃火锅鸡。我因此了解了事情的来龙去脉。我根据她的叙述和我作为过来人的理解,填充了大致过程。

丫丫被蒋二龙接到城里,母亲小贞听说丫丫住在亚荣的饭店里,担心她学坏,要接她回去,蒋二龙就把丫丫接到了自己家,让她在十里小学上学。考县初中差两分,蒋二龙找关系让丫丫进了瀛洲三中,做了插班生,亚荣也是为了讨好蒋二龙,给丫丫买了衣服和一些日常用品,又给了丫丫二十块钱。丫丫拒绝,舅舅厉声说:"给你就拿着,别不知好歹。"丫丫接过钱,感到特别难受,她想回家,可她太喜欢城里的马路了,如果她回去,就又回到那条又窄又坑坑洼洼的土路上,雨天一鞋泥,晴天一鞋土,她不想往回走。

同学们大都是市区的,虽然并没有谁明显瞧不起她,可丫丫知道自己和她们是不一样的,如果自己考不上学,就只能到亚荣阿姨的饭店当服务员。

舅舅和亚荣阿姨也说过,将来让丫丫留在饭店。那些服务员都是从农村招来的,没上过学,一大早就端盘子洗碗,还经常被老板亚荣骂,丫丫想留在瀛洲,可她不想成为她们。她很努力,尽管麦收秋收都要回村帮父母干农活,成绩还是很靠前,可是从来没进过前十名。

"我真正让自己置之死地而后生,是二〇一〇年的一天。"丫丫看了我一眼,对我说。她的眼神很硬,那是只有和生活有过重度磕碰才会有的硬。

"那一天一定非常重要吧?"我试探性地问。

"那一天,《瀛洲晚报》第九版整版刊登了钟有鸣叔叔在我们村下乡扶贫的事迹。"丫丫看着我说。

184

"那不是好事吗？"我小心翼翼地问。

"对我们村是，对钟叔叔也是，对我……"丫丫看了我一眼，低下头，眼圈红了。

我抽出餐巾纸递过去，等她擦干了眼泪，又端给她一杯水，让她喝口水缓解情绪。

"那天我舅舅拿着报纸，给亚荣阿姨看，让我也看看，让我长大跟钟叔叔学习。我看了那报纸，挺崇拜钟叔叔，报纸上说的都是真事，没有钟叔叔，我姥爷他们村至今还喝盐碱水，还走土路，那土路，真的，不好走，一不小心就摔倒……我本来挺高兴，没想到后来的事情让我……"丫丫脸色涨红，说不下去了。

我后来特意到报社找到了丫丫所说的报纸，《瀛洲晚报》第九版果然如丫丫所说，以《记者村干部钟有鸣》为题，整版刊登了钟有鸣在十里村下乡扶贫的事迹。

那天，亚荣看了报纸半天没有说话，她看着翻来覆去读报纸的蒋二龙，敏感地意识到她的饭店迎来了一个难得的机会。她和蒋二龙在一起这么多年了，太渴望有一个名正言顺的身份。她和蒋二龙也努力过，蒋二龙做不到，做不到是因为他的婚姻太复杂，他的发妻、他的妹妹都和他绑在一起，而她一个年收入十来万块的小饭店承担不起他离婚的成本。要是她的饭店一年收入五十万块、一百万块，蒋二龙还这么前怕狼后怕虎吗？世上哪有钱做不到的事情啊？

亚荣想，饭店一直做不大，还是人脉不行，二龙不用说了，一个收破烂的，认识的人多上不了台面。她一个女人，虽说在瀛洲长大，可亲戚同学大都是普通市民，饭店想做大，想挣钱，还得靠政府部门当官的来吃饭，有钱的来吃饭，钱自然就带过来了，单靠老百姓的烩饼、红烧肉挣不了大钱。其实饭店位置不错，在闹市区，楼上还有两层，都闲着，她早就想扩大规模，可担心客流量不够，撑不起场面。这要是在报纸上宣传，知名度大了，来的人自然就多了，饭店一定能火，只要饭店挣的钱足够多，她的筹码就足够多，就越有希望摆平蒋二龙家里那些乱七八糟的牵绊，他们就可以名正言顺地结婚。

亚荣没敢跟蒋二龙多说，就说看了报纸，想请钟书记吃顿饭。蒋二龙也没多想，就回家请钟有鸣，钟有鸣也是很久没回瀛洲市里，也想借机回家看看，就跟着蒋二龙来到了饭店。亚荣让钟有鸣多请几个朋友。那天的报道影响力还挺大，潘临打电话问钟有鸣被采访的时候为什么不把小四的案件顺便说一下。钟有鸣说这和扶贫主题没关系。潘临说了一句"你对扶贫的理解还停留在乡镇干部的级别上"，就把电话挂了。这下钟有鸣回来了，正好约着潘临一起吃饭，问问他是怎么理解扶贫的。

蒋二龙说人少不热闹，让钟有鸣再约几位，钟有鸣就又给赵三奔打电话，让赵三奔中午到饭店聚聚。

赵三奔说："你……你……你最近成热门了，我……我今天中午跟见大人物一样了。"

钟有鸣哈哈一笑说："别拿哥们开涮了，中午见面再说，我约一下王明园。"

赵三奔说："别……别……别给他打了，他现在顾不上。"

钟有鸣听了有些吃惊，他是这两人的引见人，显然他们在没有他的情况下，走得很近，他也没多想，就挂了电话。

那天亚荣把饭店最拿手的葱烧海参、腰果虾仁和红焖羊肉等菜都上了，钟有鸣一直让她别上了，吃不了，但亚荣以替十里村感谢他为由，后面又上了五道菜。喝的酒是御河春二十年，算是瀛洲最好的酒了。等到钟有鸣喝兴奋了，亚荣说："钟书记，我这饭店也需要扶贫啊，也想请您给出出主意，想想办法。"

钟有鸣的酒醒了一半，立刻明白天下没有免费的午餐，他天真地以为人家是感动于他的扶贫事迹,没想到却是另有所图。他停了杯中的酒说:"我一个扶贫干部,能为贵店做什么?炒菜?刷碗?你该多敬潘警官几杯,他比我有用,他能为你保驾护航。"

潘临看了钟有鸣一眼,说:"你少在这里转移视线,人家要的是名人效应。"

亚荣急忙端起酒杯说:"钟书记,我敬您三杯酒,这第一杯,敬您是好干部,下乡真为老百姓做事,您看您都瘦了。我先干为敬。"说完一口干了杯中酒。亚荣自己斟满,接着说:"这第二杯,敬您看得起我亚荣。咱明人不说暗话,我跟二龙这样,多少人都躲着走,我们也不是不要脸面的人,可命追着,运赶着,一步步就走到了这份上。您能来我这小店喝杯酒,是我亚荣的荣幸。"说完又干了一杯。

钟有鸣拦着不让她喝了,赵三奔说:"人家三杯酒呢,你不让喝不就成……成……成两杯酒了吗?亚荣老板长得像明……明……明……明星,喝起酒来像梁山好汉,要不人家能挣钱……钱……钱……钱呢。我给倒这第三杯。"说着赵三奔就给亚荣斟满了。

"赵科长太会说话了,这第三杯我必须喝。"亚荣端起酒杯说:"钟书记,我现在也遇到难处了,您作为扶贫干部不能光扶农村,我这种城市贫困户也需要党的关怀啊。我是针织厂下岗职工,白手起家开了这个小饭店,现在竞争太厉害了,要是不想点办法,就这几张桌子,每天几个顾客吃碗烩饼,我就真成贫困户了。"

"你这饭店我看挺火啊,每天人不少。"潘临说,"我可是经常从门口过,瞒不了我。"

"潘警官,您是光看见牛拉磨,不见牛吃草啊。就我这一个小饭店,养着十来个人,今天没外人,也让我说点平时不敢说的话。我一个小饭店,每月卫生费、管理费一大堆,税务局、工商局,七七八八,没完没了,还有那白条,我现在就给大家看看。领导们来吃饭,打个白条走了,我找谁要这钱去?"亚荣说到这里,眼里已经噙满泪水。

二龙低着头抽了口烟,把亚荣的酒端过来说:"别喝了。"

亚荣接着说:"你别管,你能管什么呀,你村里几亩地得管,你那垃圾处理厂得管,你什么时候管过我啊?"她端起酒杯说:"钟书记,潘警官,赵科长,我亚荣今天请各位为我出谋划策,我就想让我这小饭店也成个规模。文化人不常说理想吗?我虽没文化,可我也有自己的理想,今天给各位上了我们饭店的招牌菜,味道怎么样?绝对靠得住吧?我想把饭店做成大饭店,瀛洲弟兄们来了有面子,二楼、三楼也都用起来。我这愿望,钟书记,您可得帮我实现。"

钟有鸣有些蒙,说:"我能帮你什么忙啊?我一没资金二没技术,我就会吃。"

亚荣被逗笑了,说:"钟书记您就谦虚,那报纸上一登一大版,我现在出去说认识钟书记可有面子了,我不要一大版,我就要一小块,让我们饭店也在报纸上曝曝光。"

钟有鸣一听,立刻松了一口气,说:"这容易,报社专门有广告部,一千五百块钱就能登一次。"

"要那样人家干什么请你喝酒啊,人家直接打广告部电话不就行了?报纸上又不是没写。"潘临说。

钟有鸣一听,这才明白亚荣的想法,想在报纸上做一次宣传,可宣传得有内容,你这就一个十来张桌子的小饭店,纳税额也十分有限,宣传什么呢?

"可以策划个公……公……公益活动。"赵三奔说。

钟有鸣说:"敬老院就别想了,这类活动太多了。报社对此类内容也很慎重。"

"资助贫困生啊,你不是扶贫吗?从村里找几个贫……贫……贫……贫困学生。"赵三奔说,"亚荣老板拿点钱,一个学生给个千八百块的。”

“还千八百，这饭店一天挣多少啊？”蒋二龙说。

亚荣拨拉了蒋二龙一下，说：“我看这活动行。”

“把电视台也请来。”潘临说。

一个月后，钟有鸣帮着请了市政协分管文史工作的副主席和几位文化界人士，在亚荣的饭店门前举行了捐资助学剪彩仪式。蒋二龙坚持肥水不流外人田，硬是把丫丫列入了资助贫困生名单，还特意安排丫丫接受电视台和报社采访。丫丫和另外九个学生在饭店大厅站成一排，亚荣给每人发了一个两百元的红包。

“那事之后，我学习一落千丈，一度落到了全班倒第二。”丫丫苦笑着说。

“那你后来怎么考上大学的？”我问。

“我周末回家，我爸正帮我妈往水缸里倒水。我爸……腿有残疾，没自来水的时候都是我妈挑水，全村只有我们家是女人挑水。”丫丫的眼神闪烁不定，自卑、心疼、无能为力的自责在她精致的五官之间来回变换，在她那张稚气未脱的脸上勾勒出一种坚硬又做作的表情。

“那次回到学校后我就什么也不再想，我这样的家庭出身，要想不被利用、不被歧视，除了学习没别的出路。我从此就是全班第一，没考过第二。”丫丫说完看了我一眼，我在她的目光里看到的竟然是一种类似挑衅的表情。但我知道那不是对我。

“阿姨，我问您一个问题。您说，什么叫穷？”她突然问我。

我怔住了。她问出这样的问题出乎我的意料，尽管我也被“穷”这个字深深伤害过，但我真没深入思考过这个问题。什么是穷？我在这个孩子问出的瞬间才意识到，没衣穿、没饭吃、没房住这些形而下

189

困境是穷，但有衣穿、有饭吃、有房住就一定不穷了吗？

“我们家穷，我爸有残疾，家里重活都是我妈干。我爸把所有他觉得好吃的东西都给我，而且，我知道，是这样……”丫丫哽咽着，“我们家可以要二孩，我知道。我爸残疾，可以再要一个孩子。在农村，我是女儿，也可以要。他们……不告诉我，我也知道。他们为了我，他们就只有我一个孩子。可是，我……我不想一个人承受这么多，我希望，有个妹妹或者弟弟也行，知道这个家穷，被人看不起。我总不能跟我爸说‘你瘸，没人瞧得起我们’，我很痛苦，没人能倾诉。”她痛苦得说不出话，眼泪在眼里转了一圈又一圈。我知道，她多么希望自己能把眼泪憋回去，就像我当年一样，我不太愿意当着别人的面流泪，而现实是，我多次他人面前泪流满面。

“我舅舅应该也是为了我好，我该上小学时把我接到我姥爷家住，他以为我到了姥爷家会好。”丫丫终于调整好了自己的情绪，能平稳说出自己想说的话。“可我还是被人看不起，这个家就被人瞧不起。我的大舅傻，我那个表哥，就蒋力，经常偷看我。”

她喝了一口可乐说：“我那时候特别怕他，他那大眼睛，里面什么都没有，像一个能把人吸进去的大洞。”

“蒋力的智力水平和普通人不一样，大家都知道。”我说。

“他不是傻子，他是没有办法不当傻子。太穷了，穷得只能当傻子。”丫丫说完嘴角泛出一种笑意，显然那笑意不能代表快乐，她接着说：“对他来说，傻是一种对穷的逃避。咱们光说话了，忘了吃肉，真好吃。”她搛了一块鸡腿肉，大口吃起来，她吃得很投入，好像刚才说的不是一个沉重的话题，而是另外一种美味。

吃了一会儿，她放下筷子，望着我问：“你对穷最深的记忆是什么？”

我想了很多关于穷困的记忆，比如过年没有新衣服穿，一年到头吃不上白面,但这显然只是皮外伤,没有对我的心性伤筋动骨,我边想边说:"我们这代人对穷都有很深的体会,最近我看了一篇公众号文章,写得挺好,题目叫《江米条》,据说作者是上海一所大学的校长,这么成功的人士当年也为多吃了一根江米条而自责。"

"我问的是你。"丫丫咄咄逼人。

我被她执着的表情逗笑了,她是我约出来的,我必须表现出该有的诚恳。可我跟一个成长中的年轻人能说清吗?穷让她耿耿于怀,穷让她甚至带了戾气,我还怎么跟她说?人们认为的穷是缺吃少穿,那只是穷的初级状态,穷是因为不能接受更好的教育而只能一知半解,穷是因为见不到世面而不知如何为人处世,穷是稍微遇到点坎坷就能体会到举目茫然的无助……但这些我能给她说吗?

我说了关于我父亲借钱的一件事:"我爸特别要强,从来不跟人张口借钱,那年我奶奶生病住院,实在过不下去了,他跟自己一个叔伯哥哥借十块钱,那个叔伯哥哥在供销社上班,平时关系还不错,但他没借给我爸。那人去世时我没回家,我……有点记仇。"

"王老师你还是过得太顺了。穷是没资格记仇的。你说的那篇文章我也看过,你们都比我幸运。我跟你说什么叫穷。穷是付不起两百块钱的药费,把七岁的孩子领回家等死。穷是没资格吃江米条。穷是你的尊严狗屁不是,是受人恩典后稍有不慎就被口诛笔伐。穷对人的围剿是全方位的。我小学时是全班最穷的贫困生,穿最破的衣服,班上有人吃一种点心,我太馋了,有一天我偷了妈妈五毛钱买了那种点心,我吃的时候被同桌发现了。她把我买点心这件事愤懑地在同学中多次宣讲,她公开宣布,她看不起我。我穷,可她过去没有瞧不起我,直到她发现我偷钱买了点心,她说你有什么资格吃槽子糕,我才知道那种点心叫槽子糕。"

一阵火烧火燎的疼痛感滚过我内心,我不敢直视她,也不敢动,我觉得这一刻我做任何动作都是对她的冒犯。

"不过那时候我也不认为自己是穷人，"丫丫说，"一直到我不得不站在镜头前接受那个臭女人的红包，就是那一刻，我必须伸出手去，我没有办法拒绝，我得用感激的表情看着她，看着所有人，我……我他妈就是从那一刻成了穷人。"

靠右行驶

　　小四死的那天白天，蒋力看见小四跟丫丫放学后一起去了运河边。

　　蒋力一路跟着他们，丫丫显然发现了他，跟小四一起回头看。小四说："蒋力，你是特务啊？"

　　蒋力站了一会儿，转身往回走，然而回家的路忽然就颠簸了，他腿上软绵绵的，像是所有力气都被吸走了。

　　蒋力想着丫丫跟小四好了，丫丫看不上他，他吃饭的时候把仅有的肉片留给丫丫，可丫丫还是跟小四好了。路上都是天黑回家的人，三三两两，有人跟蒋力打招呼，更多的人像他不存在一样，撞在他身上都不吭一声。

　　小四家的门关着，能听到院子那几只鸡扑棱棱闹腾的声音，那只狗粗重的喘息声也轰隆隆传来，像是跟蒋力示威一样。他在门口站了一会儿，看见小四的爸爸蒋福锁远远过来。蒋力没有回爷爷家，而是往前走了一段,回到爸爸那两间土坯房里。之前蒋力一直觉得爸爸住的地方又脏又臭,而现在他觉得自己没有资格嫌弃这一切,他是这一切的一部分。

蒋力彻底绝望了。

他不想再听爷爷的话,他不想再学干活,不想再跟人说话。他今后要和爸爸一样,甘心做衣来伸手饭来张口的傻子。

前方三百米有多个违法拍照

钟有鸣正和蒋二龙商量修路的事,李梅来电话,说女儿想去南方上大学。

"我还是希望她能在省内上,"李梅说,"离我们近点。"

钟有鸣告诉李梅自己正在谈事,李梅说了一句"你先忙"就把电话挂了。

"弟妹挺贤惠啊。"蒋二龙说,"一听就是城里媳妇。"

钟有鸣笑笑,没接茬。

李梅不但是城里人,说起来还算官宦子女,钟有鸣想象不到,要是李梅和他一样出生在一个贫穷的农村家庭,他们的日子怎么过。

大学刚毕业那几年,他的钱一直不够花,他觉得自己有责任有义务分担家庭责任,主动承担了家里盖房、修屋、看病的费用,甚至包括弟弟的学费。父母觉得他月月有工资,总比种地要容易些,却不知他在城里房无一间地无一垄,出来进去都要花钱,工资每个月就那么些,请李梅吃个饭都舍不得。好在李梅也看出他的拮据,吃饭时经常主动要求去一些路边摊,一人一碗拉面或者炒饼,有时也会买点香肠,到他宿舍凑合一顿。李梅去上海念研究生那几年,他也反思,自己一个乡下穷小子,要什么没什么,写几首诗能当饭吃吗?他当初爱上李梅,也是因为她那种婉约与硬朗集于一身的气质。事实也是如此,她平时对他温柔以待,在意识到他的犹豫纠结后,又义无反顾选择了离他远去。

李梅告诉他她私下去过他家之后,钟有鸣说不清心里那种情绪是感动,还是家底被看清后的羞辱感,又或者是他长期背负家庭负重的精神压力,终于有了一个释放的理由,他竟然抱住李梅一阵哽咽。李梅也不说话,等他哭完才跟他说:"对不起,我没别的意思,我就是想了解你的精神来路。"

"现在你了解了?"钟有鸣问。

"有很多人,终其一生都不知道自己为什么会成为自己。"李梅说:"我不想成为那样的人,也不希望我们的爱情缺乏来由。"

钟有鸣没说话,走到书桌前坐下,胡乱翻着一本书。李梅看了看封面,是萨缪尔森的《中间道路经济学》,看这书就是装样子,在他书柜里几年了。

李梅坐到床边,把钟有鸣妈妈送的装有醉枣的罐子拿出来。钟有鸣看都没看,说:"你什么意思?"

"我们结婚吧。"李梅说。

钟有鸣停下翻页的手,看了李梅一眼,沉默了一会儿说:"家穷,也没瞒你,三年五年也买不起房,给不了你彩礼。"

"我不在乎。"李梅说。

"我在乎。"钟有鸣说。

"那就别结了。"李梅说。

钟有鸣没说话，站起来给李梅拧开罐子盖，给李梅拿了一颗醉枣。屋子里立刻弥漫了酒香和红枣的甜味，李梅不习惯这种味道，下意识捂住了鼻子。钟有鸣看在眼里，压低声音说："结婚不是小事，不能较劲。咱们冷静一段时间再说吧。"

李梅想问他是不是介意她不是处女，想说他家那么穷，两人也算扯平了。但她不敢说，只要说出这话，两人就算彻底没戏了。她最终说："好，我们冷静，你觉得冷静多长时间好？三个月？一年？三年？还是一辈子？"

钟有鸣说："冷静到我们觉得必须结婚的时候。"

李梅噌一下站起来，提高了音量："那好，那我就去考研究生，给彼此一个认真考量的空间。"

这话很明白，她还爱他，但是，她和他一样，觉得这爱需要一个更高层次的考验。钟有鸣没信心，觉得李梅只要考上他们就再无可能，挽留显得不爷们，况且自己也没下定决心非她不娶。

李梅的心一阵冰冷，她隐约看到了自己当年和文学社社长最后分手的状态，她不能等到那一刻，不能和一个压根没想和自己结婚的人继续恋爱，她要为自己留下最后的尊严。她什么也没说，离开了钟有鸣的宿舍。

两天后钟有鸣去李梅的单位找她，她单位的人说，她已经辞职准备考研究生了。再见到李梅，李梅一头长发已被剪短，她闷在屋子里九天了，声称考不上研究生就出家。

钟有鸣知道，李梅误解了他的意思，怀疑他的感情，其实，他只是需要时间说服自己，忽略李梅的过往。再解释已经没有意义，他知道李梅的实力和性格，想做的事谁也挡不住。他开始调整角色，为她买来一堆考研资料，他送过去的时候李梅站在家门口，钟有鸣意识到自己也许是最后一次走这条专为老干部们修筑的青砖路,一砖一石都来之不凡,一花一木皆被善待。隔几米就有一朵精心垒砌的莲花图案,路两边种着蔷薇花和鸡冠花,花香像从路边升腾起来,漫过精致的院墙和霸气的屋檐,平时不觉得,要告别的时候才意识到这条小路和其他胡同门前小路迥然不同的气质。

他真希望自己家门前的小路也能如此,父母也能和这里的老干部们一样闲适、儒雅。这无疑是一个不可能实现的幻想。

一年之后,李梅如愿以偿考上了复旦大学中文系研究生,钟有鸣明白,她这是想离他远远的,也好,给彼此一个缓冲的时间。李梅去上海念研究生之后,宁小微对钟有鸣发起猛攻,为了让宁小微死心,他迅速把一位女会计发展成女友,几乎没费吹灰之力两人就发生了肉体关系,钟有鸣在狂欢过后,竟然感觉内心一片空虚。女会计在床事上也很熟悉,显然和他也不是第一次,而他对这一点丝毫不在意。他疯狂地思念李梅,找了一个荒唐的理由和女会计分手,分手之后的第一件事就是给李梅打电话。李梅接通问他有什么事,他气喘吁吁地说:"咱们结婚吧。"

李梅愣住了,她所做的一切就是为了这句话。她给了他空间和时间,让他自己了悟肉体和爱情的关系。他果然做到了。一个有过经历、能达观理解肉体的男人,和一个有精神洁癖、哪怕以纯洁甚至忠诚做标榜的处男,她宁愿选择前者。

李梅毕业后没有留在上海,而是回到了瀛洲,和钟有鸣结婚了。新婚之夜,他们像经历过心灵对峙而最终坚守在一起的老夫老妻,进行了一次从容、默契、彼此包容的灵欲狂欢,经历了这一切,他们才真的成了夫妻,他们彼此都明白,他们的婚姻经过淬炼,以后无论有任何变故,都能稳如磐石。

钟有鸣像生猛的豹子一样,夜夜沉迷于李梅年轻细腻的肉体,可他疯狂的做爱手段不得不在两个月后停止,这些夜晚不仅夯实了他们的夫妻关系,还犒劳给他们一个漂亮的女儿。他们年轻,渴求强烈,因为李梅腹中的宝贝不得不隐忍克制,却又克制不住,这使他们的性生活变得很累,当李梅柔软的小腹渐渐隆起,他对孩子的期待一度被李梅将失去美丽小腹的遗憾所遮蔽,他甚至希望能打掉孩子,还他们疯狂的夜晚和快乐。当孩子如期出生,他看到那个花骨朵一样的婴儿,他瞬间感恩当初的理性——和这个宝贝比,一切都无足轻重,何况肉体之欢。

他为孩子痛苦过,不是这个女儿,而是一年之后李梅意外怀上的另外一个孩子。他希望能留住,可是,他们都是公职人员,超生会被开除,他们都没有足够大的勇气失去工作,特别是他,父母年龄越来越大,身体不好,就指望他。弟弟中专毕业,他给介绍到五金公司工作,也不好好干。到了恋爱的年龄,弟弟找了一个劳保商店的售货员,生活朝不保夕,如果钟有鸣再没有工作,这个家就塌了。可钟有鸣太想再要一个孩子,无论男孩女孩,他并不在乎,他本来不喜欢孩子,女儿的到来让他享受到孩子带来的不可言喻的快乐和幸福,他希望能有两个、三个,甚至四个、五个孩子,他找了市计生委的主要领导,领导跟他关系还行,但是无法通融,谁也不愿意挑战国策。李梅的妊娠反应越来越大,再不做流产就要引产,而引产对产妇伤害很大。当他意识到自己再也无法留住这个孩子,平生第一次,他觉得自己是懦夫、失败者、窝囊废,一个男人竟然不能让自己的孩子来到这个世界上,他觉得比把他阉割还让他痛苦。

孩子流掉之后,李梅休息了些日子就恢复了正常生活,而他莫名其妙发烧,头发掉了很多,很长一段时间不能和李梅进行正常的性生活,他一度以为那个被流产的孩子让自己的性欲报废了。过年看春晚,看小品《超生游击队》,一对夫妻为了留住肚里的孩子出丑、受罪,一家人看得哈哈大笑,钟有鸣却一下想起了那个被打掉的孩子,忽然泣不成声,转身回了自己卧室。

大家都很紧张,不知道发生了什么,李梅一开始也是蒙的,后来看小品中妻子的大肚子,想起钟有鸣再不能激情四溢的身体,她明白了丈夫的痛苦,也跟着到房间,抱住了钟有鸣的头。钟有鸣再也克制不住,哭得浑身战栗。父母跟进来,知道了钟有鸣哭的原因,也跟着心酸。

钟有鸣还是哭,李梅痛下决心说:"我辞职,咱们再生一个。"

钟有鸣想止住哭声,可他止不住,在他的人生构想里,从没有想过,自己只能有一个孩子,更没有想过会保不住自己的孩子。在他看来,不能捍卫自己生育权的男人就是被阉割了雄性基因,他不明白一对只是想正常生孩子的夫妻没吃没喝东躲西藏怎么会令人觉得好笑。他们知道自己在笑什么吗?

钟有鸣拒绝去领独生子女证,拒绝说自己的孩子是独生女,他幻想计划生育政策能有些变化,让他能再有一个孩子。哪怕多有一个,他的心也不会这么痛苦。他千百次想过不干了,什么记者,什么公职,都比不得一个鲜活的新生命重要。父母是周围邻居中最溺爱孩子的,一直没有像别的家长那样打骂过自己,却劝自己不要再生孩子。领导也挽留他,戏称自己老婆打掉三个孩子了。三个孩子被打掉,钟有鸣听见这话心里就疼得战栗,领导怎么还能当笑话说。

担心再怀孕,李梅去医院上了节育环。钟有鸣知道后跟李梅大吵了一架,找几个哥们喝醉了酒,李梅去接他,哥们还以为他和李梅闹别扭,李梅不好说具体原因,就说还是因为那个流产的孩子。一个流产的孩子让钟有鸣这么痛苦,哥们都觉得不可思议。只有潘临听了之后,揽着钟有鸣的肩说:"哥们,你不一直想报效国家吗?咱就当那孩子为国牺牲了。"钟有鸣伏在潘临肩上毫无尊严地号啕大哭。

那天钟有鸣在日记本上写下了几句话：

　　若能不忧五斗米
　　若能放下妻儿愁
　　若无双亲挂心里
　　山间观雪压枝头

　　那是钟有鸣精神状态最萎靡的几年，他心痛、孤独，因为无能为力而愤怒、压抑，他觉得自己不配快乐，不配像一个男人一样面对生生不息的世界。

　　直到女儿会写字，歪歪扭扭地在田字格里写下"爸爸，我爱你"，钟有鸣热泪盈眶，把女儿紧紧抱在怀里，感觉这个不可思议的世界总算给他的生命一点安慰。那天晚上，他和李梅恢复了此前的激情，他觉得自己作为一个男人的力量终于回到了身体和血液中。

　　钟有鸣有些伤感，跟蒋二龙要了一根烟，抽了一口说："二龙，跟你比，我才是穷人，你多好，一儿一女，还有丫丫。丫丫虽然不是你的孩子，但也差不多。我就一个丫头，丫头上大学，要是不回瀛洲，我和李梅将来就是空巢老人。"

　　这话让蒋二龙心里熨帖，农村人当时可以想法子生两个孩子，有的还有三个，而像钟有鸣这些正式单位的公职人员，都是独生子女，年轻时觉不出差别，老了，孩子少，要是不在身边，这就叫老来孤独了。蒋二龙心里有一丝不该有的幸灾乐祸，又急忙调整情绪，安慰钟有鸣说："你孩子有出息，奔大城市，风风光光。我这俩孩子，要是不好好学习，考不上大学，还不是跟我一样，一辈子活得憋屈。"

　　钟有鸣说："你这叫活得憋屈？外面彩旗飘飘，家里红旗不倒，有儿有女,城里有房子,村里有田地。跟你比我才是穷人,你该给我做扶贫工作才对。"

蒋二龙被说笑了:"你这说的,你不知道,当初为了生老二,我房子都被扒了,媳妇藏在她娘家猪圈里。"蒋二龙说完这话,自己愣了一下,心里一沉。他狠劲抽了一口烟,沉默了。

"怎么了? 良心发现了?"钟有鸣不动声色地说。

蒋二龙看了钟有鸣一眼,声音沙哑地说:"要不是你说孩子的事,这么多年,我都忘了媳妇跟我受的苦。媳妇生完老二就做了节育手术,我……"

"为你生了一儿一女,还做了节育,这是多大的恩义啊? 你说,你现在有钱,你得拿出多少钱人家才为你生儿育女?"钟有鸣说,"还天天说要离婚,你真离婚还是男人吗?"

蒋二龙叹口气说:"不离婚也不是男人。亚荣也跟了我这些年,唉,我现在里外不是人。"

钟有鸣被蒋二龙愁眉苦脸的样子逗笑了:"你这是饱汉不知饿汉饥,你还发愁,那蒋力说不上媳妇,你不给找一个?"

"我还真问过蒋力,他说不要。"蒋二龙说,"一听说我要给他说媳妇就急。"

钟有鸣又想起小四的死,试探性地问:"你是蒋力的叔,你觉得小四的死到底怎么回事?"

"你怀疑蒋力?"蒋二龙吃惊地问:"这就忒扯淡了,他傻了吧唧的,能为了什么杀人?"

钟有鸣一看蒋二龙真生气了,急忙说:"我不是怀疑他,就是随便说说。"

"这话能随便说吗? 钟书记,我一直敬重你,你以后再这么说蒋力我可不愿意了。"蒋二龙说。

钟有鸣急忙又给蒋二龙点了一根烟,安慰他说:"咱们本来说你媳妇们的事,怎么说起蒋力了呢?"

"媳妇们,我哪来的媳妇们?"蒋二龙接过烟机敏地回击说。

"俩吧,至少俩吧?我跟你比就不行了,我就一个。"钟有鸣晃着脑袋说。

蒋二龙站起来往外走,边走边说:"要修路,你自己修去吧,气我。哼。"

钟有鸣急忙拉住他说:"真走啊?路好走吗?"

"不好走也要走,总比气死强。"蒋二龙头也不回,"快给你媳妇打电话吧,修路也不是一天两天的事。"

时间真快啊,钟有鸣想着,一晃女儿都到了他当年慷慨激昂的年龄了。这些年,他的青春,他的梦想,当初高呼"所有的日子都来吧"时的豪迈,已经成为为全家老小和单位那些内容大同小异的稿子殚精竭虑的琐碎记忆。多年的报社工作,多年为一家老小低眉顺眼的日子,让钟有鸣从一个特立独行的诗人成了一个循规蹈矩的老实人。

他觉得自己必须很老实,农民的儿子,没有背景,没有靠山,最大的依傍是他那点所谓的才华和别人眼中还算不错的人品。可何谓才华?不过是服务于他人和社会的能力而已,说起来好听,但在社会上有才华和有显赫家世、权力背景相比,分量也不足以抗衡。所以他越来越知道,在握有权柄的人面前说出他有才华时,内心其实是知道他没有其他资源的,在有能力操控现实的人眼里,他的才华不过是一个谋生手段,他知道,可他仅有这些。

不得不承认,还有非常重要的、他没法说出口的理由——原生家庭和家乡带给他的经济和精神压力碾压了他的斗志。他考出灯明寺之后,大部分精力都消耗在为父母、弟弟以及家乡人看病、找工作、借钱、转学这些事上。钟有鸣知道，在很多已经安居乐业的人看来，这些都是闲事、小事，可他作为灯明寺的人心里清楚，每一件小事都关乎一个人乃至一个家庭的命运。他们太贫寒了，贫寒到没有半点资源，贫寒到唯有牺牲他的时间、精力、人情、金钱才有可能有所改善。钟有鸣做不到和赵三奔一样，对村里人不闻不问，冷言以对。当他一无所成时才意识到，他就像一个最初游到岸边的人，需要不停下河去救那些试图上岸的人，可他精力有限，最终让自己筋疲力尽，甚至一无所有，一无所成。

他和李梅至今住在老丈人的旧房子里，李梅强行以他的名义为女儿买了一处新房，当然贷款也是以他的名义，六十万元，他要还到六十岁，一直到退休。而他至今还骑着一辆飞鸽牌自行车，李梅前几年买了一辆电动车，丢了，索性一直步行上班。这样的经济实力，他怎么会有底气和别人一争高下？他不得不经常去求那些职能部门的人，组织一些吃饭喝酒的场合，醉得第二天还头晕目眩，连专业书看得都少，哪还有精力兼济天下啊，独善其身都没做到。

可是，就这样了吗？这就是他想要的一生？这就是他十四岁的理想吗？钟有鸣望着夜空，一片茫然。

他给李梅打电话，告诉李梅，尊重女儿自己的选择。

请按交规行驶

　　亚荣捐资助学的事迹在《瀛洲日报》第二版刊登，没想到周六饭店就迎来第一拨看望贫困学生的志愿者，收到了第一笔捐款一千六百七十八元。蒋二龙回十里村了，亚荣自己不敢做主，就给钟有鸣打电话，钟有鸣说当初做这件事的目的就算达到了。钟有鸣又请同事写了续篇，跟学校联系统计贫困学生人数，公布了捐款账号，账户很快就收入两万多元。这笔钱由媒体监督分别发到了贫困学生手里。这一次丫丫说什么也不要，只好把她去掉了。

　　宁小微打电话责问钟有鸣："为什么有稿子不给要闻版，而是给了社会生活版？"

　　钟有鸣说："小地方的小事情不值得惊动你。"

　　宁小微说："你拿自己当外人，也拿新闻科的人当外人。"

　　钟有鸣说："你又想多了，这活动就属于社会生活版，上不了要闻版。"

宁小微说:"你是新闻科的人。"

钟有鸣说:"我现在是十里村人,欢迎宁科长继续来视察,不,来破案。"

宁小微又说:"你对我有意见。"

钟有鸣有些不耐烦,就回了一句:"再说一遍,不是头版内容。"

宁小微说:"明天下午两点回报社开会。"

钟有鸣说:"将在外君命有所不受。"

宁小微冷笑了一声,说:"不是我让你回来,是新任领导让你回来。新领导上任,特意问起你,不许请假。"

钟有鸣心里被撞了一下。这是又动干部了,新领导来了,他一点消息也没有收到,可见他这是被边缘化了。本来不想问是谁,可是一想都问起自己了,可见是熟人,就顺嘴问了:"哪位高人啊?"

宁小微神秘地说:"你来了就知道了。"

前方有学校，禁止鸣笛

钟有鸣没想到，王明园竟然到报社当社长。他既有些怪罪王明园不够朋友，提前一点消息也没给他，让他在同事中有些没面子，又为王明园跟宁小微问起他而感到些许欣慰。钟有鸣自我安慰说，大概王明园知道他在下乡。

王明园原本想到县里任书记，运作了很长时间，总算有了眉目，组织部考察，发现他名下有一笔保险没有上报，他一再强调保险是媳妇上的，忘了告诉他，但任何辩解都无济于事。如果没有这事，干一届书记，再用点力就有可能到政协或者人大做个副职，解决副厅待遇。现在出了这事，他只能离开原岗位，刚动完干部，重要岗位都已经就位，短期内不可能再调换人选。只有《瀛洲日报》社原一把手因为突发脑出血，不能继续工作，办了提前退休，空出一个位置。

王明园没有想到自己会落到这种田地，拖了一个月才到报社报到。他走进这座修建于二十世纪九十年代初的小院,看着明显比周围建筑显得陈旧的小楼,知道自己的政治生涯就将在这里谢幕了。他是一九五九年的,这一批县委书记年龄最大的生于一九五七年,最小的生于一九六一年,五〇后即将退出地方政治舞台了,自己没有东山再起的可能。一笔保险,不足十万元,就这样断送了他的前程,当保险公司的经理跟他道歉的时候,他觉得那张脸简直就是一个猪头。

钟有鸣当天晚上回家,跟李梅说王明园到报社当社长了,语气中明显有掩饰不住的兴奋。李梅看了他一眼,只是"哦"了一声,就端起吃剩的鱼放进了冰箱,又把没吃完的蔬菜倒进垃圾桶。钟有鸣想阻拦,李梅拨开他的手说:"剩的蔬菜不能吃,现在也没必要吃。"

"我在村里一直吃。谁有空一天三顿炒菜啊,都是炒出一锅吃好几顿。"钟有鸣说。

"你一辈子也走不出你的村,人进城了,精神还停留在你那一亩三分地。"李梅说。

这话让钟有鸣有些不爱听,可他实实在在又觉得李梅说得有道理。再说这么长时间不回来,他也不想一回家就吵嘴,就凑上去说:"村里的蔬菜可新鲜了,哪天你有空去尝尝。"

"不去,城里的蔬菜就是农村的,还用得着去农村吃?"李梅也知道钟有鸣这是在缓解两人的情绪,就说:"我倒是想在阳台上种点蔬菜,那才真是绿色蔬菜呢。"

自从女儿高中住校,家里就剩他们两人,开始他们都有些尴尬,不知道该如何面对中年夫妻的二人世界。一起生活了这么多年,连彼此每一条皱纹的来历都熟悉,熟悉到用不到说话就可以完成需要两个人共度的所有时光。过去有孩子连在两人中间,如今孩子不在,他们之间有了一种断裂感,这种断裂感让钟有鸣下乡后,他们互相甚至没打过几个电话。

钟有鸣没有打电话的欲望,李梅也没有。他们像两个互不相干的人,各自活在自己的世界里。

可现在王明园要来报社当一把手了,钟有鸣那颗心有些悸动,这种隐秘的心思需要和一个人诉说的时候,妻子,仍然是他唯一可以信赖的听众和参谋。

"王明园这小子来报社,他也不跟我说一声。"钟有鸣故作随意地说。

李梅心里想,还挺拿自己当回事,在一个一门心思当官的人眼里,他和王明园那几顿饭的关系算哪根葱啊。可她嘴上说:"估计是知道你下乡了吧。"

"原来说三年,真快,一晃两年多了。"钟有鸣说。

李梅明白了,钟有鸣这是想回来。他肯定以为王明园来了,他就有机会了。李梅觉得钟有鸣的想法有些幼稚,但她显然不能说,这和说他阳痿没什么区别。

"你不是说干成点事再回来吗?"李梅不动声色地提醒他,其实是暗示他,回来并不是上策。

钟有鸣没有听出李梅话里的意思,他沉浸在自己的想法中。明天开会他就要见到王明园了,他在考虑是不是提前给王明园打个电话。

"没必要提前打电话。"李梅像是洞悉了他的想法,补充说。

"也是,明天开会就能见到,明天见机行事吧。"他说。

第二天王明园来报到,钟有鸣见到王明园主动迎上去,双手伸出去握手。王明园用一只手握住钟有鸣的手,另一只手揽了一下钟有鸣的肩膀,说:"辛苦你跑一趟,怎么样,乡下还习惯吗?"

"这有什么不习惯的?咱就村里长大的。领导放心。"钟有鸣说。

"习惯就好。"王明园说着就松开手,越过钟有鸣跟其他几位科长打招呼,宁小微站在最前排,和王明园面对面。

钟有鸣看见宁小微眼里有着常见的下级见到上级的谦卑到近乎巴结的表情,这表情让那张本来依然俏丽的脸显得有些僵硬。钟有鸣竟然心里有些不是滋味,他知道,自己脸上也已经有了这种表情,他在宁小微眼里也是一样因为过于谦卑而显得委顿。他和她互相看了一眼,彼此心知肚明又惺惺相惜的感觉让他们迅速避开了互相注视的眼神。

晚上准备了接风宴,中层以上参加。按这个原则,钟有鸣作为新闻科副职就没办法参加了,王明园却说钟科长下乡这么长时间,咱们算给他改善伙食吧。钟有鸣一听倍感欣慰,这些年他一直被宁小微压着,找不到突破口,和王明园此前就有交情,现在成了上下级,他借势的想法油然而生。

接风宴上,钟有鸣作为下乡人坐在王明园旁边,前三杯酒后,就是几位副总编敬酒。副总编敬过后钟有鸣端起酒杯,敬王明园,此前他一直叫王明园大哥,这个场合钟有鸣这样肯定不合适,但他又想让大家知道他们是老交情,于是说:"王社长,敬了您这么多酒,没想到能在报社敬您酒。您随意,我干了。"

王明园端起杯子来一饮而尽说:"报社的酒不能随意。"

喝得差不多了,王明园突然问:"钟科长这下乡也快三年了吧?"

钟有鸣说:"快了,快两年半了。"

"那四舍五入也该三年了。我跟组织申请一下,你回来吧。你有意见吗?"

钟有鸣急忙说:"没意见,领导指到哪里我打到哪里,就是村里还有些后续工作需要完成。"

"你回来别人去嘛。扶贫又不是你一个人的事。"王明园说,"这事就这么定了。"

　　那天钟有鸣喝多了，回家后李梅提醒他说："朋友成了同事，多数都成最狠的对手。朋友做了上级，做下级的基本都是牺牲品，你要小心了。"

　　钟有鸣开始不以为意，没想到没过多久，李梅一语成谶。

转弯了,慢点啦

钟有鸣还记得第一次和赵三奔两家一起聚餐时,赵三奔大概急于向他阐明立场,在饭桌上痛骂官场和社会制度。

"别说了,再说就该砸桌子了,先吃点菜。"赵三奔的妻子安抚着赵三奔。

钟有鸣替赵三奔庆幸,竟然有这么温婉的妻子,他无法想象,女人会因为什么理由嫁给一个张口闭口"扯臊"的男人。这男人看起来那么落魄,早就没人穿的涤纶裤腿脚磨出了长短不一的毛边,廉价的 T 恤已经褪了色,领口露出多日不洗积累的汗渍和油渍,皮鞋已经变了形,鞋面皱褶里积满了泥土。凄楚的眼神、破旧的衣着、光亮的头顶,赵三奔浑身上下每一处都在告诉别人他是最困顿、最窘迫、最卑微的。他似乎觉得仅用这些物质层面的寒酸不足以说明他处于瀛洲最差的生存处境。

"这……这褂子是别……别人给的。"赵三奔强调,"我……我没买……买过衣服,都……都是别人不……不穿的。"

自己生活这么艰难,还这么关心国家民族的命运,这就是所谓的位卑未敢忘忧国吧? 钟有鸣被赵三奔激进的思想和如此不堪的生活状况深深触动,发自内心地说:"赵老师有什么困难就跟我说。"

赵三奔一提起工作,又激动了:"让我写……写领导讲话稿,这不扯……扯……扯臊吗? 我视高官如……如……如狗食,我视金钱如粪土,我能伺……伺候他们那……那帮狗食吗? "

市政府是权力中心,多少人趋之若鹜,尽管钟有鸣对赵三奔的言行难以接受,但真能淡泊名利也不失一位真君子。

饭后钟有鸣急忙抢着去结账,赵三奔腼腆地一笑说:"你……你不用抢,我没……没钱,不跟你争。"

钟有鸣和赵三奔成了朋友,几乎每月都要找机会聚一聚,尽管他们观念有同有异,有时会为一个观点争得面红耳赤,但他们都关心社会,关心政治,特别是作为农民子弟,他们对农民问题格外关注。钟有鸣希望能找出一条解决农民问题的出路,赵三奔认为中国农民的出路就是没有出路,他们经常为此争论到不欢而散,但过一段时间又会聚在一起,毕竟这话题让他们跟那些整天喝酒打麻将的人还是更有相同志趣,互相推荐一些书,引见一些志趣相投的朋友,就一些时政问题发表各自看法。

后来因为退稿一事,两人一晃几年没有联系。

前方急转弯，请减速

　　潘临打电话问钟有鸣什么时候回十里村，钟有鸣也想跟潘临商量自己回瀛洲的事，就说中午一起聚聚。潘临却说中午有事，聚不了，让钟有鸣回去时说一声，送他。

　　钟有鸣一直没买车，往返要么坐公交车，要么就找朋友送一下。他跟李梅不止一次商量买车的事，可一次性拿出这么一大笔钱买这种耗财商品，两人都有些犹豫。

前方连续分岔，先靠左行驶

　　结婚后，钟有鸣才意识到，自己是带着整个家庭甚至是灯明寺和李梅一起过日子的，他们的工资收入有相当一部分是用来接济钟有鸣的父母、弟弟和老家人，他有时觉得他不是为自己考上了大学，而是为父母、弟弟乃至整个灯明寺考上了大学。再加上正常人情往来，两人几乎每月都捉襟见肘，以至于钟有鸣不得不接一些企业的私活，以贴补生活。

　　李梅从来不说什么，甚至在钟有鸣流露出不耐烦情绪时开导他，并且主动承担起接待乡里乡亲的工作。

　　有了女儿，他们更存不下钱了，他和李梅都喜欢孩子，可是不能多生，他们只能把本来应该给予几个孩子的宠爱全给女儿，这也是绝大部分六〇后对独生子女的共同无奈。钱都给女儿花了，一个布娃娃竟然要几十元，钟有鸣看不明白哪里值那么多钱。

　　最近几年，钟有鸣的父母相继离世，弟弟也安顿下来，老家的人来的也少了,他和李梅才觉得手头宽裕了些,李梅又突发奇想,要给女儿买套房,刚刚缓口气的日子再次背上重负,哪有什么余力再买车啊。

"新换的?"坐在潘临新换的奥迪车上,钟有鸣羡慕地问。

"嗯,破了一个案子,奖励了一万块钱,我自己添了点,换了辆车。"潘临轻描淡写地说。

"人比人气死人,我那辆破自行车都骑十几年了,人家汽车换三代了。"钟有鸣欣赏着车内的顶配设置羡慕地说。

潘临放了一首音乐,钟有鸣说:"这音质真不一样啊。"

"你也该买辆车了。"潘临说。

"我也想啊,可真腾不出钱来买辆车,一个月还有三千块钱的房贷呢。"钟有鸣叹了口气说。

"这你就不如王明园和赵三奔了。王明园最近刚买了别墅你知道吧?那赵三奔,也买了一套新房。"潘临貌似无意地说。

这话让钟有鸣的心被刺了一下,特别是赵三奔买房的消息,让他有些意外,钟有鸣问:"都是工薪阶层,他们拿什么买房呢?我就奇怪了。"

"他们的钱都不是正路来的。"潘临哼了一声,"你是不是要回报社?"

"王明园说让我回来。"钟有鸣说,"你怎么知道?他跟你说了?"

"看你那架势就看出来了,也是革命信仰不坚定啊,扶贫刚有起色,应该坚持到底啊。"

"王明园这不是我哥们吗?我得支持他工作。"钟有鸣说,"你专程送我就为了说这事?"

"我送你是为了解小四的死因,顺便送你,你别自作多情。"潘临说,"还哥们,你知道赵三奔要调去你们单位吗?"

"不可能,他来我们单位能做什么。"钟有鸣想起赵三奔那部满篇脏话的长篇小说,接着说:"报社这活,真不是谁都能干的。"

"那是你太不懂官场,赵三奔这两天就报到,而且,很快会成为报社的风云人物。"潘临说,"我劝你不要回去。那样能躲个清静,否则,你会很惨。"

钟有鸣心里一惊,又觉得潘临有些危言耸听。即使赵三奔到报社,以他们相识多年的关系,赵三奔对他能怎么样呢?

"你大概以为你跟他们关系都不错,我告诉你,赵三奔就是一条饿狼,只要是肉,不管谁的肉,他有机会就会撕咬。至于王明园,典型的小官僚,他当秘书出身,会讲话,下手狠,当镇长的时候为了撵走镇党委书记,指使黑道给党委书记送了一个小姐。为了仕途他什么事都能干出来。这次受挫,他知道自己没什么前途了,势必千方百计谋财。你大概还不知道,这两年他们俩走得很近,就王明园那脑袋,被赵三奔忽悠得认为自己可以进政治局,估计现在又忽悠他当房地产老板了,别墅就是赵三奔撺掇买的。赵三奔就是一文化流氓加政治流氓,王明园一个中专生,能言善辩,背几首唐诗就冒充有文化,这俩人一拍即合。王明园特意调赵三奔,你以为是想做好党的宣传工作?你相信赵三奔这种人能做好宣传工作?你相信王明园做不了县委书记,带着怨气能做好宣传工作?他们肯定要利用报社资源捞取个人好处,会把报社弄得乌烟瘴气。"

"你怎么了解这么多?"钟有鸣说,"我让你说得后背冒凉气。"

"别忘了我是干什么的,赵三奔每天都在网上发表不当言论,前一段时间刚查封了他的账号,他又注册了一个新号。我们社会是存在一些问题,需要进步。你可以提意见,但你不能抹黑、骂街、泄私愤,不能端起碗吃肉放下筷子骂娘。他天天这个狗食,那个狗食,他才是真正的狗食。"潘临气愤地说,"提他名字都觉得脏。"

"他读了不少书,有些思想,有批判精神。"钟有鸣说。

"我✕,大记者,你知道什么叫批判精神吗?批判精神是站在公义立场上,对某种思想、制度进行系统分析研究,是坚持一种公平的原则和立场。鲁迅有批判精神,鲁迅的批判精神是为了自己多挣二两银子吗?你看赵三奔他有自己的思想体系吗?如果说有,那就是全世界都对不起他,全党、各级政府都不如他。我还以为你是记者,会有辨别能力,这一说话就露出底裤了,典型小地方的小报记者,没见过真有批判精神的人。你读读秦晖、朱学勤、吴敬琏的文章,先不说立场,他们才叫有批判精神。赵三奔就是流氓——文化流氓,这就叫流氓不可怕,就怕流氓有文化,文化流氓迷惑性很强,杀伤力极大。"潘临气哼哼地说,"别忘了我是警察,那些人撅什么尾巴拉什么屎,我的判断从来没看错过。"

"那小四的案子你为什么破不了?"钟有鸣不服气地说。

"破不了我就不来了,命案必破。"潘临说。

"你知道杀人凶手到底是谁?"钟有鸣问。

"你们村有个叫蒋福红的人,那年出过一次车祸,当时排查时他说不在村里,他在说谎。"潘临说:"这人你还没见过吧?"

"说来巧了,他是我最早见到的十里人。"钟有鸣把当时蒋福红和奥迪车相撞,后来陪他看病的情况说了一下,"没听说他和蒋福锁有什么矛盾,他家庭负担挺重。"

"谎言一定是为了掩饰比谎言更严酷的真实。"潘临说。

"你觉得他是凶手?"钟有鸣问了一句。

"我没说他是凶手,我是说他在说谎。小四死的那一天他在十里村,但他一早就离开了。"

车开到了一个岔路口,潘临说:"这赵三奔真是搅屎棍,提一下都恶心,走错路了,这是奔山东了。"

钟有鸣往窗外看了看说："我也看不出这是哪里。"心里说，这跟赵三奔有什么关系呢。

"就你那眼神，我压根也没指望。"潘临说完打开导航说："叮当，请导航到十里村。"

一个优美的女声说："好的，您好，已为您规划前往十里村的路线。"

潘临问了一句："请问多远？预计多长时间能到达？"

优美的女声又响起："还有二十七公里，预计十五分钟就能到达。前方七百米请调头。"

钟有鸣羡慕地说："这玩意太先进了，社会进步太快了，一想到我们没有为社会进步多做点事，真觉得挺遗憾。"

"你还写诗吗？"潘临问了一句。

"没什么可写的。写什么呢？诗歌是非世俗非理性的，而我现在太理性太世俗，我现在入世太深，写不了诗。"钟有鸣望着窗外说。

"我建议你不要回来，继续把扶贫工作做好，躲个清静，没准还能写诗。如果你非要回来，未来也许可以让小白去接你的班。"潘临说。

小白是潘临的独生子，从部队转业安置到工商局，爱画画。

"小白从来没在农村生活过，受得了吗？"钟有鸣问。

"正因为所有人都觉得他受不了，所以才让他去。"潘临说。

"真快啊，一晃我们的下一代到我们当年意气风发的年纪了。"钟有鸣感慨地说，"时间都去哪里了？"

钟有鸣想起十四岁那年，接过父亲的斫镐，在玉米地里立下的豪言壮语，人到中年一无所成，当年的一腔豪情已如烟云，不禁感慨万千，晚上在久不打开的日记本上写了一首《我有一件重要的事情没有做》：

我经历了很多故事
看过很多落叶枯黄的过程
我写过上百万的字
走过上万里的路程
我上了十四年学
有了许多年工龄
握过无数只手
说过无数句话
哭过醉过笑过闹过对过错过遗憾过后悔过成功过失败过
可是低下头来想想
我还有一件重要的事情没有做

前方进入 307 国道

钟有鸣没想到自己要离开的消息让十里村村民反应这么大,他们集体来到他的住处,强烈要求他不要走。还是蒋福道出面,挨家挨户做工作,告诉大家官身不自由,领导让回去,钟书记不能不回去。于是家家户户要请钟有鸣吃饭,钟有鸣一一拒绝。于是先是蒋二龙媳妇拿了一双手工布鞋,说是公公让她做的,谢谢他给村里打了深机井。紧接着又有好几位婶子大娘拿来紧赶慢赶的布鞋,钟有鸣有些愧疚,他来扶贫出于无奈,尽管他确实想干一番事,但做这些工作的目的不全是为了村里老百姓,有很大一部分原因是希望通过扶贫镀金,为自己的工作打开一个新局面。他还有很多事想做而没有做,特别是修路,他只是带领大家铺了砖,还没修成他想修的柏油路,可是组织已经下文,他回单位势不可挡,他在即将离开时竟然有一种说不清的失落、惶惑和羞愧。

这几天,宁小微打来好几个电话,都是说赵三奔的事,问他和赵三奔什么关系,钟有鸣说就是熟悉。宁小微没好气地说:"一直觉得你是君子,没想到你和赵三奔这种小人还是朋友。"

钟有鸣忙问怎么回事。原来,赵三奔在钟有鸣和潘临回十里村的第二天就已经到报社上班,任办公室常务副主任,分管财务、人事工作。之前报社没这个岗位,是为赵三奔量身定做,目的也很明确,架空原主任,形成一个让王明园得心应手的办公系统。据宁小微说,办公室主任在会议室摔了水杯以示抗议,但大势已去,这没能阻挡赵三奔的如期上任。让宁小微厌恶赵三奔的一件事是,她去王明园办公室商量报纸版面,赵三奔也在,夸她漂亮。宁小微刚说了一句谢谢,赵三奔紧跟着来了一句"里面更漂亮",说完就嘿嘿笑。宁小微当时就急了,说了一句:"你算什么东西?"宁小微要求赵三奔跟她道歉,王明园边笑边说:"赵主任就是开个玩笑,夸你漂亮还不好?"

其实,钟有鸣已经感觉风雨欲来,因为赵三奔去报社上班这么长时间,至今没跟他说一声,看来潘临和李梅是对的。钟有鸣刚想挂电话,宁小微突然又问:"你们村有位叫蒋福锁的人吧?"

钟有鸣说:"有,怎么了?"

宁小微说上次来义诊的内科主任打来电话说,蒋福锁好像胃不太好,让他到医院拍个片,然后去找他,可他至今没去。

钟有鸣心里咯噔一下,问:"是……很不好?"

宁小微说:"主任说还是要尽快去拍片看一下,不是太好,极有可能是胃癌,还需要进一步诊断。"

钟有鸣有些着急,如果就这么告诉蒋福锁,依他对蒋福锁的了解,不用去拍片,就这个消息估计会把蒋福锁吓个半死。他说:"你替我谢谢主任,我想想怎么跟蒋福锁说。"

沿途最近的加油站距离您八点九公里

潘小白起初对父亲潘临让他去参加乡村振兴不能理解。他去参加动员会，市委副书记、市委组织部部长和分管农业副市长分别讲话，那些话潘 小白在决定下乡的同时就已经在各种文件中看到了。父亲特意带他和钟有鸣叔叔吃了一顿饭，钟叔叔把村里的情况都跟他说了一下，父亲说："跟你钟叔叔学习，实实在在为村里做点事。"

潘小白到村里报到之前就知道十里村这桩悬案。父亲当年就是负责这个案子的警察，在村里住过很长时间，案子一直破不了，父亲耿耿于怀。潘小白到这里是和别人换的。原本是市政府办公室的一位科级干部到十里村，潘小白主动跟组织上要求与他调换。至于为什么，潘小白也说不清，他并没有强烈继承父亲"志向"那样的抱负，但也并不是他嘴里说的"只是十里这个地名稍微熟悉一些"这么简单。他到村里报到，也没说自己父亲的事情，并不是刻意隐瞒，而是觉得没必要。

到市委小礼堂开会，潘小白还是第一次。潘小白业余时间喜欢画画，看什么都讲究画面感。他以为市委礼堂会奢华一些，进去一看简朴、庄重，主席台挂着国旗和党旗，普通的木制座椅。会场上都是和他一样即将下乡参加乡村振兴的干部，潘小白看了一下，都是同龄人。去十里村之前，几个同事特意请潘小白吃了一顿烤全羊，说担心他到村里成了像电影《顽主》中那个偷吃村民大公鸡的人。

潘小白到村里两个月时间，了解了一些基本情况，特别是三家建档立卡户，他几乎每周都去看看。经过一段时间观察，潘小白觉得蒋大龙和蒋力爷俩是有独立生产生活能力的。他跟上级打了报告，为他们申请了两只羊。在两只羊送到他们手里之前，潘小白觉得应该先让他们学会打理生活。潘小白带着铁锨、扫帚和毛巾一大早就到了蒋力家，门没有锁，一推就开了，潘小白嘟囔了一句："门都不关啊。"再一看蒋大龙爷俩都还窝在臭烘烘的被窝里。蒋大龙很生气，吼着说："这都几点了？你们还睡得着吗？大老爷们就这么混吃等死？起床！今天收拾屋子。"说完，潘小白跑出屋子，干呕起来。

每次来潘小白都会干呕，屋子实在太脏了。他到村里小卖部买了两个面包，回来时两人已经起床。潘小白把面包给他们，看他们吃完，就指挥他们先把所有被褥抱出去晾晒，再把东西分门别类归置起来，让蒋力扫地、蒋大龙擦桌子洗碗。潘小白把每件东西放哪里都定好，每放一样就说一句："以后用完永远放这里。"爷俩倒也配合，每次都低眉顺眼地答应一声。爷俩因为纺车放哪里吵了一架，蒋大龙把纺车扔到了院子里柴堆旁，看样子是准备当柴烧了。蒋力扫完地发现纺车没有了，大喊起来："纺车！纺车！"蒋大龙愣愣地站在屋子中央，不知所措。潘小白不明白蒋力为什么吼叫，听了半天才明白是纺车没有了。潘小白急忙拉着蒋大龙问："纺车呢？"蒋大龙又把纺车搬了回来。蒋力小心翼翼地把纺车放到屋角，回头对他爹喊："不许动！"

忙活了一上午，房间总算有点眉目。蒋炳章过来叫他们吃饭，看见他们和潘小白一起浑身脏乎乎的样子，心里不是滋味，就说："给潘书记添麻烦了。"潘小白说："应该的，大爷，您不能伺候他们一辈子，得让他们自己学会养活自己。"蒋炳章点头说："潘书记这话说到我心里了。"潘小白转身对蒋力和蒋大龙说："老人多大岁数了？你们好意思让老人伺候你们吗？今天是老人伺候你们的最后一顿饭，以后再让老人伺候你们，我断了你们的扶贫款。"

蒋力一听急忙站起来，表情很慌张。潘小白本来就是说气话，没想到这句话这么管用，他立刻乘胜追击说："吃完饭别歇着了，我给你们申请了两只羊，这两天就到了，下午垒羊圈。"说完他给蒋二龙打电话，说垒羊圈的事。蒋二龙说也没个院墙，光有羊圈不行。潘小白第二天就跑到镇政府，又申请了一笔扶贫资金，买了砖、沙子、水泥，他还特意到二手市场，买了扇木门。从来没干过农活的潘小白，也跟着和泥搬砖，干完活累得直接就躺院子里了。满院子干活的人都笑起来。

等到垒起院墙装了院门，蒋力脸上的表情也活泛起来，从不说话的他竟然主动给潘小白端来一碗水。潘小白问："碗洗干净了吗？"蒋力点点头，突然又把碗夺过去，又洗了一遍，还怕潘小白不放心，又到水管前冲了冲，才从壶里倒水给潘小白。潘小白接过碗喝了一口问："水是谁烧的？"

蒋力结结巴巴地说："我。"

潘小白说："这就对了，以后不要喝生水，一定要烧开再喝。"

蒋力又点点头，大眼睛发出超乎常人的光。潘小白心里一凛，有些硌硬，又不能表现出来，就说："你挺聪明，又有力气，以后家里的事要多干，不能光指望你爸爸，懂吗？"

"嗯。"蒋力接过碗,点着头说。

"你得学着养羊,羊养大了下羊羔,越养越多,把羊卖了有了钱,你的日子就阔起来了,就能吃香的喝辣的,没准还能说媳妇呢。"潘小白看见蒋力的目光瞬间黯淡下去,意识到自己说多了,触碰到了蒋力的痛处。蒋力转身就走了,这么激烈的反应出乎潘小白预料,不过潘小白也庆幸,他因此知道了蒋力的痛点,有痛点那就说明蒋力不傻。

蒋力爷俩这边算是有了初步成效,潘小白几次去看,羊确实比刚买来时长了不少,把他们爷俩安顿好,潘小白开始琢磨怎样帮扶蒋福红。

父亲发现蒋福红在小四被杀排查时说谎,曾经调查过蒋福红,但之后父亲被调到外地工作,回来后发现案子没破,一直耿耿于怀。潘小白临来之前,父亲特意嘱咐:"对蒋福红要有点针对性措施。"

蒋福红本来不姓蒋,母亲只有姐妹两个,他父亲倒插门到十里,按照规矩,生的孩子就不能随父亲姓曹。据说蒋福红出生后,因为姓什么的问题,父母还多次吵架,但倒插门让父亲别无选择,福红最终姓了母亲的姓。他心里有一个愿望,希望孩子们离开十里村,到城里去,只要离开十里村,儿子就可以姓回曹,女孩无所谓,可以继续姓蒋。跟老婆多次斗争,老婆开始不答应,后来老婆因为糖尿病,眼睛看不清了,才松口说,只要两个孩子考上大学,她不再拦着。

要两个孩子考上大学,谈何容易,这么多年村里一共也没考出几个大学生。蒋福红苦思冥想,决定到城里打工,把孩子带出去,让孩子到城里上学。他决不能让自己的孩子重复自己这份压抑、孤独、卑微的人生。他开始不知道自己是外姓人,尽管村里小孩子也经常会骂他,他并没多心,直到父亲弥留之际才把真相告诉他。父亲把所有人支走,拉住蒋福红的手说:"我那时候家里穷,娶不起媳妇,做了上门女婿,一辈子活得不如人,也连累了你。我没有别的念想,就希望你记住,你姓曹,不姓蒋,我孙子也姓曹,不姓蒋。"

父亲离世时刚六十岁,而父亲的两个兄弟至今还健在,转眼都七十多了。父亲一辈子太压抑了。

蒋福红到城里跟一个建筑队做小工,后来队长发现他会做菜,就让他采购,他其实也知道红灯停绿灯行,只是他有过几次看见路口没车便硬闯的经历,那一次也心存侥幸,没想到撞了小汽车。他当时觉得问题不大,回去腿却肿了起来,他担心城里药贵,决定回家养几天。那天晚上他腿疼得睡不着觉,听到了小四的惨叫,他穿衣出来,悄声打开门,他看见了那个从新房急匆匆逃走的身影。那人也听见了他开门的声音,黑暗中他感觉那人回头看了一眼,然后便隐没在黑暗中。

即将进入拥堵路段

钟有鸣回到报社后,和宁小微的关系发生了微妙的变化,宁小微在争取钟有鸣的支持,也在悄悄支持他,主动建议王明园为钟有鸣申请正高职称指标。钟有鸣明白,报社格局变化迫使宁小微不得不做出这种选择。这也是他的意愿。他和赵三奔上班也就打个招呼,再无近距离交往,开始他不习惯,特别是看见赵三奔和王明园一起做一些违规违纪的事被大家诉病,他觉得很尴尬,甚至觉得丢人,总想跟他们谈谈,让他们别这么做事。

王明园到报社也是赵三奔帮忙策划的,当王明园得知自己要去报社时,其实不想去,是赵三奔跟他说,报社做好了油水不比当县委书记少。王明园经过反复思考,觉得赵三奔说得有道理。赵三奔从市政府办公室提拔无望,运作到了文联工作,在文联这几年一直被人举报,正想找机会离开,两人一合计,赵三奔先到报社当办公室副主任,后又进了广告部。按说广告部虽然收入高,但重要性还是排在其他科室之后,之前开会广告部都不声不响,赵三奔到广告部之后开会直接就坐到了宁小微前面。这是宁小微和王明园的第一次较量,她散会之后直接找王明园,借口当然不是排排坐这么小儿科的事,口气也不是对抗性的,而是用一种谏言的方式问王明园,赵三奔为什么从一名副科,越过报社几位老人直接当主任:"他干得了吗?"

"人家是大作家,写过长篇。"王明园不悦地说,"咱们这些人,写了上万字的都没几个吧?"

"瀛洲的作家我都认识,没听说过他写长篇。就算他写过长篇,就能直接当广告部主任?再说了,他那些言论您肯定听过吧?他都不适合在报社这样的媒体工作。"宁小微锲而不舍。

宁小微对广告部的内部情况很清楚,广告部原主任跟她关系一直不错,赵三奔一来,被安排到副刊部了。宁小微本来就有些看不惯,但事不关己她就一直忍着。今天王明园招呼赵三奔"坐前面来",赵三奔果然毫不客气就坐在了宁小微前面,这就让宁小微必须借题发挥了,别让王明园以为她和广告部原主任一样,是可以随便拨拉的。宁小微以为经过她的提醒,王明园会有所忌惮,但很快召开的例行工作会议就打了她的脸。跟以往不同,这次会议每个人都有桌签,赵三奔的桌签直接放在她前面。办公室秘书也知道这么做有违常规,主动跟她解释:"领导让这么安排……"

宁小微知道自己在被挑衅,愤怒地对秘书说:"我有采访任务,会议我就不参加了。"说完扭头就走。

秘书为难地说:"王社长说了,不许请假。宁科长,你要不跟王社长说一下?"

宁小微骑虎难下,她不愿去跟王明园说,但是,既然王明园有言在先,她也不敢直接走掉。钟有鸣见状急忙走过去说:"宁科长,会议长不了,开完再去吧。"

宁小微接住了这个台阶，气哼哼坐下来。科长们陆续都来了，都为会议室桌签的出现而惊讶。之前也有过，是因为有上级领导或者外地来考察交流的客人，本部门开会用桌签，还是第一次。让他们惊诧的是又进来三个年轻人，一人一个照相机，还有一位陌生面孔，带着摄像机。这几个人进来就架好了机位，镜头对准王明园桌签所在位置。一位科长的水杯可能进入了镜头，那位生面孔说："把那水杯挪开。"宁小微冷笑一声道："这是中央领导要来吗？"中央领导没来，王明园和赵三奔来了。王明园坐好之后，几个镜头直接对焦，一阵咔咔咔乱响。会议很简单，就是通告大家一下，报社专门借调了几个人，主要就是跟上时代潮流，做博客，专门刊登报社内部工作情况。具体负责人是赵三奔。赵三奔尽量沉着脸，还是掩饰不住兴奋，眼睛里比平时亮了八度一样，结结巴巴地说："你……你……你们给王社长的照……照……照片得好好选。社长这么精神，要照……照……照出风度。"钟有鸣闻到了赵三奔身上那股他曾熟悉的汗酸味，想起了赵三奔初见时他说的那句话："当官，在武行，你要文作；在文行，你要武作，在文化部门，就要耍流氓。"

钟有鸣心里咯噔一下，他知道，《瀛洲日报》社的流氓来了。

钟有鸣还是想跟王明园好好谈谈，报社是喉舌部门，太过造次必有后果，这不是威胁，报社必须上下同心，尽量避免出错。他很想提醒一下王明园赵三奔的价值观问题，想了想他还是忍住了：这是人所共知的事实，王明园不可能不知道，明明知道还把他调进来，背后一定有钟有鸣目前无从所知的原因。钟有鸣看着王明园，想不明白他为什么会如此看中他当年称为"狗食"的赵三奔。赵三奔又是用什么东西把王明园忽悠得如此不靠谱了呢？

右转，进入右转专用道

几年之后的三月十五日，市委第二巡察组进驻报社，有人向巡察组反映，广告部有严重吃拿卡要和回扣问题。赵三奔借机要高额回扣，其中有一条是市美术家协会的一位画家为争取市美术家协会会长一职，在《瀛洲日报》做个人宣传，画家送了赵三奔两张四尺整张的工笔画、十万元现金和一万元超市购物卡，且宣传稿件中有不实内容。

周二早晨，钟有鸣从单位走过斑驳的柏油路，正要进办公楼，接到王明园电话。王明园用一贯的鼻音腔问："到哪里了？抓紧到单位，咱们去看看赵主任。"

"我到单位了。去看哪位赵主任？"钟有鸣问。

"三奔主任，早晨突然晕倒在厕所了，现在在市医院住院。咱们一起去看看。"王明园说。

钟有鸣听了心中一酸，他和赵三奔一路走来，有过争执，也有过互相欣赏、共为知己的记忆，无论如何，他还是希望赵三奔健康、平安。他急忙到办公室，问清楚几点出发。这时候宁小微也来了，见到他就问："赵主任病了，什么病啊？昨天不是还好好的吗？"边说边看钟有鸣的表情，看钟有鸣面露忧色，就说："有鸣主任这是心疼了？脸色不好看呢。"这时候王明园也来到了办公室，一行人匆匆下楼，按照王明园在前、宁小微第二、钟有鸣排第三的顺序依次上了车。宁小微一直在问赵三奔的病情，王明园有些不耐烦，翻来覆去就是"晕过去了"几个字。

"晕过去了，那是脑梗还是心肌梗死？"宁小微刨根问底，"他有高血压？"

"赵主任最近血压一直高，一直跟我告假，工作这么多，也怪我，没让他休息。"王明园说。

宁小微看了一眼钟有鸣，问了一句："昨天还没事，今天就住院了，病得有点突然啊，对吧？"

钟有鸣从宁小微的眼神中悟到一种东西，以他对赵三奔的了解，赵三奔最近身体一直挺好，突然晕倒，甚至需要住院，的确让人怀疑。钟有鸣不禁想到巡察组的进驻，也许，赵三奔的病和这次巡察有关。倘若是这样，那么赵三奔要么是有事吓得，要么就是在酝酿另一个阴谋，钟有鸣刚才对赵三奔那点念旧之情瞬间烟消云散，心里为自己身处虎穴还有那么多儿女情长而懊恼。与虎狼同穴，哪容得绵羊之善？钟有鸣立刻调动脑细胞，考虑有可能出现的各种情况。

从浮阳大道顺行两公里，左转进入南环，又开了十几分钟就到了。宁小微忽然叫起来："哎，那不是赵主任吗？提着兜子走得这么急，看不出有病啊。"

钟有鸣也看见了赵三奔，他面色红润，步履矫健，刚跟一人说了几句话，满面笑容地往住院部走。

王明园有些尴尬,心中责怪赵三奔的大意,说了让他住院,自己带着大伙来医院看他,为下一步行动制造舆论。赵三奔也太不把这几个人当回事了,竟然磨磨蹭蹭这时候才来。不过王明园转念一想,这几个人也确实没什么可忌惮的,秀才造反,三年不成,就这样明目张胆地骗,他们也弄不出来什么动静。想到这里王明园喊了一声:"赵主任,怎么还没办住院手续?"

赵三奔一看他们,嘿嘿笑起来,说:"办……办了,我回……回去拿……拿点东西。"

宁小微问了一句:"什么病啊?看着没事啊?"

赵三奔看了王明园一眼,夸张地说:"差……差点死了,我早……早晨洗澡,直接晕……晕倒在洗……洗手间了。"

钟有鸣差点笑出声,以他对赵三奔的了解,他一周能洗一次澡就不错了,突然早晨洗澡,这是毫无顾忌在说谎。他忽然什么也不想说了,站在医院门口,看着来来往往看病的人,心里一阵厌倦。

正像他们猜测的,赵三奔突然住院是为了逃避巡察。因为赵三奔住院,广告部的工作他要交给宁小微和钟有鸣负责。

宁小微不同意,对赵三奔说:"这个工作一直是你做的,现在让我们负责,我们怎么负责?"

"我……我都是要死的人……人了,还什……什么广告,你……你们好……好意思吗?"赵三奔趴在长桌上,脑袋埋进两肘之间,肉光闪闪的头顶上,隐约可见窗外那棵老槐树的影子。

"广告部是你负责。"钟有鸣也斟酌着语气说。

"谁……谁负责,我……我都不……不知道谁负责。我都……都要死了,我还负责,别……别……别扯臊了。"赵三奔把头埋得更深,好像真的已经看见自己的死期,再也无力抬起来。

钟有鸣觉得又好气又好笑，这是一个中层干部该有的形象吗？可赵三奔就是报社的几名中层干部之一，虽然排名最后，但王明园来了之后，赵三奔俨然已经是报社位高权重的人。钟有鸣一年见赵三奔三次，一次是发中秋福利，每人四百元，赵三奔亲自过来领了。还有一次是值班被纪检组查到，赵三奔作为带班领导没在岗，他来跟纪检组解释。第三次就是年底的科级干部考评，赵三奔早早来到单位，党组会上王明园宣布，根据组织决定，推荐一名优秀科级干部。赵三奔本来埋在两肘间的脑袋这时探出来，结结巴巴地说："我……我年纪大了，你……你……你们让……让……让给我吧。"看着他半张着的还在哆嗦着的嘴和那双狡黠的小眼睛里晦暗的光，钟有鸣内心被一种类似恶心、蔑视、疑惑，甚至还有那么一点怜悯混在一起的情绪弄得非常沮丧。再看王明园正襟危坐，眯着眼睛看着他说："钟主任，你看怎么办？赵主任说他年纪大了。按说这样做不符合组织原则，但是赵主任家里的情况大家都知道，不行就发扬一下风格？"

王明园脸上一副大权在握的表情，分明是和赵三奔在唱双簧，一个唱红脸一个唱白脸，王明园恃权高压，赵三奔负责装屄，表演给其他人看。王明园话音未落，赵三奔头依然埋在两肘间，眼睛似看不看地对着棕红色会议桌面，结结巴巴地说："我……我都张……张开嘴了，就……就当哄……哄我。"大概总趴着也不舒服，赵三奔吃力地拧了一下圆滚滚的身子，他臀下的凳子也像不堪重负，发出吱呀呀的声音。

"你张开嘴了，得让你闭上。让你可以，可有些事得说清楚。广告部是你负责，你不能要优秀的时候张开嘴了，责任来了就又躲了。"宁小微带着情绪说，"这次巡察组查出广告部支出不合理问题，是你主管，不是我主管，现在查出问题来了，谁的问题谁负责。"

"都……都是扯臊。"赵三奔又把头埋进两肘间，像个缩头乌龟一样露出光亮的头顶。

宁小微"啪"一拍桌子："你说谁扯臊？是巡察组扯臊，还是报社扯臊啊？你说清楚！你这是一个党员干部该说的话吗？"

"怎么还拍桌子了。"王明园沉下脸说："开会拍桌子，这是什么规矩？"

"开会能口出脏话怎么就不能拍桌子？"宁小微针锋相对，"报社是一个边缘部门，可再边缘也是党的一级组织，你们这么放肆就不怕党纪国法吗？"

钟有鸣看见王明园的眼神躲闪了一下。

"别……别扯臊了。"赵三奔又说了一句。

宁小微勃然大怒，指着赵三奔大喝一声："你说谁？"噌一下站了起来，新任办公室主任一把拉住了她。

赵三奔眼皮都没抬，摔门走了。

宁小微对王明园说："您作为社里的一把手，报社成了他赵三奔胡作非为的地盘，我要到上级部门去反映！"

钟有鸣一言不发，一动不动，就这样看着他们互相撕咬。会议室忽然没有了声音，只有一群影子在躁动，空气中漫过一层雾气，钟有鸣隐约听见呼啦一声，他一时有些恍惚，不知道是别人撞到椅子发出的声音，还是他精神世界一直以来支持他的东西崩塌的呻吟。

前方两公里为事故多发区

　　赵三奔在走出会议室的瞬间,内心被恐惧和狂喜搅扯得如乱鼓齐擂,他没想到自己也有这一天,也能体会到为所欲为的快乐,也能理直气壮争到本不属于自己、但想要的东西,最重要的是,他终于可以为自己的信念做点事,把大会小会都在说的价值观视如无物,为自己的信仰而战。

　　赵三奔像一个憋屈了几十年的斗士,终于等来了不用承担太大风险就能实现理想的机会。他恨这个社会,恨比他过得好的所有人,他太想把所恨的一切毁坏,可惜他势单力薄,一直没有机会。他见过和他一样深怀这种念头的人,是当年学生运动的领袖,还给过他一张名片,但他一直没敢找他,因为他看到了不远处的警车。

　　现在,王明园给了他机会,让他能做一直想做而做不得的事,他太想凭借一己之力,像那些电影中的人一样,把一个喉舌部门搞乱,他想看这些人五人六的东西焦头烂额的样子,想借助王明园的力量

236

真刀真枪地干一把。

事实上,赵三奔很害怕真跟钟有鸣起冲突,他太了解钟有鸣了,一个主流价值体系下成长的正派人,凭自身的工作能力和人品到了现在的位置,当年一周四天加夜班,没日没夜地写稿,跟他斗,自己不占理。但是,这世道哪里有什么理?他一辈子活得这么憋屈谁又跟他说理了?赵三奔真是太庆幸王明园来报社了,没有王明园,他的后半生只能和前半生一样,在卑微和不得不表演的狂傲纠葛中继续憋屈地活着。王明园来报社当社长兼总编,正是干事的好年龄,能做到社长总编一人担,无疑也是想好好干一场。

来报社参加的第一个会上,王明园上身挺直,眼神睥睨地看着一众人,先是高声强调报社要紧紧围绕中心工作,牢牢把握舆论导向,然后反复多次引用古诗词,讲话的声音在胸腔打了几个滚,在鼻翼后面又蓄积了一些能量,才拖着长腔从口齿之间推送出来,傲慢的尾音在会议室久久回旋。赵三奔在心里骂了一百遍"扯臊",断定了王明园的心智和气度不足以撑起《瀛洲日报》社这样的文化部门,他从人们脸上也看到了大家对王明园发言的反应。特别是钟有鸣,显然很不以为意,在笔记本上画了对面窗户外那棵老槐树,在槐树上画了一只莫名其妙的鸟,鸟嘴下撇着,像是听懂了不想听的话,又不想做表态发言。赵三奔有些激动,他知道,他的机会终于来了。

王明园的确给赵三奔带来了翻身的机会。这几年,赵三奔的交际圈子越来越大,他激烈的情绪和在酒桌饭局上惊世骇俗的粗言秽语大受欢迎。加上他滑稽的长相和特有的结结巴巴的腔调,让他经常成为男人们在酒局上最关注的人。

社会上有那么多失意者,每一个人有每一个人的尴尬和创伤,他们夜深人静独自走在路上,突然会有委屈、愤怒和遗憾泛上心头,失眠、忧郁和纠结让他们的血压升高、心率加快,喝酒、唱卡拉 OK、跳广场舞、凌晨五点结伴在黑漆漆的公路上快走,他们高声喊着口号,借由那点被群体行为遮盖的放纵释放压抑的情绪。那些在办事大厅交养老保险、办证过程中遭到过冷遇的人、被迫向他人低头哈腰送礼送钱的人、因为经济状况或其他原因没能追到爱情的人、出身低微找不到好工作的人、无力超越比自己过得好的邻居或同学的人、画作卖不出钱的人、写作发不了稿的人、在职场中还没能达到自己心里想要的位置的人……绝大多数人都有过被超越、被拒绝、被冷待的经历,可这些人都因为顾忌重重只能把所有的愤怒、郁闷和痛苦压在心里,赵三奔的突然出现对他们而言就像燥热的封闭房间突然刮进一股冷风,他们觉得真痛快。

赵三奔能让不如意的人觉得他们本来都可以成功,他们原本可以过得更好、获得更多、生活更丰富,因为制度不科学、社会不公平、部分官员腐败带坏了风气,才导致他们无法实现个人理想。

赵三奔因为大胆言论受到追捧,于是他越来越放肆,甚至多次在喝酒场合指责当政领导。钟有鸣想劝他,又觉得不妥,觉得不谈论政治的赵三奔就不是赵三奔,不批判社会的赵三奔就失去了赵三奔的个人魅力。

赵三奔红极一时,每天中午晚上请他的人排着队,有时甚至都要赶场,赵三奔在所有场合都大放厥词、胡嚼乱骂,把所有人脸上的遮羞布一把撕下来,让周围的人瞬间惊醒:原来可以这样骂领导、可以这样骂权贵、骂一切挡住自己路的人。原来可以不必优雅、客套、矜持,不用委曲求全、沉默不语,原来瀛洲市还有可以这样说话的人。男人爱他的粗鄙和放肆,女人呢,因为他长相丑,又疾恶如仇,不具备男性魅力,跟他在一起安全、有趣,又没有风言风语,所以他也受女人和女人的丈夫们欢迎。在王明园到报社之前,赵三奔已经把自己经营成一位博览群书、桀骜不驯、急公好义的人。只有少数几个人提起他就厌恶，潘临是其中一个，宁小微更是看不上他，说他是"官场泼夫"。

赵三奔知道自己是被当作丑角而备受欢迎。他其实在乎，却无能为力，出丑是他唯一的法宝。他没钱请客，有钱他也舍不得请这些孙子。他渴望权力却不可能拥有权力，那些官僚都是不学无术、只会溜须拍马的狗食，怎么舍得把好东西给他这样的人？可他和那些道貌岸然的人一样要挣钱，要出名，要成功，除了出丑、危言耸听还有什么更好的手段吗？

赵三奔尝到了出丑的好处，饭局多，饭局多哥们就多，哥们多机会就多，这些年他靠自己一张嘴有了很多意外收获，比如就有房地产老板低价卖给他房子，比如他老娘住院就有人替他缴了药费……

赵三奔和王明园认识还是钟有鸣引见，钟有鸣总以为自己牵线搭桥有功，有什么功啊。赵三奔在钟有鸣答应为他引见王明园的那一刻就打定主意要甩掉钟有鸣，接触这些年他已经看透了，钟有鸣就是一白面书生，道不够高，术不够狠，想挣钱脸皮薄，想当官心不黑，那点才气写一首不疼不痒的诗，一见面还张口闭口谈主义、讲理想什么的，简直是幼稚之极，只可做聊天赋闲的朋友，不能成为在名利场生杀予夺的合作伙伴。可他赵三奔上有老下有小，哪有闲心跟钟有鸣谈论那些虚无的理想信念远大志向，天命之年真是一寸光阴一寸金，他谈不起。

所有车道均可通行

潘小白第一次去蒋二龙家吃饭，远远就见一栋深宅大院，大门两侧一对威风凛凛的石狮子，朱红色大门配灰色墙面，乍一看有些故宫的味道。潘小白也算见过世面，进这个院子还是让他有些吃惊。足有两亩地，院子里种满了海棠，北方常见的果树都有，还有大碗花和月季，院子最西侧有个硕大的笼子，仔细一看，竟然养了十几只鸟，羽毛艳丽，看见人无动于衷。有一只白色大鸟就在笼子外面伸出来的树干上，驯顺得像是被焊接上去的。蒋二龙家里还修了假山和太极水道，几条鱼游来游去。最扎眼的还是那辆奔驰车，在阳光下熠熠闪光，像是涂上了一层金粉。潘小白有些蒙，这哪像贫困村啊，要是再有两只藏獒，简直就是影视剧中黑老大啊。

"你是不是很奇怪？"蒋二龙看着潘小白诧异的表情，笑着问："以为贫困村的人都住草房吃窝头？"

潘小白笑了笑，说："不至于，但是你这样的要是算贫困，我觉得我才是你的扶贫对象。"

蒋二龙没回话,摘了一个半生不熟的枣递给潘小白说:"我是年前被逼回来的。我本来在南方做生意,县里三番五次让我回村来当书记。我是又想干又不想干啊。"

潘小白很意外,原来蒋二龙也是刚回村里不久。蒋二龙说他虽然是村里人,但是幼年家里穷,吃不起饭。"我爸带着我的傻大哥、我和我妹妹生活,住个土坯房,老邻旧舍都不待见。我后来到城里捡破烂,虽然不愁吃不愁喝,可是说出去好说不好听。前些年村里来了一位扶贫干部,叫钟有鸣,人特别好。跟你一样,"蒋二龙笑着说,"文质彬彬的,一看就是大学生,在这时间不长,不过也是实干家。哎,给我们哥俩拿瓶御河春。"蒋二龙冲着他老婆喊。蒋二龙老婆个子不高,穿衣打扮尽管很讲究,怎么看也是农村人。潘小白说:"麻烦嫂子了。"她一笑:"别客气,来了就不是外人。"

饭菜很快就上来了,清蒸鱼、醋熘白菜、黑椒牛柳、素炒西蓝花,明显不是村里的用餐风格,潘小白就问:"这是嫂子做的? 好手艺。"这时又端上一条鱼,一看就是运河鲤鱼,嫂子听见潘小白的问话,说:"我哪有这手艺,二龙把厂子的师傅带过来了。"

蒋二龙看见潘小白诧异的表情,一边擦手一边说:"你不会也像村里人一样,觉得我应该不忘本,应该吃大葱蘸酱、咸菜疙瘩吧? 你真以为那叫艰苦朴素? 那叫扶贫? 叫乡村振兴?"

潘小白一怔,他是做好了艰苦奋斗的准备来做乡村振兴的,也想过引项目、建大棚这些铺天盖地宣传的方法,可他进村之后发现农村跟他想的不一样,起码十里村不一样。村里绝大部分人并不穷,青壮年出去打工挣钱,有不少人月工资比他还高。留在家里的妇女老人种地、照顾孩子,有些勤快的妇女绣花、编蒲团、做点小孩衣服,在街上摆个摊,也能挣些零花钱。潘小白还特意在吃饭点串了几家,餐桌上肉蛋也常见，就是做工粗糙了些，一看就是做一大锅热好几顿，馒头都煴得掉了皮。

"你这话还真问到我心里了，村里不穷，我这乡村振兴工作该怎么做？"潘小白坐到餐桌旁说。

"也不是都不穷，穷人你还没见吧？"蒋二龙也坐到桌旁，给潘小白拿馒头。

潘小白急忙说："我自己来。嫂子，嫂子别忙活了。"

女主人听见喊，答应说："来了，别客气，你们先吃，我炒了点虾酱，这就来。"

"你嫂子过了一辈子穷日子，就这口味。"然后蒋二龙凑到潘小白耳边小声说："喘气都是咸的。"

潘小白笑起来，潘小白隐约听说过蒋二龙曾经闹过离婚的事，看嫂子皮肤黝黑，和蒋二龙年龄也差不多，有些好奇。

蒋二龙看出潘小白的疑惑，说："原配，原配，小三老成这样谁还要啊？"

两人都笑起来。潘小白说："这样的嫂子才亲。"说话工夫女主人端了一碟鸡蛋虾酱进来。

"现在这扶贫跟原来是真不一样，原来是都穷，穷得家家户户吃不上饭，第一任务就是解决吃饭问题。"蒋二龙咬了一口馒头说，"现在吃饭问题解决了，下一步就是满足人民对美好生活的向往。我说的没错吧？"

"你很懂政治嘛。"潘小白也咬了一口馒头，嘟嘟囔囔地说。

"不懂政治能让我回来当书记？我不但懂政治，我还懂农民，懂十里，"蒋二龙说，"我太懂了。不客气地说，别看你学历高、有学问，但我比你懂。"蒋二龙察言观色，看潘小白的反应。

潘小白低眉顺眼，心里知道蒋二龙说得对，可既然来了，两个人搭班子,既是伙伴,在某种意义上也是对手,他不能轻易接招,接了就得有力度。可潘小白目前还真没有什么有力度的招数,就模棱两可地说:"懂就好,懂就能找出病根,对症下药,不玩花架子。"

"当真?"蒋二龙看着他问。

"当然当真,既来之则安之嘛。"潘小白说。

蒋二龙倒了一杯酒说:"你要当真,我就当真。咱哥俩一文一武,好好折腾一下。"

"按年龄,得说爷俩,我是小辈,蒋书记有想法,怎么折腾我洗耳恭听。"潘小白也倒了一杯酒。两人一饮而尽,颇有几分江湖气。

"那我就实话实说了,多有得罪。"蒋二龙说,"你来十里,这是好事,领导记挂着老百姓,精准扶贫,说白了就是一个也不能少,一个也不落下,这是多大的力度啊。"潘小白看着蒋二龙,没说话。

"让每个老百姓日子越过越好,我比你懂,我是村里人,知道每个人的脾气秉性、家里情况,最重要的是我做买卖的,知道怎么挣钱,这一点真不是读书能读来的。你承认吧?"蒋二龙看着潘小白,潘小白仍然没说话。蒋二龙告诉他:"按照标准,村里有三户建档立卡户,我大哥蒋大龙一家,就爷俩,脑子都不好使,分家另过。还有霍梅茵奶奶,她不是穷,是执拗,住在运河边的危房里,说什么都不搬。再就是蒋福锁家,他们家是因病致贫,他得了胃癌,得经常做化疗。不过按照政策他还不算贫困户,他有三个儿子,原本有四个,小四那年夜里看房被砸死了,到现在也没破案。老两口把孩子也拖得够呛。大儿子就靠几亩地过日子,俩闺女,学习不错;老二因为小四的死有点受刺激,疯疯癫癫的,时好时坏,没结婚,跟福锁过。老三日子还行,在建筑工地打工,很少回来。前段时间听说他家老大不想让闺女上学了,我让你嫂子给他家送了些钱,孩子上学不能耽误。"

"因为什么不让上学呢?"潘小白问。

"就是钱呗,他觉得闺女上学就得花钱,考上学又不包分配,还得自己找工作,还不如现在就去打工。"蒋二龙轻描淡写地说。

"这样想不对。"潘小白说。

蒋二龙叹口气说:"农民的日子很难说对不对。考上学,人生地不熟,混不上饭吃的有的是。再就是……"蒋二龙在措辞,"有的人空有知识却不讲文明,我们公司一位农村出来的大学生,人情世故什么都不懂,上班把脚放到办公桌上,你跟他讲道理他就急,说什么个人自由,把活干好就行。在我看来,这也是一种穷,叫心穷。现在人穷好治,心穷不好治啊。"

潘小白也感慨地说:"这不是一个人的问题,甚至不是一代人的问题。"

蒋二龙说:"咱俩还是考虑怎么让十里富强文明吧。富,我来管,你管不了,你不懂,现学来不及。你管什么呢,你管文明,让十里村文明,让十里人文明。"

潘小白笑起来,这蒋二龙真没白在外面混。他来十里,种蘑菇、养花卉、养猪,该想的都想了,没有一个他有把握行之有效的,他能干什么呢,他还真有些蒙。他给蒋二龙斟了一杯酒,自己也满上,真心实意地说:"蒋书记敞亮。要说我多愿意来那也未必,可既然来了,就不能白来,就想做点实事。我从小在城里长大,没有农村生活经历,也年轻,有些虚头巴脑的事情我也知道怎么弄,可我真不需要。我看出来了,你也不需要。那咱们就齐心协力做点正事。你是村里人,又是成功企业家,有经验,我的心思就摆在这里,你有好点子、好办法,咱们就一起干。"

"撸起袖子加油干。"蒋二龙说着举起杯。

两人碰了一下杯,齐声说:"加油干。"

请保持左侧主路行驶，上坡

这天中午十二点二十三分，刚刚午休的钟有鸣被急促的手机铃声惊醒。瀛洲市是北方三线城市，在这里，大家的工作地点与住址的通勤时间一般不超过十五分钟。钟有鸣家更近，从家到单位步行五分钟，午餐后有一个小时左右的午休时间，亲朋好友之间形成了一种默契，没有特殊情况，中午互相都不打电话。

这通电话是办公室主任打来的，通知下午两点半召开紧急会议，不得请假。钟有鸣问了一句："什么会啊？"

办公室主任犹豫了一下说："考察赵三奔。"钟有鸣一下愣住了。办公室主任捕捉到了他的情绪变化，说了一句"别迟到啊"，就把电话挂了。

这个时间点突击考察，用意十分明显，就是让大家没有还击的机会。这说明赵三奔背后的资源远比钟有鸣想象的强大，他第一次意识到，报社进入了一个比他想象的还要复杂、尖锐的矛盾状态。他和赵三奔作为不同立场的代表,各自代表着各自阵营的战斗力。显然,他所寄身的组织在报社里成了弱势。

这怎么可能呢?怎么会有这么强大的力量让一名几乎以反党为事业的人一再提拔?最重要的是,赵三奔的立场从来都是公开的,所有认识他的人都领教过他在各种公开场合的极端言论,他的朋友圈每天都在散布对社会和体制的各种不满情绪,而且是在明知赵三奔长期不上班、多次因违反中央八项规定被函询,前不久巡察出各种财务问题的情况下,突击提拔,这让钟有鸣太震惊了。

钟有鸣想给宁小微打个电话,想了想还是放弃了。事已至此,回天无力,再做任何努力都算违反组织原则。况且宁小微肯定也接到了开会通知,宁小微没有打来电话,说明他在宁小微心目中的位置和宁小微在他心目中一样,他们并没有建立起真正的信任,他们都希望对方出头,给自己留有自保的余地。

"团结就是战斗力。"钟有鸣想起这句话,不由叹了口气,他和宁小微时紧时松、貌合神离的合作关系,注定了这次斗争的失败。

"服从组织安排,"他心里想着,开始换衣服,"他们可以犯错,我不能。"他摸到上衣口袋里有东西,掏出来一看,是报社内部疯传一时的关于王明园和赵三奔的检举信,宁小微给他的时候他翻了一下,信里列举的事实不少,但是文字毫无章法,东拉西扯,情绪宣泄多于事实依据。这种东西不适合带到单位,钟有鸣原本想撕掉扔进垃圾桶,这时忽然还想再看看,转身放回了书房抽屉里。

他到单位后,宁小微就过来了,问他怎么回事。他实话实说,不知道。宁小微非常气愤,脸上的表情甚至有些狰狞。也难怪,她前段时间本有机会到区委宣传部担任部长,愣是被王明园和赵三奔以"报社缺人"为由折腾黄了。现在看来,王明园和赵三奔布局已久。

市委组织部来了四个人,报社里科级以上干部都要座谈,和钟有鸣座谈的是带队组长,问钟有鸣对赵三奔的看法。

钟有鸣说:"报社的事情,组织上应该也清楚。我不明白为什么会提拔赵三奔这样的人,我服从组织的决定,是因为我的党员身份。"

钟有鸣刚回到自己办公室,宁小微就进来了,问他推荐的谁。他实话实说:"到这个时候了,还能推荐谁?"

宁小微失望地看着他说:"我没有推荐其他人,我推荐的是我自己。"

请保持左侧行驶

赵三奔拟提拔为副社长,公示期五个工作日。钟有鸣每天上下班都能看到公示:

为在干部选拔任用工作中进一步扩大民主,广泛听取群众意见,把干部选好、选准,根据《党政领导干部选拔任用工作条例》及有关规定,现对市委研究拟任用的赵三奔同志进行任职前公示。

赵三奔,男,汉族,一九六一年一月生,中专学历,中共党员,现任《瀛洲日报》社广告部主任,拟任报社副社长。

上述公示对象的公示时间为五个工作日,自二〇一八年九月十日起至二〇一八年九月十四日止。如对公示对象有情况反映的,请在公示期间及时向市委组织部反映。联系电话:×××××××;联系地址:瀛洲市委组织部举报中心;举报网站:

www.××××.gov.cn;短信举报:1××××××××××0(仅限接收短信举报使用)。

　　我们将严格遵守党的纪律,履行保密义务。为便于对反映的问题进行调查核实,请在反映问题时,提供具体事实或线索,并请提供联系方式,以便我们将核实情况作反馈。

中共瀛洲市委组织部
二〇一八年九月九日

　　钟有鸣每一分钟都在斗争,他只要打通那个电话,赵三奔的提拔就会前功尽弃。他想起他们纵论天下时的交情,下不去手。不打,他觉得窝火,为自己窝火,为组织窝火,他输给了丑陋下作不择手段的人,这让他觉得自己窝囊。钟有鸣主动找到宁小微,对她说:"我们就这样坐以待毙?"

　　宁小微说:"你可以向上反映。"

　　钟有鸣避开她的眼神说:"太不靠谱了。"

　　宁小微问了一句:"那封信你看了没有?你应该看看,赵三奔是在文联待不下去了才到报社的,文联里对他的举报信太多了。"

　　钟有鸣听了,才明白赵三奔为什么会到报社。

　　"你给我的时候我顺手就放口袋了,晚上出去吃饭,回家说什么也找不到了。"钟有鸣在说谎。

　　宁小微眼神黯淡了一下,很明显,她也知道钟有鸣在说谎,他这是在拒绝加入宁小微的举报集体。宁小微和报社几个人一直在匿名举报王明园和赵三奔,纪检委已经几次来调查他俩,人人都猜得出是宁小微他们几个人做的,但又没有任何证据。

　　有一段时间王明园和赵三奔在争取钟有鸣,钟有鸣也愿意和他们同舟共济把报社各项工作推上新台阶,一直到钟有鸣发现他们的

249

目的并不是工作，而是意欲把报社当作他们两人的政治游乐场，才决定抽身。但是，他想抽身也不是那么容易的，他对王明园和赵三奔的胡作非为看不惯，对宁小微几人的做法也不完全认可。

回到家，钟有鸣直接就进了书房，找出那封信，在他撒谎说丢了的那一刻，他就有些迫切地想好好看看这封信，他从宁小微追问的表情中看到了信中内容的分量，起码宁小微觉得有分量。信是打印的，很厚，十几页 A4 纸，大概此前不少人翻阅过，纸张有些皱褶和污渍。

关于王明园、赵三奔腐败问题的检举信

瀛洲市文联自成立以来，历任文联领导对我市文化艺术门类的工作大力支持，对艺术工作者们关怀备至，虽然绝大多数文艺爱好者都是业余从事文艺创作，但因为文联有关领导和工作人员善良的言行和实事求是的工作作风，文艺爱好者们都把文联当作自己温暖的家，积极参与各类艺术活动。团结大多数艺术爱好者，是一项非常重要的工作，几十年来，市文联在提高艺术工作者凝聚力方面做了大量工作，取得了很多优异成绩，为繁荣我市文艺创作起到了很大的作用。

但令人痛心的是，王明园和赵三奔及其团伙成员的胡作非为，导致瀛洲市文化艺术界政治生态极度恶化，黑白颠倒，歪风邪气盛行，他们到处插手，徇私舞弊。明令禁止拉帮结派造成单位政治生态恶化，赵三奔却公然违反禁令，他和他结党的某些人造成的已经不仅是市文联内部的政治生态恶化，而是整个瀛洲市文化艺术界各个艺术门类的史无前例的混乱……

赵三奔及其团伙主要存在以下问题：

一、利用其职务影响大肆招生牟取私利

赵三奔的侄子做画框生意,赵三奔及其亲信多次将他插手的展览装裱和制作外框的业务交给他的侄子谋利,赵的侄子竟然趁机使用昂贵的红酸枝材料制作国画外框,据了解,其价格是普通材质外框的几倍,具体出资的某单位非常为难。赵和他的亲友、亲信胆量之大令人震惊!因市有关领导不了解具体情况,所以赵三奔等人未被追究展览流产的相关责任。请有关领导严肃查处此事并追责。

二、早年劣迹斑斑,因调动逃过地方政府追究

赵三奔原籍南坡,早年因在南坡某单位经常不顾政府公职人员身份,发表一些违反政府公职人员行为规范的言论,所在单位计划依法依规处理他。听到风声后,赵三奔托人调到瀛洲逃过一劫,但他不知悔改,之后又多次做出令人惊讶的恶行。

在报社广告部,赵三奔因用粗言秽语挑逗来做广告的人,差点被打。

钟有鸣知道那件事,某超市的业务员来谈业务,不堪赵三奔言语的粗鄙与下流,扇了赵三奔一个耳光。

钟有鸣不想再细看了,如果组织想处理赵三奔,任何一条都够了。看这么多是对他眼睛和精神的污染。他粗略浏览了一下:

王明园和赵三奔拉帮结派严重,其团伙成员助纣为虐,狐假虎威,在报社为所欲为,导致报社歪风邪气盛行。市委巡察组巡察中多次指出报社存在财务混乱、高开发票等问题,但是每次都不了了之,这样的结果更加纵容了他们的胆大妄为。每次巡察过后王明园与赵三奔更变本加厉,甚至要把财务工作外包,包出去的目的无非是为他们的小团伙牟利更加便利。

王明园、赵三奔的行为严重败坏了党员在群众中的形象，这些年这么多人一再向上级反映王明园、赵三奔的违法违纪情况，巡察结果也摆在那里，报社却总是不予处理，这严重影响了人民群众对党和政府的信任，不惩办王明园与赵三奔，不足以平民愤。不惩办王明园与赵三奔，党的威信还从何谈起……

赵三奔以组织所谓的慈善活动为由，多次向企业要钱，仅向某超市就一次性要了十万元购物卡……

王明园、赵三奔等人的恶行给瀛洲市造成了极其恶劣的影响，严重违纪违法，请有关部门严肃查处。

钟有鸣粗略浏览完了检举信，不知道该生气还是该觉得好笑。这封信文字水平实在有限，钟有鸣没从信中看出来任何宁小微的痕迹，否则，不会是这样的文字水平。她是在避嫌，也是在留退路。

文字粗糙，但事实清楚，社里为什么会无视这些问题？是什么原因要不顾这么多人的呼声而提拔重用赵三奔？钟有鸣愤怒，钟有鸣不解，他一次次拿出手机想拨通那个举报电话，又一次次删掉号码，他觉得有一种力量在阻止他。这种力量来自哪里，是什么，他一时想不清楚，在他没有想清楚这到底是一种什么力量在发挥作用的时候，他不能轻易做出决定。

第二天，钟有鸣又看了一遍检举信，那些事实像石头一样在他心里滚来滚去，一会儿逼得他不得不站起来，一会儿又让他因为焦灼和愤怒坐下，夜里他辗转反侧，满脑子都是王明园和赵三奔做的那些龌龊事。按理说，拿出任何一件事都足以让赵三奔身败名裂，但这些事堆在一起竟然像一座乱石堆砌的房子一样，把左冲右突的赵三奔安顿下来了。李梅看出他的焦虑，劝导他："世界太大了，不如赵三奔的人很多，你不是在和赵三奔较劲，不是在跟报社较劲，你这是

252

在跟整个世界较劲。"

第三天，钟有鸣想，他在一个小小的报社都难以安处，何德何能去和整个世界较劲？可他曾经的理想就是解放全世界。想到这里，他苦笑，当年他自己吃不上喝不上惦记全世界，如今在小小的报社里举步维艰，这太滑稽了。不知道哪来的魄力，他随口的一句"去他妈的"竟然有种神奇的效用，心里舒服了很多，他又找出安眠药，吃了半片，好歹睡了一觉。

第四天，宁小微又来找钟有鸣了。宁小微脸色极为难看，毫无疑问，这几天她的日子也不好过。除了发牢骚，宁小微并没有实质性措施，这加剧了两人之间的裂痕。两人都清楚，在这样的关键时刻，彼此尝试同心协力而不能，今后只能渐行渐远。共同利益都建立不起来的关系，未来只能是路人，或者对手。

第五天，钟有鸣在公示前站了一会儿，办公室主任来了，看了他一眼，没有说什么就走了。钟有鸣到自己办公室不久，王明园就来到了他办公室。关了门，钟有鸣有些戏谑地说："王社长来报社这么多年了，几乎没来过我这陋室，这次能屈尊驾临，看来是有要事啊。"

王明园哈哈一笑说："✕，阴阳怪气的。"这话似乎又回到了他们当初朋友相称的时期，但是钟有鸣知道，他要真这么想就太愚蠢了，王明园是为赵三奔而来。钟有鸣能看出来，王明园如今的很多用词都来自赵三奔。

一公里后红绿灯直行

　　王明园已经从钟有鸣引见他和赵三奔认识说起,说到起初对赵三奔的轻视,到慢慢发现赵三奔敢说真话、幽默、有个性,然后说到赵三奔因为担心自己的后代像他弟弟一样有精神问题,一直不敢要孩子,岳父岳母和爹娘都需要他一个人赡养。

　　"因为压力大,他一直血压高,失眠。"王明园看着钟有鸣,"你们原来也是哥们,你忍心看着他一直这么困难?"

　　钟有鸣沉默了,他明白是什么力量在阻挡自己,还是一个字,"穷"。晚上他跟李梅说了自己的感受,李梅看了看他,欲言又止。王明园用赵三奔的穷做武器,让钟有鸣放弃控告。赵三奔用穷做武器,在瀛洲官场打开了一条通道。穷,成了赵三奔的铜墙铁壁,为他呼风唤雨,也为他遮风挡雨,现在又成了他的升迁之道,帮他走上报社领导的岗位。又是穷,让钟有鸣放弃对赵三奔的控告。钟有鸣从来没有想到,穷在一个善于钻营的人手里竟然有如此之大的威力。

钟有鸣开始试着平息自己的愤怒。他到单位签发完新闻稿，找了一个借口回家了，他估计宁小微会找他，他已经不想再和宁小微一起进行这种虚假的战略探讨，除了不小心透露不该透露的心思和消息，没任何意义。晚上他恢复了正常睡眠，甚至有了和李梅肌肤相亲的欲望。李梅看起来并没有什么热情，只是配合他而已。到了公示期最后一天，钟有鸣的心情又有了起伏，再不打电话，就真没机会了。他上午早早到单位处理完工作，早早回家，幸亏最近单位不打卡，让他来去自如。李梅好像知道他会提前回来一样，买了肉馅和韭菜。钟有鸣爱吃韭菜肉馅的饺子。两人一起包饺子，李梅讲起自己父亲的经历："我父亲其实是山东济宁人，跟着大部队来的瀛洲，那时候瀛洲穷，一条街一栋楼，一个公园两只猴。哪有什么工业啊，只有一家布鞋厂。父亲当时在商业局，小南门商场、四合街商场都是父亲牵头干起来的。父亲那时候也有个对手，跟革委会主任关系好，说我父亲促生产有力，抓革命不足。不久父亲被下放到偏远的海兴县，缺吃少穿。有一天父亲高烧，以为自己要死了，半夜听到敲门声，推开门一看，门缝里塞着一张热乎乎的面饼。那张饼救了父亲的命。后来父亲恢复政策，补了一万多块钱，特意买了二百斤白面，给村里挨家挨户送白面饼，村里至今也没人出来认这个事。"

　　"那个对头呢？"钟有鸣问。

　　李梅看了他一眼，嗔怪道："你看，你就关心这个。对头前几年脑栓塞去世了。这是不是你想听的消息？"

　　"恶有恶报嘛，就该这样。"钟有鸣说。

　　"我有句话说了你别不高兴。"李梅察言观色，问钟有鸣："你为什么这么在乎赵三奔的提拔？"

　　"因为他的言行不配提拔，"钟有鸣说，"他的思想、他的行为，都不符合党员干部最基本的要求。"

"你说的没错。但是，这并不是你耿耿于怀的真正原因。"李梅说。

"就是这个原因。"钟有鸣使劲捏了饺子说。

"你一直在赵三奔面前有优越感，你不能容忍他超过你，"李梅说，"不要这样，你们毕竟曾经是朋友。再说了，他也就这一步，不会再有机会，放过他吧。"

钟有鸣一下急了，把饺子皮扔在案板上，气愤地说："你这都是妇人之见。我见不得他好？胡说！他来瀛洲市是我引荐的，他认识王明园也是因为我，我这是引狼入室！"

李梅拿起钟有鸣扔掉的饺子皮，不紧不慢地挖上肉馅，韭菜肉的香味在屋子里弥漫，好像故意在吸纳钟有鸣的怒气。钟有鸣看了一眼李梅依然白皙平静的脸，悻悻地拿起一张饺子皮，挖了馅放进去，馅放多了，李梅给挖回一点，放在自己手里的饺子皮里。

"你说的有道理，但不全对。我这些年，遇到很多和赵三奔一样，对体制，对国家政治经济文化建设有看法的人，但他们和赵三奔不同的是，他们提出存在的问题，是为了这个国家和社会越来越好，唯有赵三奔不同，他所做的一切是为了复仇。他从骨子里就想毁坏，他毁不了整个中国、整个民族，但他有能力毁掉市文联、毁掉报社，而且，他的确做到了。"钟有鸣说得又激动了。

李梅放下饺子皮，倒了一杯温开水，说："消消气，消消气，看这忧国忧民的。"

"我说的是真的。"钟有鸣无辜地看着李梅，"他们不懂，我懂，他就是从骨子里仇恨社会。"

"我知道是真的。"李梅平静地说。

"你知道是真的？"钟有鸣吃惊地问。

"我看了他那篇小说，我知道他对这个社会恨之入骨，一旦有机会，必然会报仇。"李梅说，"可这一切，都是一个原因。"

"什么原因？"钟有鸣好奇地问。

"穷，"李梅说，"因为穷，他吃不饱穿不暖，最起码的生存需求都不能满足；因为穷，他被人歧视，这从他这些年的话里话外我们都知道，安全需求得不到保障；性需求也被压制，虽然他们夫妻看起来很和谐，但是，赵三奔绝对是因为别无选择才和现在的妻子在一起，他妻子压根不符合他的审美。别看他自己这个形象，他对女性的要求其实很高。他想要的太多，可他的生存环境给不了他，所以他恨。这一切都是因为穷，谁让他穷他恨谁。"

钟有鸣再次感到了那种呼啸的力量，阻止他不要阻碍赵三奔提拔的力量，是他感觉到却又抓不住说不出的力量。

"那时候你和他经常聊国家大事，你们都是农村出身，都有过穷困经历，都读过很多书，算是瀛洲市有个性、有思想的人，但是你们并不是一类人。你的愤世嫉俗是想探索中国农村的出路，他的痛苦和愤怒是为了一己之私，"李梅直视着钟有鸣的眼睛，"不要再和他纠缠，要提拔就提拔吧，报社没那么脆弱，不会被一个赵三奔毁掉。放过他吧，不值得。"

盆里的馅料已经所剩无几，李梅把它们抹到一起，又把最后几个剂子擀好，说："剩这几个你包，我去烧水。这个时代多好，想吃什么就吃什么，没有什么是一顿韭菜饺子不能解决的，吃了饺子，一切都是过眼云烟。"

"你说得轻巧啊，我跟他每天打头碰面，看他小人得志。"钟有鸣不服气地说。

李梅说："我跟我父亲学了不少东西，比如看人。我太了解赵三奔这类人了，赵三奔就是太穷了，没钱没权没才华，除了卑微和愤怒，他几乎什么都没有。这类人为了解决穷，会什么也不顾。"

是啊，赵三奔什么也不顾了，脸面、尊严、底线、良知，他当年愤世嫉俗的一切都豁出去了。穷，让他彻底失态了。

"你还记得我和赵三奔说起入党时，关于信与不信的讨论吗？"钟有鸣问。

"记得，"李梅说，"他说不信，就是为了生存。你说信。"

"我信，可我却败给了不信甚至破坏者，"钟有鸣十分气愤，"难道我信错了？我该和那些人一样质疑、自私、不信？"

"你没错。信，给了你现在的一切。"李梅斟酌着说，还是看到了钟有鸣尴尬又惊诧的表情。

钟有鸣突然意识到，如果当初不信，他连现在的一切都没有，甚至连失败的资格都没有。他真的太沮丧了。

"他有一个疯弟弟你知道吗？因为没考上大学疯了。如果再让赵三奔失去提拔机会，他会不会和他弟弟一样疯了？"李梅说。

一想到赵三奔可能会成为疯子，钟有鸣心软了。李梅看出了他的变化，决定乘胜追击，停下擀皮的手，点了一下钟有鸣的鼻尖说："小伙子，你再好好想想，你的愤怒到底是因为嫉妒还是在主持公道？停止吧，服从组织安排，你如果再和他闹下去，只能证明你和他一样是……"

钟有鸣的心一激灵，感觉李梅在说出他最不想听的话。

李梅也盯着钟有鸣，似乎在纠结是说出来好，还是给他留点尊严。看到他这几天的精神状态，她真担心他会因此太过抑郁，他们单位一位副局长就因为没能扶正得了抑郁症，她不能看着自己的丈夫陷入这种境地，决定置之死地而后生。她站直了，直视着钟有鸣说："你如果再和他没完没了，只能证明你和他一样也是心穷的人。"

四百米后靠右行驶

李梅说的没错,钟有鸣和赵三奔当初因为都是不甘贫穷的穷书生成了朋友。这么多年过去,钟有鸣其实早就意识到,他们对穷的理解并不一样,面对穷的态度也不同。钟有鸣不认为自己穷,他和李梅工资不低,不但不穷,还能接济乡里乡亲。和别人不同,他和村里一直保持密切的关系,谁家红白喜事能回去都回去。过年带着李梅回家,挨家挨户拜年。李梅起初不理解,钟有鸣就拿出一个账本,他上大学时,全村轮流请客,家家户户都给他钱,多的两块,少的五毛,这些钱,都是乡里乡亲从嗓子眼里抠出来的,他不收,对不起乡里乡亲的一片盛情,收了就是一辈子还不清的感情债。李梅看着他当年认真却还稚嫩的字迹,也被感动了,主动跟着他走街串巷,之后对村里来人都特别客气。为了让村里来人不别扭,李梅特意给家里换了灰色瓷砖,看不出脏净,让乡亲们来了之后不用为不好意思换拖鞋而尴尬。李梅还经常到批发市场买一些袜子、丝巾、麦乳精之类的东西,给家乡人带着。

村里来人到市里看病、找工作,只要能帮着办的,钟有鸣和李梅都尽力办,其实主要是李梅办,她在瀛洲本市长大,同学朋友多,各行各业都能找到熟人,不过开口多了也会尴尬。村里人越发觉得钟有鸣混好了,有事就来找他。有一次,钟有鸣接到一个电话,对方接通后直接说:"有鸣,钟二冬的羊把我的树啃了。"遇到这些事,钟有鸣都耐心帮着化解,搭上工夫搭上东西,所幸李梅从不多言多语,让他少了很多尴尬。

钟有鸣在村里人缘特别好,只要一回去屋子就坐满了人,街坊邻居只要有空就过来看看。待他走的时候,这家给点红薯,那家送点花生,一堆土特产。李梅就把这些东西再送给那些经常帮他们的同学朋友们。

跟家乡人疏远,还是因为一场误会。那次钟有鸣上班路上,看到两位民工坐在路边,他一看,都是自己村里人,急忙把他们招呼到家里。此后几天这两人基本都是干完一天活就到钟有鸣家里来看电视,看到十点就走。到周末李梅会招待他们吃顿饭,蒸包子、煮面条、炖鱼,也都是家常便饭,他们都觉得挺好。

天越来越凉了,路两边的梧桐树在落叶子。那天李梅下班回家看到一个卖茄子的,既有平常的大茄子,还有一堆大小不一的小茄子。秋天了,茄子秧被砍掉了,还没来得及长大的茄子要给即将播种的冬小麦腾出农田。李梅正好想做点油茄子当咸菜,就都买下来,洗净,蒸到半熟,放阳台上晾干后,用油挨个煎透。锅里放油、花椒与葱姜蒜末,烧出香味,放入酱油及少许冰糖,晾凉后倒入茄子腌制。周末两位民工来吃饭,李梅做了蛋炒饭,端上一盘油茄子,两人和往常一样吃完饭便走,李梅又每人装了一瓶,让他们在工地吃。两人以为这是不再欢迎他们的意思,这之后便再也没来。钟有鸣当时没有多想,以为他们换工地了,来回不方便。他们不来钟有鸣心里还是有些庆幸的,这段日子他们每天都来,自己一家三口基本没有个人空间。特别是晚上,他们在客厅看电视,钟有鸣在卧室写稿子,李梅就负责照顾他们和陪着孩子学习。钟有鸣觉得对不住李梅,李梅其实有点洁癖,但对钟有鸣的家乡人还是殷勤相待,每天他们走了之后,李梅洗、涮、擦地一直忙活到十一点才能睡觉。这下总算清净了。

那年冬天他们过得很消停,孩子学习成绩也很稳定,钟有鸣结合工作,看了很多农业及农村相关工作的书。那天是周末,下雪了,他找出买了很久的《顾准文集》,泡了一杯铁观音,开始看书,看到顾准写到一天三顿吃红薯叶闹肚子,心一下就回到了老家,乡亲们年复一年日复一日,吃着最简单的饭食,干着最劳累的苦力,心情十分沉重。读到顾准在日记中写的"贫困问题是思想问题而不是现实问题",他心里像飞过一只萤火虫,很想和一个人说话,想来想去想到了赵三奔。他们约在一家饺子馆,要了一份素什锦、一盘木须肉、一斤韭菜肉饺子,两人一瓶御河春一分为二,没有觥筹交错的寒暄,各自喝各自的。那一天,赵三奔说:"'农民的苦难',这词就是扯臊。谁让农民苦难的?都是当官的。农民的苦难是制度性的苦难。"

赵三奔讲了三两银子的故事,他说:"中国农民的苦……苦难就是从清朝开始的,清朝的政……政策是从商……商鞅的《商君书》学来的,说白了就是人为制造贫穷。清朝农民吃……吃……吃饭穿衣养家糊口过日子一年要三十六两白银,清朝政府就让农民一年的收入始终在三十三两以内,始终缺三两,三两白银能买一百斤粮食,农民一直都缺这一百斤粮……粮……粮食,锅里的饭始……始……始终不够吃,农民就得为了那三两白银拼……拼……拼死拼活。我爸和我叔在路上看见一摊牛……牛……牛粪,两个人都瞪大眼抢那摊牛粪,最后还是我爸用铁……铁……铁锨插在牛粪中间,一人一半。连粪都得抢,这样的生活你让他们高……高……高……高尚,让他们爱人,考虑艺术,考虑科技,那不都……都……都……都是扯臊吗?"

"也不都是这样,我们村的人就都很淳朴。"钟有鸣说。

"那叫淳朴?你有牛,可你买……买……买不起车,你得借我的车。我有车,我养不起牛,我得用你的牛,不淳……淳……淳朴有活路吗?那不是淳朴,那叫穷对付。"赵三奔说。钟有鸣一时竟无言以对,只好听赵三奔继续说:"粮食多……多……多了,丰收了,朝廷就找理由加重税收,老百姓知……知……知……知道屁啊,还以为这是忠……忠……忠君。粮食歉收,朝廷就降税,老百姓又感……感……感恩戴德,就这三两银子让老百姓一直为吃口饭活……活……活着。说农民自私,短见,辈辈为吃饱饭拼死拼活,神……神……神仙也得自私、短见。"

"当代农民的出路你觉得在哪里?"钟有鸣问。

赵三奔看了他一眼,说:"别……别考虑这些没用的,他们已经堕……堕……堕落、自私、麻木,没救了。"

"被那三两银子毁了?"钟有鸣小心翼翼地问。

"没……没……没……没救,我能救自己就不错了。我们被当成傻×养着,生在一个傻……傻×家庭,被教成傻×,高考算给咱们一条路,不再当傻×了,还被傻×家庭拖拉着,躲还躲不及呢,我一年年不回家。回家也不搭理他们。"赵三奔突然提高声音对服务员喊:"饺……饺……饺……饺子呢,快上来。"

他们吃完饭,外面的雪已经停了,楼顶和树梢都白花花的,路上的雪已经被人踩得脏乎乎的,赵三奔裹紧了灰色棉服,摇摇晃晃骑着漆皮剥落的自行车走了。

钟有鸣回家在网上搜索了三十三两白银的故事,正如赵三奔所说,却没有力证。这故事还有下半段,说在所谓的"乾隆盛世"时,英国有名使者叫约翰·巴罗。把他的所见所闻写成一本书,叫《我看乾隆盛世》。书中记录着这样一件事:船队沿运河途经某城镇时,偶遇有人落水,落水者拼命挣扎,但岸上竟无一人伸出援手,有的只剩下冷眼旁观。英国人欲救,却被船夫断然拒绝。文章的作者认为,从约翰·巴罗所记录的这起事件来看, 正是这个政策磨灭了人民鲜活的人性,剩下的都是被生活所折磨的麻木者。正是这三两银子,抽走了一个民族的灵魂。清政府的过度压迫,使得百姓如同行尸走肉般活着,也为后来清朝的灭亡埋下了祸根……

钟有鸣看完后给赵三奔发了一条微信消息:"农业税已经取消很多年了。"

赵三奔没回话。没几天,钟有鸣发现赵三奔的微信被停用了。

钟有鸣想起当年和赵三奔以酒立约,他当时选择了信,赵三奔选择不信。这么多年过去,毫无疑问,在和赵三奔的较量中,钟有鸣是失败者,他的人生理想几无实现的可能,报社在王明园手里,一把手几乎决定了下级的前途,只要一把手不同意,下级几乎没有提拔的可能。他更深的精神痛苦是,他几乎不能确定,他曾经信的一切还在吗?几天后,钟有鸣应邀参加图书馆的读书活动,台下坐满了新闻系和中文系的学生,其中有几位新闻系的女生,眼巴巴地望着他。那眼神让他突然回忆起当年的自己, 雄心勃勃想为解放全人类而奋斗。可今天,他被王明园和赵三奔之流弄得如此落魄,一时失语了,他在台上站了半天,一句话也说不出……

几天后,他多年断流的诗性忽然喷涌,写了一首他不知道算不算诗的诗《可是已经没有了啊》*,后来他自己归类为口语诗。

---

* 注:本诗原作者为诗人沈浩波。

几天前的那次经历

我将终生难忘

我从来没有在一个公开场合

那么手足无措

那么语无伦次

在瀛洲图书馆里

学生记者团正在举行一个仪式

一开始

我坐在下面听

一个男生在台上发言

说他大学毕业后

要继续追求新闻理想

我想起了我上大学时

也曾希望未来做一个记者

一种猝不及防的迷茫

突然袭击了我

他在说什么

已经没有了啊

可是已经没有了啊

我为什么要来这里

又一个女生上台发言

也很像

我们那个时代的女生

骄傲得像一只小孔雀

她说她想做一个

真正的记者

我的大脑里

只剩下一句话

不受控制地跳跃

可是已经没有了啊

可是已经没有了啊

好不容易才缓下心神

脑子里又跑出了

强烈的嘲讽念头

你以为人家孩子

不知道没有了吗

你以为他们真的不知道吗

我仿佛坐在一个不存在的空间

听一群不存在的人

在讲一个不存在的事

教室变得空旷无边

学生们的脸离我越来越远

然后就到了

嘉宾发言的环节

我是他们邀请回来的学长

我曾经做过

学生记者团的团长

但是我为什么要来

我现在该说什么

可是已经没有了啊

我结结巴巴

努力想说些什么

可是已经没有了啊
我已经完全不记得
最后到底说了什么
但我一定在语无伦次中
说了些令人丧气的话
以至于会后我离开时
那几个热情迎接我的学生
没有一个起身送我
我从学生们中间穿过
像一个不存在的人

靠右行驶

　　潘临从没和钟有鸣说过,他其实也写诗,但是他的诗歌没有读者,是为他的战友所写。他不知道战友的名字,那次战斗太惨烈,他以为战场上只剩下他一个活人。两天后他看到远处有个晃动的人影,他以为是敌人,悄悄爬过去,却看见对方是自己的战友。战友的腿受伤了,他给包扎的时候看见有蛆虫不断从伤口爬出,战友把能吃的东西都给了他,让他一定要坚持,然后就昏迷不醒,六天后他们终于迎来了大部队,战友却因深度感染,不幸牺牲了。

　　潘临一直向往军人生活,闹着去参军,父亲希望他考大学,最好学习数理化,成为一个受人尊敬的教授或科学家,而潘临内心被《英雄儿女》中的那句"向我开炮"所激励,强烈要求奔赴热火朝天的战场。他的愿望很快实现,他去了前线,经历了惨烈的战斗……

　　当兵前,潘临是一个喜欢高谈阔论的人,他父亲是大学老师、母亲是图书管理员的家庭出身让他比别人多看了许多书,他几乎在所有聚会场合都是纵横捭阖的那个人。从战场回来后他变得沉默,那些战壕里四散的肢体和弹孔里汩汩涌出的鲜血经常让他在梦中惊醒,他经常觉得语言是对牺牲战友的冒犯。有一天他梦见了牺牲的战友,心里竟然涌出只有诗歌才能表达的词语:

啊,老山
你倒下了
木棉树高高
举起凝固的呐喊鲜血
流淌着
旗帜
欢呼着
累累弹孔
想说的话都已经省略
踉跄为身后带血的脚印
目光从危崖般的额头跌落
记忆从眼角的泪痕
游去一条又一条哦
他的身影跌撞在山腰 *

复员到公安局工作后,潘临依照母亲的愿望去相亲,和一个只见过三次面的女孩结婚了,那时候他觉得和生活的任何龃龉都是对烈士的不敬。他还活着,活着就是最大的幸运,活着就要做些牺牲的战友想做做不了的事。

---

* 注:本诗选自《温柔的旗语》中谌璐的同名诗歌。

潘临这半生见识的人太多了，渐行渐远的人也太多了，相识容易，深交难。之所以和钟有鸣能成为过命兄弟，既不是梁山好汉为利益和前途不得不有的仗义，也不是桃园三结义为霸王理想而结盟。他们可以几个月不联系，一旦有事一个电话准到，原因是他懂钟有鸣。

　　钟有鸣看不起梁山好汉，个个杀人如切菜；厌恶刘关张，以国家之名杀人如麻。钟有鸣到十里村，给潘临打电话，说有个孩子被杀了，声音是沉郁的，带着一个男人特有的哭腔。钟有鸣身上有潘临欣赏的、很多人没有的东西，那东西就在钟有鸣那种沉郁的声音里，大概也只有潘临这种见过成堆年轻尸体的人，才能由衷珍惜一个为流产的孩子痛不欲生的男人，潘临能想象钟有鸣在听说一个十一岁孩子被杀时该多么愤怒和心疼。潘临觉得他得给钟有鸣一个交代，给他们几十年相互之间的友谊一个交代，给一个十一岁的生命一个交代。

　　潘临曾经是死人堆里唯一的活人，这经历让他无所畏惧。这么多年他坚持命案必破，因为敢于触及大案、要案，他成了经常在媒体曝光的英雄。钟有鸣问潘临哪来的勇气。"死亡。"潘临回答。

　　转眼潘临离退休越来越近，钟有鸣慨叹时间都去哪里了，潘临自己也想问，时间都去哪里了？那些惨烈的战争炮火好像刚刚停息，战友们在猫耳洞里肿胀的身体艰难蠕动的样子如在眼前，可他已经满头白发，不染发就是老头子一个，最近这两年，膝盖也不行了。

　　他当年想找蒋福红调查，可惜那时他接到了调令，要去异地任职，这个案件交代给了后任局长，他在异地工作满五年后回来，发现小四的案件竟还没有破。这让潘临特别难受，几十年的警察生涯，不能让自己经历的任何一个案件成为悬案或者遗留案件，他必须找出杀害小四的凶手。

距离目的地还有一点六公里

潘小白特意去看了福源井，井口不大，勉强能容下一个成年人。真难想象，就是这口不起眼的井让村里第一次家家户户吃饱了饭。井在蒋炳章的地头，小满已过，麦子灌浆，潘小白远远看见蒋炳章在地里忙活。潘小白沿着麦埂走过去，他不知道这个季节麦田里能干什么农活，就问："大爷，这是忙什么呢？"

蒋炳章直起腰，说："麦蒿，得清了，不然跟麦子争养分。"说完直起腰，掏出烟袋。潘小白急忙跟上去把烟点着。蒋炳章说："我看你围着井转好几圈了，这井有功啊，就这几亩地，没这井一亩地两百多斤麦子，打了这井当年亩产七百多斤。"蒋炳章没再接着说。

没这井之前，孩子们吃口白面难着呢，老婆走了后就更难了。后来钟书记来了，费心巴力打了井，浇地的时候水往田里流得欢实着呢。那天晚上他和二龙爷俩在地里，一个看地头，一个看地尾，爷俩不敢眨眼，好像一眨眼那水就流到天上去了。满天的星啊，蒋炳章又高兴又难过,那天格外想老婆子。这个苦命女人啊,跟着他一天福没享过。

麦收了,满地金黄,麦穗像老婆年轻时的大辫子。麦收时,孩子们一麻袋一麻袋往家扛麦子,那个高兴劲啊。他中午顾不上累,用早就废弃的磨盘给孩子们磨了点白面,笨手笨脚地蒸了一大锅死面饼,大龙和蒋力吃得那个香啊。吃得他都害怕,晚上不敢睡觉,怕孩子们撑坏了。这些都不能跟人说,说出去显得自己的孩子们太没出息。可是,民以食为天,老祖宗都明白着呢。

多亏了钟书记,可惜钟书记只在村里干了两年多就走了,就这两年多,钟书记干了村里人多少辈子做不成的事。没办法,村里人就这么些见识,只能原地打转转。不像钟书记他们,从大地方来,见过世面,知道好日子该怎么过,人家大地方的人手抖一抖,小村里的人就够活成个人。

钟书记让他们家家户户吃上白面馒头,后来钟书记还带领他们种蘑菇,可惜种了一季就走了,官身不自由啊。孙子建成那年想退学当兵,他也是抱着试试看的想法,带着孙子去求助钟书记,人家都走了几年了,还跟当年一样,热心帮忙,让孙子如愿以偿。他一直跟孙子说,成多大事也别忘了钟书记。后来十里村也陆陆续续来过干部,有的待的时间还不短,但是他都没看见在钟书记身上见过的东西。

前段时间来了个潘书记,真年轻,一张水洗一样白净的脸,一看就是蜜里长大的孩子。他觉得指望人家这样的干部对农村人多贴心不现实。可他还是不甘心,总希望还能看到在当年解放军和钟书记身上看到的东西。说到底也不为别的,就是挂念傻儿子傻孙子啊。他做梦也想不到自己能活这么大岁数。他自己是什么也不想了,可是这俩傻子怎么办呢?有他在,这爷俩还能活得跟个人似的,二龙也能照应着,要是哪天他没了,谁还拿那爷俩当人啊?

这十几年来，蒋炳章最大的牵挂就是大龙和力儿这俩傻孩子了。二龙脑子好使，能挣能花，亏不了自己，这几年变好了，跟媳妇也有说有笑了。孙子建成当兵考上了军校，成了国家的人，也不用他管。当初小贞给他哥换亲，找了个瘸子，但是姑爷身残心不残，是个过日子的人，就一个女儿，跟二龙去了城里，城里日子也不好过，可再怎么难，全手全脚地也冻不着饿不着啊。不像大龙和力儿，脑子不好使，有个风吹草动就人仰马翻了。那样凄惨的情景他是亲眼见过的，他经常想起浑身是血的蒋炳德，临死眼睛都闭不上，他越老那场景就越清晰，他甚至觉得自己这点寿是蒋炳德让给他的，为的是让他多活几年好照顾大龙和力儿。所以他才会更害怕，只要一想起就吓得吃不好睡不好，生怕对不起蒋炳德，让这俩傻孩子也有那样的下场。

蒋炳章觉得自己一天不如一天了，他恍惚间经常看见媳妇，还是年轻时的样子，说话轻声细语，笑的时候眼睛眯起来。他知道他要和媳妇去团聚了，他必须在走之前把两个傻孩子的事情解决好。他这一辈子经历的事太多了，把什么都看透了。小老百姓指望谁都不行，指望儿女，久病床前无孝子，这是古话，古话都不是白来的，都是千百年来多少人拿命活出来的道理。其他兄弟姐妹、街坊邻里都是帮得了一时帮不了一世，归根结底还是靠国家。国家强了，国家拿人当人，小老百姓就能活得像人；国家乱了，谁还顾得上他们。天地不仁，以万物为刍狗啊。他不由又想起当年他们在盘古庙的凄惨记忆。而且，他心里有个秘密，老婆子一走，这世上再没有人可以说心事了，他无数次想过把这秘密带进棺材，可是他又希望这世上有一个人能知道这秘密，好像只要有人知道这秘密，这种子就能临雨而生，见风得长。可这是天大的秘密啊，不是谁都能说的啊。

他活了一辈子，想找个能承受这秘密的人真难。他后悔没来得

272

及跟钟书记说,钟书记就走了。后来又来过几个干部,都没有钟书记那劲头,他也懒得说什么。潘书记来了之后,他经常到村党支部转悠,目的就是看看这个人是不是他可以说出秘密的人。他看着潘书记白白净净,来了这段时间天天在村里转悠,专门往贫苦人家跑。就他傻儿子家,臭得跟猪窝一样,连他都不愿意去,这潘书记竟然三天两头跑过去。那天他看见潘书记进了他傻儿子家,待了一会儿又出来了,在门口干呕,他以为潘书记吐完就得走了,没想到潘书记在门口仰着头大口喘了一阵,又进去了。等到潘书记走了,他进去一看,十一点了,爷俩一人一个被窝正穿衣服,炕前的尿罐里不知谁拉的屎。他气得大骂道:"你们两个不懂人事的东西,还不快起来,你对得起人家潘书记吗?"

他隐隐约约又看到了当年解放军的影子,看到了钟书记的影子。只要他们的影子一出现,村里的日子就有变化,至于这变化是什么,他想不出来,就像他当年想不到钟书记打的富源井就能让一家老小吃上白面馒头一样。现在,他似乎又看到了那影子,只要有这影子,他家这俩傻孩子就有救了。一想到这里,他的心怦怦跳。他知道这俩孩子不争气,可不争气也是人命啊,再说了,也不是他们自己想不争气,是他们的命让他们争不了气。

得把俩傻孩子安顿好,得把秘密说出来,这想法压在蒋炳章心里,前些年他还能扛得住,现在他老了,知道自己随时都可能倒下,他死无所谓,可他不想带着遗憾离开。

左　转

　　钟有鸣跟王明园特意递了申请，想回十里村做乡村振兴工作，王明园看都没看，板着脸说："跟宁科长谈过吗？"说着拿出指甲刀，把剪下来的指甲放在了钟有鸣的申请书上。

　　钟有鸣有些气血上涌，还是克制着说："没有。"

　　"那你先跟宁科长谈。"王明园说。

　　"跟她谈了不也得你同意吗？"钟有鸣说。

　　"我不会同意的。"王明园说，"三奔主任最近正筹划一个大项目，想做瀛洲百家企业成就展，他说你一直在新闻科，跟企业和县里机关单位熟，想让你协助他。"

　　钟有鸣心里被硌硬得当即说："不可能，我要回十里。我走的时候已经做了规划，我要回去给村里把路修好。"他清楚，百家企业成就展是王明园和赵三奔的一百个生财之道，报社这个小庙真不够他们折腾的啊。

274

"别的扶贫干部不会修？"王明园说，"别忘了你是报社的人。"

钟有鸣说："正是因为我没忘自己是报社的人，我才想去干点正事。"

"你跟三奔是多年的朋友……"王明园剪完了，吹了吹申请书，一个细小的指甲翻滚着飘到了地下。

钟有鸣真沮丧，为自己，为报社，为国家，满腹私利的人占据着这么重要的岗位，而他、宁小微、几位副总编及一大批为瀛洲和报社忧心忡忡的人却无能为力。钟有鸣知道多说无益，转身出来进了宁小微的办公室。

宁小微看见他进来，眼皮都没抬说："恭喜你要发财了。"

钟有鸣说："我来跟你说，我要回十里村去修路。"

"有种，算我之前没看走眼。还以为你得去挣那笔钱，百家企业，钱少不了呢。"

钟有鸣冷笑了一声，说："送你一句诗，'江山父老能容我，不使人间造孽钱'。"

请左转

　　羊终于送来了，一公一母两只，潘小白找到蒋二龙，蒋二龙专门请来了养羊专业户手把手给蒋力讲解。蒋力很兴奋，趴在羊圈边看了很久。潘小白一再交代要定时喂食，不能杀了吃。蒋力一个劲点头，嘴里一迭连声地嗯嗯嗯。潘小白说："你别光嗯，要把羊养好。"蒋力又"嗯"了一声。

　　开始潘小白每天都去看羊，蒋力还真挺会养，两只羊比刚来的时候肥了不少。潘小白觉得蒋力完全掌握了养羊的技巧，就给他配了一个老人机，教给他有事打电话。蒋力很兴奋，开始动不动就给他打电话，说羊吃草了、羊拉了一堆粑粑蛋、羊从圈里跑出来了。潘小白就告诉蒋力这些事不用跟他说，有大事再打电话。没想到两天后大事就发生了。潘小白回工商局开会，刚进会场手机就响了，一看是蒋力的电话，急忙接通，蒋力在电话那头哭着喊："羊丢了！"潘小白一听就急了，问："羊丢了？羊怎么还能丢呢？是跑了吗？"蒋力就三个字，"羊丢了"。潘小白还想说什么，局长说："开会呢，有什么事散会再说。"潘小白急火火看了局长一眼，接着问："丢了几只？一只还是两只？"蒋力说："一只。"会场一阵喧嚣，有人开玩笑说潘小白成羊倌了。

局长说："都安静一点。"会场果然安静下来。潘小白问："贼是怎么进去的？"蒋力说："从大门进来的。"潘小白觉得一时半会儿说不清，毕竟在开会，只能先挂电话。他心烦意乱，工作刚有点眉目，蒋力爷俩今年按理就能脱贫了，没想到羊又没了。好不容易熬到散会，潘小白急火火就往回赶，局长说："让办公室送你吧。"潘小白也是着急，急忙说："那就谢谢领导了。"

司机拉着潘小白到了十里村，蒋二龙也到了，两个人查看了半天，原来蒋力爷俩没有晚上关大门的习惯，贼如入无人之境，本来想把两只羊都偷走，但对门的狗突然叫起来，第二只羊的绳子没解开，小偷就匆忙牵着一只羊逃走了。潘小白望着已经被解得松松垮垮的绳扣，哭笑不得。

司机下午有事要回去，问潘小白是不是同行，潘小白说："不行，我得教给那爷俩怎么锁门，别看简单，让他们学会没个三天两天做不到，再说两只羊一公一母，现在公羊被偷走了，还得再申请一只，就一只母羊怎么生小羊啊，单位的工作还请领导多理解。"司机没想到一个在城里吃烤全羊的人，会为了让村里养只羊这么焦虑，回去跟局长汇报，局长听后给潘小白打电话，说局里全力支持。

一周后局长亲自带队来看望潘小白。潘小白提前和司机沟通，请司机走村西边的路，他和蒋二龙书记在路口恭迎。司机到了之后才发现这条路格外难走，又窄，路况又差，立刻明白了潘小白的良苦用心，开车的时候也加了一些非常规动作，一边开一边嘟囔路难走。局长下了车就说："怎么现在还有这种路？"

潘小白和蒋二龙急忙迎上去,潘小白抽空跟司机打招呼。

司机挤了挤眼睛说:"这路是得修。"

潘小白哈哈大笑,说:"兄弟,多谢,一会儿回去还请这么走。"

司机一笑说:"明白。"司机也是农村出身,当兵转业后到工商局工作,此前和潘小白并无来往,上次送潘小白看出他是个想做事的实在人,也想尽自己的一点心意。

在工商局局长的全力支持下,十里村被列入市级乡村振兴点,并且申请到了六十万元的专项资金。钟有鸣听说后,专门找到此前采访过的市园林局副局长,为十里村争取了一批绿植。已退休的潘临也借破案的机会又到村里看了看,发现原来窝在房间没日没夜打游戏的儿子,在十里村变了一个人,竟然也满口"美丽乡村""土地流转",听说还在为村里争取三加二农民医疗保障体系,潘临一高兴帮着找了施工队,又为村里节省了一笔经费。

您已进入十里界内

　　蒋力一直等着潘小白到他们家，他幸灾乐祸地看着潘小白干呕，看着潘小白用白皙的手为他们家擦洗门窗和地面，看着潘小白笨手笨脚牵着两只羊，好像真养过羊一样给他讲怎么喂草。蒋力开始就是木呆呆地听，不说也不动，他对潘小白没信心，在丫丫离开他之后，他对谁都没信心，谁都不会为他留下来。一直到羊丢了，潘小白急慌慌从城里跑回来，脸急得通红。潘小白训了他一顿，这很正常，他在半夜发现羊丢了之后就知道自己会挨训，可他没想到潘小白会求爷爷告奶奶地再给他要一只，这让蒋力心里有了波澜。蒋力问潘小白："你再给我要一只，得多少钱？"

　　潘小白说："你别管钱不钱的，别再养丢了就行。你真想一辈子当穷人啊？这两只羊是让你致富过好日子的。"

　　"羊是你家的？"蒋力问。

　　潘小白急赤白脸地对他说："羊是国家给你的，国家想让你和别人一样过点好日子。可是国家这么大,人这么多,有时顾不过来,就派我来给你送羊来。"潘小白说这话时心里涌过一种奇异的情绪,和他以往在单位说起这些词语不一样,这一次他是让这些词语落地生根了。

　　蒋力没说话,国家白给他家羊,丢了一只又给一只,他对国家有了一种模糊的概念。当天晚上他竟然梦见了妈妈,梦里妈妈坐在门口的纺车前,他又听到了天籁一样纺线的声音。

距离十里村还有六百米

农闲的时候,潘小白也和村里人一样有些无所适从,他也想借机了解一下村里的情况,就在田间地头画画。村里几个孩子围着他看,他就每人发一支笔,教他们一起画,后来就给孩子们画素描,他越画越有感觉,野生的菊花和香草稍微调整就是好素材,孩子们比城市孩子脸粗糙,眼睛和城里孩子一样透亮。叽叽喳喳的公鸡、河里倏忽游走的小鱼,他都画下来,他画掩映在绿树丛中的一间看瓜房,孤独又优美,那条悠长的乡间小路边新栽的小槐树,有着城市树木没有的鲜活。

潘小白觉得有一种此前没有的力量正在他的画中萌生,一个城市人眼中的农村开始是新奇,所以画树画庄稼,后来对这里有了隐隐的怜惜,开始画村里的老人。老人们多数都不同意,蒋炳章倒是很配合,那天潘小白看见蒋炳章坐在院子里抽烟,太有画面感了,就请求给他画像。没想到蒋炳章特别痛快,说:"我去换个衣服。"

潘小白说:"大爷,不用,就这样挺好。"

蒋炳章说:"还是换换吧,给孩子们留个好念想。"

潘小白听老爷子这话觉得奇怪,一直到老爷子去世他才明白,老爷子是意识到自己将不久于人世了。

潘小白后来对钟有鸣说:"我在十里村就这件事做得让我安心,我留下了蒋炳章一辈子唯一一幅画像。老爷子画完那张像之后不到一个月就去世了。"

钟有鸣说:"村里没有能瞒得住他的事。"

潘小白说:"那张画画了好几天,每天我都准时去找他,他穿着同一件衣服在同样的位置用同样的姿势等着我。等画完了,老爷子很高兴,留我在他家吃饭,说真的我是不愿意吃的,村里人做饭卫生状况还是让人担心,但我不好违逆老爷子,就留下了。那天老爷子自己给我炖了豆腐,炒了一盘鸡蛋,熬了一锅玉米粥。那是我第一次喝柴火锅熬出来的粥,真好喝,我喝了一碗,跟老爷子说,我还想再喝一碗,没想到老爷子特别高兴。多喝了这一碗粥,我就知道了老爷子心底的秘密。"

近日走过很多弯路，未来之路尽是坦途

李梅找潘临，说要买车，想让他帮着参谋。

潘临说："这事让有鸣干，这是老爷们的事。"

李梅说："他就是一农民，说车是消耗品，舍不得，就是舍得也就买个小代步车，还不如不买。我这次要先斩后奏，一步到位，买就买辆好的。"

潘临一笑说："好的？好到什么程度？奔驰？"

李梅一听就笑了，说："想都不能想，我想买高配红旗，你说可以吗？听说有熟人能便宜个万八千的。"

"可以，就是有点耗油，不过你们就上下班，也无所谓。"潘临说。

"费点就费点吧，他一辈子省吃俭用，都这岁数了，让他也浪费一点。"李梅说，"女儿不回来了，要留上海，他工作也不顺心，给他买辆车，让他换换心情。"

"早就提醒他那两人不是好东西，让他不要回来。"潘临说。

"他非说回来是对的,说报社让他们再折腾下去,非出大事。"李梅说,"广告部原主任都抑郁症了,办了提前退休。"

"宁小微,就他同事,被抽调到巡察组了。"潘临问。

"我听说了,宁主任很优秀。"李梅斟酌着说,"王明园和赵三奔的情况比我们想象的还严重,光公款吃喝一项就达上百万元。我听见他和宁主任通电话,说光举报信就收到了三十八封,王明园和赵三奔算是把报社弄乱套了,报社至少需要五年才能重回正轨。"

潘临手机响了,接通之后他听了一阵,对李梅说:"给有鸣打电话,王明园和赵三奔因严重违纪已被批捕。"

请沿当前道路行走

两个月后，十里村的路修好了，潘小白请局长和钟有鸣一干人等来剪彩。钟有鸣刚刚学会开车，还没开车出过市区，正好利用这个机会跑跑磨合，也挑战一下自己。他打开导航，费了半天劲才学会输入目的地，选择高速优先，当听到那句温柔的"准备出发"，他竟然有些激动，他一辈子都在路上，一辈子都在摸索向前走的方向，今年他生日的时候，李梅偷偷为他买了这辆车，特意装了导航系统，以后再也不用自己问路了。

到十里村后，潘小白正和蒋二龙一起跟村民们谈土地流转，见到钟有鸣下车，呼啦啦围上来。潘小白大声说："给你们打井的钟书记来了。"其实用不着潘小白号召，村民们就已经围过去了。钟有鸣还算见过世面，很快意识到潘小白在搞网络直播，他一时有些不快，觉得应该提前跟他说一声。他迅速回想了一下刚才的动作，所幸没有什么不妥。潘小白邀请他说几句话，他急忙摆手。

潘小白说："钟书记不能拒绝，全国人民看着你呢。"

钟有鸣有些被动，只好对着镜头说："我曾经在十里村扶贫，我们十里村风景优美，大家沿着运河就能走到。这里有苹果、梨、金丝小枣，还有红薯，特别甜。欢迎大家来做客。"

潘小白说："谢谢钟书记，希望朋友们关心十里，为十里的发展出谋划策，我在这里先谢谢啦。朋友们，明天见。"

结束了直播，钟有鸣说："你这搞突然袭击啊，会玩。"

潘小白说："这怎么是玩呢? 钟书记，你不要小看网络直播。我来之前就想好了，我要在网上搞直播销售，你刚才说的那些苹果、梨、金丝小枣，都可以在网上卖，这叫直播带货。明天咱们就去选，看看先卖什么。"潘小白接着说，"十里是一片希望的土地。"

钟有鸣和蒋二龙相视一笑，觉得这小伙子太年轻了。

潘小白对网络卖货特别有信心，天天一大早就敲村民们的门，挨家挨户转，谁会什么手工、谁家擅长种什么农作物、谁家做什么饭好吃……都一一记录在笔记本上，能吃的亲口尝尝，不能吃的摸摸看看。在蒋福锁家，潘小白看上了蒋福锁媳妇做的辣酱，特意拿出二十块钱，要了一瓶，蒋福锁媳妇推辞，见潘小白执意要给钱，就又拿了几个面花，说这是村里有小媳妇坐月子，特意请她给做的，多做出了几个。面花有各种动物图案，潘小白喜欢鲢鱼造型的，回去放锅里熘热了，打开直播，就着辣酱开始吃午餐，边吃边说："朋友们好，这是我在十里的午餐，这种叫面花，漂亮吧，就是用十里的小麦磨成面做的。"他咬了一口，说："挺有嚼劲，好吃。这辣酱也是这里一位大嫂自己家做的，我尝尝，哦，有花生豆呢。"他尝了一点，咂巴咂巴嘴说："不错，够味，又辣又香。"

直播间起初只有几个人，慢慢有十几个、几十个，很快开始有人问购买链接，潘小白说这是大嫂家自己做的，自己还不够吃呢，他会考虑让大嫂批量做一些，满足大家的需求。钟有鸣注册了一个新账号，进了潘小白的直播间，发现真有人想买辣酱，这让他觉得又新奇又不可思议。

潘小白拉着蒋二龙找蒋福锁媳妇商量批量生产辣酱的事情。潘小白这才知道蒋福锁媳妇叫惠英，急忙跟局长打电话，用最快的速度注册了商标"英嫂辣酱"。潘小白觉得英嫂家里太小，卫生条件不达标，没法做直播，就动员英嫂另找专门做辣酱的场地。蒋二龙说地方倒是有，就怕她接受不了。潘小白不明就里，蒋二龙就说小四被杀的房子，至今空着。潘小白也不敢轻易提起这话题，只好把灶间简单收拾粉刷了一下，做了一批辣酱，很快售罄。村里人对这种销售方式很好奇，一时纷纷亮出自己能做的绝活。蒋二龙想起小贞的手工编花，也积极推荐给潘小白。潘小白拍了几期视频，销售效果并不好，但是他能看出小贞的手其实很巧，就特意去了小贞家里，看她做的其他东西，他惊讶地发现她竟然还用织布机，这让他像发现了新大陆一样，他与小贞从长计议，在拍摄其他视频的同时，开始跟拍小贞种棉花、摘棉桃、用纺车纺线、用织布机织布的全过程。年底潘小白将这些视频整理剪辑，分期播出，小贞牌桌旗、茶席、书包很快出现在直播间并大受欢迎，最多时一天的销售额能有七千余元。

目的地在您前方

我一直想把几代扶贫人让十里村脱贫致富的故事写出来,于是约了钟有鸣、潘小白一起吃饭。潘小白提议约着蒋二龙,他给蒋二龙打电话,蒋二龙说在广州,回不来。我跟潘小白商量:"叫上你爸吧。"

潘小白一挠头,说:"那酒还怎么喝啊?"

"用嘴喝。"钟有鸣嘴上说着,但也考虑了潘小白的感受,当着老爹的面,潘小白也的确会放不开。

我们几个人就在饭店要了一个雅间,我带了一箱二十年的十里香老酒,晚上六点准时到饭店,发现另几个人竟然比我到得还早。钟有鸣给我带来了当年《瀛洲日报》《瀛洲晚报》刊登他扶贫经验的文章复印件,满满一档案袋。一向抠抠搜搜的我这次也豪放起来,点了四个凉菜,要了红烧排骨、芙蓉虾仁、清蒸鲽鱼段等几个硬菜,喝吧,为那久违的理想主义的记忆。

钟有鸣先举杯,说:"今天,大家坐在这里,就一个主题——扶贫。都是干过扶贫工作的人，就一个词，干了！"

每个人都很激动。我们这些已经与一地鸡毛的生活和解的人，在这一刻都又记起，我们曾有过热血沸腾的青春，有过为信仰奋斗终身的誓言，我们努力过。

钟有鸣最终没能提拔，不得已走了职称，评为副高，现在其实就是半退休状态。我们一起喝了一杯，为他打的富源井让十里村人能敞开肚皮吃白面。

我们又敬了潘小白两杯酒。他帮助蒋大龙、蒋力父子，实现了脱贫，帮蒋福红家里的两个孩子申请了助学基金，让两个孩子都上了大学。第二杯酒祝贺潘小白获得"瀛洲市扶贫先进典型"荣誉称号。

"实至名归！干！"钟有鸣说。我们一饮而尽。

"两个孩子一个考上了河北大学，一个考上了中山大学。"潘小白得意地说，"蒋力前段时间给我打电话，还养羊，他说不要媳妇，担心再生下一个傻子。"

钟有鸣说："蒋力不是傻子，不是。"

我听了这话不自觉地想起丫丫，丫丫也曾说过同样的话。

钟有鸣说："连干三杯酒，得歇歇，说会儿话，吃点菜再喝。"

我趁机问潘小白："你是怎么发现杀人凶手的？"

"蒋炳章老爷子经历了十里的大变迁，他经历了战争，见证了那里的发展，他虽然原本不是十里人，但确实是十里历史的见证人。那天他那幅画像该收尾了，老爷子就跟我说起了他的经历。他说蒋大龙不是他亲儿，是他在盘古庙捡的。后来有一次他跟媳妇说起这事被蒋大龙听到了，蒋大龙出生时是难产，大脑可能受了损伤，又受了刺激就半疯半傻了。老爷子说他答应了蒋大龙的亲爹要把孩子养大成人，生怕自己死了之后蒋大龙和蒋力没人管。他特别不愿意钟书记走。"潘小白突然端起酒杯，对钟有鸣说："钟书记，钟叔，我敬您一杯。老爷子对您特别感激,多次说起您。我干了,您随意。"说完一饮而尽。

钟有鸣说:"你这突如其来的,我们是喝还是不喝啊?"

"喝吧,为老爷子干一杯!"潘小白说完端起酒来又干了。

潘小白倒上酒接着说:"当年您离开十里村,老爷子特别舍不得。他说钟书记是正经干部。老爷子说他天天观察您,他那些事您要是不走,就跟您说了。老爷子说当年小四被杀的时候,他提醒过您和我爸,可您二位谁也没理解他的意思。"

钟有鸣说:"提醒过我们? 我怎么不记得?"

潘小白说:"您和我爸去问他听到什么动静没有,他说'狗都没叫一声'。"

钟有鸣想了半天也记不起蒋炳章说过这话,时间太长了,他确实毫无印象。他重复了一遍"狗都没叫一声",恍然大悟,说:"对啊,小四当时带着狗,肯定是狗熟悉的人,狗才不会叫。"

"老爷子也矛盾,他要是说出了杀人凶手,蒋福锁一家就完了,所以他一直不想说,"潘小白说,"老爷子特别自责,说都怪自己,没把二龙教育好,和蒋福锁媳妇不清不楚,才惹出这么大祸。"

"其实也不能怪蒋二龙,他那时候一门心思想离婚,其实也不是真想离,就是想摆脱换亲的尴尬。我后来跟他谈过,不支持他离婚,他也答应了,他县城有个女人,他跟蒋福锁媳妇不会真有事。"钟有鸣说。

"钟书记说得对。蒋二龙说他有一天从县城回来有些晚,得半夜了,看见有个人从棉花地里钻出来吓了一跳。没想到那人是蒋福锁媳妇。那时候蒋福锁家已有了三个儿子,都说半大小子吃死老子,蒋福锁家一直缺吃少穿。蒋福锁媳妇就晚上出去偷点玉米红薯棉花之类的,贴补一下家里,没想到被蒋二龙碰到了。蒋福锁媳妇怕蒋二龙说出去,就经常讨好蒋二龙。有一次蒋二龙自己在家,她就过去主动投怀送抱。蒋二龙和我说他没同意,他们什么都没干。他不承认小四是他的孩子。"潘小白叹了口气,说:"都是一个穷字闹的。"说完他自己端起杯干了。大家一看,稀稀拉拉地跟上,有干了的,有抿了一口的,气氛一时有些低沉。

"我觉得蒋福锁的胃癌就是心情不好造成的,心情对人的身体影响太大了。我跟他也聊过几次,他说早就知道自己身体不好,他跟媳妇生了老三之后就没在一起过,所以他知道小四不是自己的孩子。"潘小白接着说,"蒋二龙说他跟蒋福锁媳妇根本没那事,可蒋福锁恨他另有原因。"

"什么原因?"我们几乎异口同声地问。

"蒋二龙说,蒋福锁喜欢他妹妹小贞,小贞为他换亲后,蒋福锁就一直找他碴。"潘小白说。

"噢——"钟有鸣发出了恍然大悟的惊呼。当年他们两家因为浇地、盖房吵骂不休的场面如在眼前,原因竟然是这个。

"因为爱情,"潘小白重复了一句,"因为爱情。来,咱们为爱情干一杯吧。"

"你那经济学博士女朋友怎么样了?"钟有鸣问。潘小白谈的女朋友之前在河北大学读经济学博士。

"毕业回来了,我俩明年元旦结婚,大家别忘了来喝喜酒。"潘小白说。

"为爱情干杯!"我们举起酒杯,大家互相看了一眼,都有些酸楚,草草抿了一下放下了酒杯。我们有爱情,我们的爱情可以开花结果,蒋福锁的爱情却爱出了人命,爱出了绝望和死亡,我们觉得这酒真有些辣。

"我曾经怀疑过蒋力,这小子有股子邪力气,我看见过他在小四坟前转悠。"钟有鸣说。

"我也怀疑过他,不过我又否了,因为蒋力没有杀人的心气。"潘小白说。

杀人需要心气,我还是第一次听说,细想一下又有些道理。我还沉浸在刚才关于爱情的话题里,我想起了十里村的另一个人,我望着钟有鸣和潘小白问:"霍梅茵老人怎么样了?还住在运河沿吗?"

"那也是因为爱情。"潘小白说。

"不,那是因为信仰,"钟有鸣说,"她等了丈夫一辈子。说到这个得敬小白一杯酒,他帮老人找到了丈夫的消息,了却了老人的心愿。来,我敬你一杯。"

我说:"钟书记别单独行动啊,我们一起敬。"

潘小白到十里村后,了解到霍梅茵老人的情况,特意找到他在中央党史办工作的同学,请他帮忙,几经周折,找到了当年她丈夫的资料。丈夫接到紧急任务,需要继续潜伏,但是乘坐的飞机失事,机上所有人员全部遇难,档案去年才解密。潘小白说:"我把消息告诉老人,还带了医生,生怕有什么紧急情况,但老人很平静,说既然他已经走了,我也该离开这里了,老人最后跟女儿去了上海。我们去送她,她一再说这些年给你们添麻烦了。"

钟有鸣说:"咱们为霍梅茵老人干一杯吧,祝她老人家长命百岁!"我们一起举起杯。

潘小白说:"很奇怪的是,霍梅茵老人走的时候,蒋福锁已经一病不起,却非要去送行,被人抬着跟霍梅茵老人见了一面。蒋福锁可怜又可恨,死要面子,申请贫困家庭的时候我找过他,他说什么也不申请。当初要帮他儿子申请助学贷款,他也不让。就是跟蒋二龙较劲,又较不过……他说自己那天喝了酒,越想越腻歪,小四去看新房,他去撒尿回来,发现媳妇又不在屋子里,他觉得自己一辈子太憋屈了,他本来想去找他媳妇,但是走到新房的时候鬼使神差,他说他抄起砖块砸下去的时候,小四还喊了他一声爸爸。"

潘小白说不下去了,我们谁也没让谁,各自端起酒喝下去。

潘小白这才继续说:"蒋福锁临死之前,把遗体捐献了,算是赎罪吧。"

"小四到底是谁的孩子?"我忍不住问。

"谁的孩子?一个穷女人的孩子。那天晚上蒋福锁媳妇去偷了几块红薯,回来孩子就没了。"潘小白说。

我们都沉默了。菜吃得不多,我点这么多菜确实太浪费了。

这时候服务员又上了一道大丰收,我说:"我们没点这菜。"

服务员说:"我知道,这是蒋二龙先生给你们点的,他说,这是十里村的蔬菜,是一位潘先生带领村民种的。另外,账他已经结了。"

"他在广州怎么结的?"我问。

服务员说:"他是我们的 VIP 金牌会员,在哪里都能结。"

我还想说话,钟有鸣拉住我说:"行了,他结就结吧,来日方长嘛。十里村有人有能力为我们结账,我们应该高兴。来,咱们为十里村干一杯!"

我只好坐下,我突然想起了丫丫,举起杯说:"还有件事得拜托各位,丫丫也在瀛洲,结婚了,丈夫在一家私企做销售,他们租住在郊区,我查了一下,按照新政策她符合廉租房申请条件,你们看看从什么渠道帮助她申请一下。"

钟有鸣说:"这事我来办。"

我说:"我马上告诉她,让她高兴高兴。"找到丫丫的微信,在对话框输入:"我们在商量帮你申请廉租房。"之后我又删除,改为"我们在商量帮你申请公租房"。我担心"廉"会让她因为多想而不好意思接受。她回说:"感谢,需要我做什么请告诉我。"我看了一眼她今天发的微信朋友圈,她新买了一套餐盘,一看就是廉价的,但显然是她的能力所能达到的奢侈品。我心里有点难受,敏感,炫耀,乃至小富即安,何尝不是一种穷呢。

钟有鸣说:"刚才话题太沉重了,换个话题。咱们敬潘书记一杯,敬他给十里村建了垃圾处理坑,十里村再没臭味了。"

"干!"我们集体举杯。

"那我们也敬钟书记一杯酒,是他给十里建起了医疗点,改变了十里村人看病难的问题。"潘小白说,"钟书记,您看了最新政策,后面还有一句'完善覆盖农村人口的常态化防止返贫致贫机制',我没记错吧?"

"没记错,我还看到了一个词,'兜底'。"钟有鸣接着说,"什么叫兜底?就是蒋大龙这样的人不会没人管了,蒋炳章老爷子可以放心了。"

"干!"我们又举起杯。

钟有鸣说:"现在还有人跟咱们一样,为这些理由喝酒吗?"

我们互相看看,不知道该说有好,还是说没有好。

轮到我了,我站起来举起酒杯,说:"我敬你们!你们是我曾是理想主义者的最好证明,我要写部小说,题目叫《请沿当前道路行走》,就写你们。"

"我们都是正面人物吗?"钟有鸣笑着问。

"当然,你们都是正面人物,"我说,"来,为正面人物干杯!"